UNE MORT COLLÉGIALE

DU MÊME AUTEUR

Série Charlie Salter

1. *The Night the Gods Smiled*, HarperCollins, 1983.
   La Nuit de toutes les chances. Roman.
   Lévis: Alire, Romans 074, 2004.

2. *Smoke Detector*, HarperCollins, 1984.
   Une odeur de fumée. Roman.
   Lévis: Alire, Romans 079, 2004.

3. *Death in the Old Country*, HarperCollins, 1985.
   Une mort en Angleterre. Roman.
   Lévis: Alire, Romans 083, 2005.

4. *A Single Death*, HarperCollins, 1986.
   Mort d'une femme seule. Roman.
   Lévis: Alire, Romans 088, 2005.

5. *A Body Surrounded by Water*, HarperCollins, 1987.
   Morts sur l'Île-du-Prince-Édouard. Roman.
   Lévis: Alire, Romans 093, 2006.

6. *A Question of Murder*, HarperCollins, 1988.
   Une affaire explosive. Roman.
   Lévis: Alire, Romans 098, 2006.

7. *A Sensitive Case*, Doubleday, 1990.
   Une affaire délicate. Roman.
   Lévis: Alire, Romans 105, 2007.

8. *Final Cut*, Doubleday, 1991.
   Mort au générique. Roman.
   Lévis: Alire, Romans 111, 2008.

9. *A Fine Italian Hand*, Doubleday, 1992.
   Mort à l'italienne. Roman.
   Lévis: Alire, Romans 120, 2008.

10. *Death By Degrees*, Doubleday, 1993.
    Une mort collégiale. Roman.
    Lévis: Alire, Romans 121, 2009.

11. *The Last Hand*, Dundurn Press, 2001.

UNE MORT COLLÉGIALE

ERIC WRIGHT

traduit de l'anglais
par
ISABELLE COLLOMBAT

ALIRE

Illustration de couverture : Laurine Spehner
Photographie : Eric Wright

Distributeurs exclusifs :

Canada et États-Unis :
Messageries ADP
2315, rue de la Province
Longueuil (Québec) Canada
J4G 1G4
Téléphone : 450-640-1237
Télécopieur : 450-674-6237

France et autres pays :
Interforum editis
Immeuble Paryseine, 3, Allée de la Seine,
94854 Ivry Cedex
Tél. : 33 (0) 4 49 59 11 56/91
Télécopieur : 33 (0) 1 49 59 11 33
Service commande France Métropolitaine
Tél. : 33 (0) 2 38 32 71 00
Télécopieur : 33 (0) 2 38 32 71 28
Service commandes Export-DOM-TOM
Télécopieur : 33 (0) 2 38 32 78 86
Internet : www.interforum.fr
Courriel : cdes-export@interforum.fr

Suisse :
Interforum editis Suisse
Case postale 69 – CH 1701 Fribourg – Suisse
Téléphone : 41 (0) 26 460 80 60
Télécopieur : 41 (0) 26 460 80 68
Internet : www.interforumsuisse.ch
Courriel : office@interforumsuisse.ch
Distributeur : OLS S.A.
Zl. 3, Corminboeuf
Case postale 1061 – CH 1701 Fribourg – Suisse
Commandes :
Tél. : 41 (0) 26 467.53 33
Télécopieur : 41 (0) 26 467 55 66
Internet : www.olf.ch
Courriel : information@olf.ch

Belgique et Luxembourg :
Interforum editis Benelux S.A.
Boulevard de l'Europe 117, B-1301 Wavre – Belgique
Tél. : 32 (0) 10 42 03 20
Télécopieur : 32 (0) 10 41 20 24
Internet : www.interforum.be
Courriel : info@interforum.be

Pour toute information supplémentaire
LES ÉDITIONS ALIRE INC.
C. P. 67, Succ. B, Québec (Qc) Canada G1K 7A1
Tél. : 418-835-4441   Fax : 418-838-4443
Courriel : info@alire.com   Internet : www.alire.com

Les Éditions Alire inc. bénéficient des programmes d'aide à l'édition de la
Société de développement des entreprises culturelles du Québec (SODEC),
du Conseil des Arts du Canada (CAC) et reconnaissent l'aide financière du
gouvernement du Canada par l'entremise du Programme d'aide au développement de l'industrie de l'édition (PADIÉ) pour leurs activités d'édition.

Gouvernement du Québec – Programme de crédit d'impôt pour l'édition
de livres – Gestion Sodec.

PROLOGUE

En mars, les premières escarmouches avaient déjà eu lieu. Sûre de pouvoir compter sur un nombre de voix suffisant pour que le candidat de l'administration fût élu, la présidente du comité avait proposé que la recherche d'un doyen de l'École des études générales fût effectuée en interne. Dans le comité, les membres du corps professoral avaient mis de côté les différends qui les opposaient sur d'autres sujets et s'étaient unis dans leur refus de voir ces fonctions revenir à un inconnu : ils avaient donc immédiatement approuvé cette proposition. Les candidats externes qui avaient posé leur candidature à la suite de l'annonce publiée dans la presse – formalité obligatoire – s'étaient donc vu adresser la traditionnelle lettre les remerciant de leur intérêt pour le poste.

En avril, le comité convoqua en entrevue les quatre candidats internes, à raison d'une rencontre par semaine, le mercredi après-midi, jusqu'à la dernière étape, soit le vote. Le premier mai, deux candidats restaient en lice : Jennifer Benson et Maurice Lyall. Ce dernier était l'homme de l'administration, tandis que Jennifer Benson était la candidate des professeurs politiquement actifs. Les deux autres n'avaient strictement aucune chance de passer.

Joan Dooley, présidente du comité et par ailleurs directrice adjointe chargée des ressources humaines, commença à craindre d'avoir fait un mauvais calcul : elle sollicita un délai supplémentaire.

— Je veux dire... Sacrebleu, les gars ! (Ce qui incluait aussi Shirley Marconi, évidemment.) Vous avez vraiment travaillé fort sur ce dossier, et je tiens à ce que nous prenions une décision qui nous satisfera tous. On va donc prendre une demi-heure pour faire un autre tour de table et partager nos points de vue, une fois encore. OK ? Oui, Gerald ?

Elle se tourna vers un petit quinquagénaire blond d'apparence très soignée qui avait manifesté son désir de prendre la parole.

— Je n'ai rien à ajouter ni aujourd'hui, ni demain, ni aucun autre jour, déclara Gerald Pentes. Cette discussion est totalement inutile, car certaines personnes ici présentes n'ont aucune intention de recevoir la moindre information de notre part. Dans ces circonstances, restons-en là, conclut-il en refermant le dossier qui se trouvait devant lui avant de le repousser violemment vers la présidente.

Une vague d'irritation parcourut les membres du comité. Les accès de colère de Pentes étaient bien connus de ses collègues professeurs : il éclatait généralement lorsqu'il s'opposait à des arrangements mineurs – tels qu'accorder un demi-point à un étudiant afin de lui permettre d'obtenir son diplôme – qu'il considérait comme un grave manquement aux normes d'excellence. Il n'aurait jamais dû être nommé à un comité forcément voué au compromis – même lorsqu'il s'agissait de s'entendre sur les procédures –, mais la présidente l'avait convaincu de siéger en tant que membre désigné par l'administration, certaine que Pentes serait tellement flatté de cette marque d'attention qu'il ne manquerait pas de voter pour le candidat de l'administration. Mais Pentes non seulement était fier de son intégrité, il était en outre assez stupide pour croire que c'était précisément cette qualité qui lui avait valu cette nomination.

Fred Leitch, le nouveau registraire adjoint, leva les yeux au plafond en sifflotant d'un air faussement dégagé.

— Le comité a précisément pour objectif de nous permettre de nous convaincre mutuellement, fit observer Wilf Schreiber, le représentant facultaire.

— À mon avis, les dés sont pipés depuis le début, rétorqua Pentes.

— Cela me contrarie que tu puisses croire cela, Gerald, répliqua la présidente du comité sur un ton plus chagriné que colérique. J'aurais bien aimé savoir comment diable piper les dés, vois-tu, car à l'heure qu'il est, chacun serait rentré chez soi, ajouta-t-elle en gloussant avant de secouer la tête d'un air contrit.

— Pure hypocrisie, commenta Pentes.

Cette fois, la présidente fut piquée au vif. Bien qu'elle servît une administration qui n'avait pas toujours brillé par sa droiture, elle se targuait d'être considérée – ou, à tout le moins, traitée – comme une intermédiaire honnête entre un directeur général qui était l'homme de paille du conseil d'administration et un corps professoral qui – aux yeux du même conseil d'administration – était dominé par une approche syndicaliste de ses intérêts.

— Quoi qu'il en soit, je tiens toujours à entendre tout le monde une fois encore, déclara-t-elle avec raideur en repoussant le dossier de Pentes vers ce dernier. À toi l'honneur, Fred.

Le rituel recommença donc. Chaque membre du comité mit en avant les qualités et les défauts de chaque candidat en mettant un point d'honneur à ne pas laisser paraître sa préférence, le vote devant avoir lieu à bulletin secret. Chaque membre, sauf Fred Leitch, qui prit la parole en premier. Leitch débutait dans le milieu universitaire. Il venait de quitter un poste au bureau des appels de fonds du parti au pouvoir – qui allait d'ailleurs fort probablement perdre les élections suivantes, ce qui expliquait pourquoi les politiciens non élus étaient recasés en attendant que le parti revienne au pouvoir. Leitch n'avait pas assez de bouteille pour être propulsé sénateur – la concurrence était rude, de toute façon – ni même pour se voir proposer un poste à la Commission portuaire, et c'est comme ça que Bathurst College avait recruté un registraire adjoint.

— Lyall est un gars d'expérience, mais à mon avis, Benson a plus de cervelle, de sorte qu'il ne lui faudra pas un mois pour mettre tout sens dessus dessous. Quant aux deux autres, ils sont inexistants. (Il consulta sa montre.) Ils seraient incapables d'organiser... (Il marqua une pause, cherchant une fin polie.) ... un barbecue, conclut-il.

— Wilf? fit la présidente, se tournant vers Schreiber afin de l'inviter à s'exprimer.

Schreiber évoqua pendant une quinzaine de minutes son expérience avec les principaux candidats, fit état de son objection à l'égard de la manière dont Leitch avait décrit les candidats marginaux, qui se trouvaient être ses collègues, et ne donna finalement aucun indice sur son vote, bien qu'aucun des membres du comité n'eût de doute.

— Shirley?

Shirley Marconi était la seule énigme. Elle avait été élue par le corps professoral parce que, bien que n'ayant strictement aucun lien avec le syndicat des professeurs, le système électoral appliqué – un scrutin à la proportionnelle – la désignait comme premier choix d'une minorité de professeurs ayant voté contre des professeurs politiciens comme Schreiber.

— Je suppose que je devrais défendre l'accession d'une femme à ce poste, mais je me demande si Jennifer Benson n'est pas trop... controversée, dit-elle, laissant à tous la nette impression qu'elle voterait pour Lyall.

Erroll Czerny-Smith, le professeur de français, était le suivant. Après un exposé de cinq minutes sur les forces de Maurice Lyall – qu'il détestait de notoriété publique –, il conclut en déclarant combien il avait été impressionné par Benson lors de l'entrevue.

— C'est à ton tour, Gerald, intervint Joan Dooley avec réticence, Pentes n'ayant pas daigné tourner la tête vers les autres membres du comité à mesure qu'ils parlaient, de manière à bien signifier à tous son hostilité.

Pentes regarda par la fenêtre la circulation dans Bathurst Street.

— Je n'ai rien à dire, lâcha-t-il sur le ton d'un enfant boudeur.

Il était manifeste que Maurice Lyall aurait les voix de Fred Leitch et de Shirley Marconi, tandis que Jennifer Benson serait soutenue par Wilf Schreiber et Erroll Czerny-Smith, comme tout le monde s'y attendait. Mais il était impossible de deviner les intentions de Gerald Pentes, étant donné son état émotionnel. Jusque-là, on pensait qu'il était dans le camp de l'administration – et qu'il pencherait donc en faveur de Lyall –, mais apparemment, quelque chose l'avait bouleversé.

Joan Dooley se souleva de son fauteuil et lissa les plis de sa robe kaki. Elle jeta un regard rapide à chaque membre du comité et fit un clin d'œil.

— Je propose de reprendre les délibérations mercredi à seize heures. Nous discuterons encore brièvement avant de passer au vote, ajouta-t-elle sur un ton laissant supposer que sa proposition était audacieuse, comme si elle avait suggéré que le comité se réunisse dans un pub.

Mais le mercredi, un changement étrange – et, pour l'administration, inquiétant – survint. Gerald Pentes fulminait toujours, toujours aussi silencieux et inébranlable, et aucun des autres ne voulut ajouter quoi que ce fût. Mais lorsqu'ils votèrent, trois s'exprimèrent en faveur de Jennifer Benson – soutenue par le corps professoral – et un pour Lyall, et il y eut une abstention.

Selon le règlement, le directeur général pouvait refuser la recommandation du comité et, dans le cas contraire, le conseil d'administration pouvait exercer son droit de *veto*, mais de tels pouvoirs n'étaient pas appliqués à la légère : l'administration semblait alors devoir nommer au poste de doyenne de l'École des études générales Jennifer Benson, bien connue pour ses talents de militante et d'organisatrice de manifestations tant sur le campus qu'à l'extérieur.

— Ouais, commença la présidente du comité sur un ton qui se voulait « proche du peuple ». On dirait que nous avons là une recommandation particulièrement claire. (Elle paraissait vouloir éviter de prononcer le nom de la vainqueure tant qu'elle n'y serait pas contrainte.) Des commentaires ?

Czerny-Smith, Schreiber et Marconi secouèrent la tête, attendant visiblement que la présidente prononçât la formule rituelle. Gerald Pentes, quant à lui, resta muré dans son silence.

— Ce vote n'est pas recevable, bien sûr, dit alors Fred Leitch.

— C'est ridicule ! riposta Marconi.

— C'est de l'obstructionnisme. Poursuivons, marmonna Czerny-Smith.

— En tant qu'auteur de l'original du rapport qui régit cette procédure, je peux vous garantir que ce vote est tout ce qu'il y a de plus légal, déclara Schreiber après un bref silence.

— Tu as certes rédigé la version originale, mais j'imagine que tu n'en as pas lu la dernière version, intervint Fred Leitch.

— Que veux-tu dire par là ? protesta aussitôt Schreiber, brutalement tiré des limbes de sa pontifiante suffisance.

— Le règlement stipule qu'il ne doit pas y avoir d'abstentions.

— Quel règlement ? s'enquit Marconi.

— Le règlement ne contient rien de ce genre.

— Dans le dernier comité auquel j'ai siégé, il y avait eu une abstention, reprit Marconi.

Joan Dooley se pencha vers Leitch.

— Qu'est-ce que cela signifie, Fred ?

Dans le brouhaha, seul Leitch entendit Gerald Pentes se récrier :

— Mais vous m'aviez certifié que je pouvais m'abstenir !

Dans le silence qui s'ensuivit, Leitch s'adressa d'abord à Pentes :

— Désolé, Gerald, je me suis trompé.

Il se tourna ensuite vers Schreiber :

— L'amendement numéro dix-sept a été introduit après une impasse, d'après ce qu'on me dit. C'était après ton règne, hein, Wilf ?

La présidente feuilleta fébrilement un épais document, trouva le passage qu'elle y cherchait, le lut et releva la tête :

— J'ai bien peur que Fred n'ait raison. Bon. Et maintenant ?

— Eh bien, nous devons repasser au vote, déclara Leitch. Mais pas aujourd'hui. Nous avions convenu de lever la séance à dix-huit heures, quoi qu'il arrive. Il est dix-huit heures quinze et c'est mon anniversaire.

Il se leva et partit.

— Et maintenant ? s'enquit alors Schreiber. Je ne doute pas qu'à un moment ou à un autre, monsieur Leitch nous fera savoir ce que nous devons faire.

— On peut faire une pause de cinq minutes ? demanda Shirley Marconi. J'ai envie de faire pipi.

Sans attendre la réponse, elle se dirigea vers la porte, une cigarette à la main.

Lorsqu'elle revint, Joan Dooley prit la parole :

— Nous allons nous y remettre une fois encore. Vendredi à seize heures, je vous prie, et pas d'excuses, OK ? Et je prierais celui ou celle qui s'est abstenu de bien vouloir prendre une décision, ajouta-t-elle en souriant de manière à faire comprendre qu'elle ne voulait donner d'ordres à personne mais qu'elle se contentait de demander à ses ouailles de jouer le jeu.

— Si ça se trouve, c'est Leitch, fit observer Schreiber, qui avait repris ses esprits.

— Ç'aurait été plutôt irresponsable de sa part, compte tenu de ce qu'il a fait, protesta la présidente.

— Ou plutôt, très intelligent.

Le comité se réunit donc le vendredi suivant. La présidente fit un rapide tour de table pour recueillir d'éventuels commentaires de dernière minute. Seul Erroll Czerny-Smith voulait ajouter quelque chose. Il déclara avoir consulté ses «électeurs» et pris connaissance d'éléments grâce auxquels il se félicitait qu'ils n'aient pas voté trop hâtivement.

Joan Dooley appela au vote. Cette fois-ci, Jennifer Benson et Maurice Lyall obtinrent chacun deux voix et David Prince, l'un des candidats marginaux, reçut une voix.

— Et maintenant, qu'est-ce qu'on fait, Wilf? demanda la présidente à Schreiber.

Une fois remis du choc, chacun connaissait la réponse, mais tout le monde attendait que Schreiber, le spécialiste de la procédure, se prononce.

— Je me vois dans l'obligation de mentionner que la présidente a voix prépondérante, annonça-t-il enfin.

— Et zut! s'exclama Joan Dooley en posant les deux mains sur la table, feignant la consternation. Ce sont tous les deux des personnes exceptionnelles, comme tous les candidats, d'ailleurs. Je déteste l'idée de voter contre l'un d'eux.

— Dans ce cas, tu n'as qu'à voter pour l'un d'entre eux, au contraire. Comme ça, on pourra tous sortir d'ici un jour, marmonna Leitch. Je dois aller assister à un match de base-ball.

Pressée de prendre une décision, Joan Dooley se jeta à l'eau:

— OK, OK. Puisque je dois indiquer une préférence, alors j'imagine que je dois me prononcer pour Maurice.

— Et donc, c'est Lyall qui l'emporte, dit aussitôt Fred Leitch. Vous n'avez plus besoin de nous, je pense?

Il se leva pour indiquer que sa question était purement rhétorique, salua chacun d'un signe de tête, adressa un clin d'œil à Gerald Pentes et quitta la pièce.

Pentes, Joan Dooley et Czerny-Smith ne tardèrent pas à lui emboîter le pas. Tous évitaient de croiser le regard des autres.

Restée seule avec Schreiber, Shirley Marconi s'écria :

— Le salaud !

— C'est la règle du jeu, Shirley, dit alors Schreiber. La politique, ça le connaît. Tu comprends à quel point c'était finement joué ? Avant notre dernière réunion, il avait convaincu Gerald de s'abstenir. À ce moment-là, si nous avions voté pour Maurice Lyall, on en serait restés là. Tu n'aurais jamais entendu parler de vice de procédure, ou du moins, pas avant qu'il ne soit trop tard. Mais comme le scrutin penchait en faveur de Benson, Leitch avait encore un atout dans sa manche. Il faudra que je m'en souvienne, de ce coup-là !

— Je ne parlais pas de lui, mais de ce maudit Maurice Lyall, rectifia Marconi.

— Voilà qui ne laisse plus aucun doute sur la teneur de ton vote, qui rejoint le mien, d'ailleurs.

— Mais alors, qui a voté pour Lyall, Leitch mis à part ?

— Quelqu'un qui a décidé de ne plus soutenir Jennifer. Pas Gerald Pentes, à mon avis. Je suppose que c'est ce que Erroll a voulu dire quand il a révélé qu'il avait écouté ses propres électeurs : il nous avertissait qu'il s'apprêtait à changer son fusil d'épaule, en fait. Il a filé juste après le vote pour ne pas avoir à en parler, Dieu sait pourquoi. Et toi, Shirley ? Tu es très anti-Lyall, tout d'un coup. Pourquoi ce revirement ? Tes électeurs t'ont placée au comité pour restaurer l'équilibre menacé par des gauchistes comme Erroll et moi : ton changement de camp ne va pas les contrarier, tu crois ?

— Ils connaîtront mes raisons bien avant d'entendre parler du vote, expliqua-t-elle en se dirigeant vers la porte, une autre cigarette à la main. On ne pourrait pas protester, tu penses ? demanda-t-elle en exhalant sa première bouffée.

— La procédure est parfaitement légale, objecta Schreiber en levant les mains en signe d'impuissance. J'ai bien peur que le pasteur de Bray ne soit notre nouveau doyen. Tout ce que nous pouvons faire, désormais, c'est lui rendre la vie impossible.

◆

Mais deux semaines plus tard, Maurice Lyall avait perdu la vie. On retrouva son corps chez lui le soir de la fête de la Reine. Il avait été tué par arme à feu.

CHAPITRE 1

L'inspecteur d'état-major Charlie Salter recula son fauteuil pour s'écarter de son bureau et s'efforça de penser à quelque chose de distrayant, apte à le tirer de la détresse qui l'empêchait de se concentrer sur le rapport qu'il était censé écrire. Une partie de squash pourrait faire l'affaire, mais pour cela, il faudrait aller jusqu'au club dans l'espoir d'y trouver un partenaire. À neuf heures trente, le matin, les chances étaient minces. Il envisagea alors d'aller faire une petite marche, mais les rues situées aux alentours du quartier général de la police de Toronto étaient peu motivantes : elles lui étaient si familières qu'elles ne feraient que cristalliser encore davantage ses pensées négatives. Et une promenade en direction de l'hôtel de ville pour aller bavarder un peu avec son ex-femme ? Sa femme actuelle, Annie, faisait plus que sa part pour le soutenir, mais il n'avait pas parlé à Gerry depuis un an, bien que les deux ex fussent encore en bons termes. Elle était travailleuse sociale, ou quelque chose d'approchant : elle saurait l'écouter. *Oui*, se dit-il, *c'est ça, le truc : en parler au lieu d'essayer de ne pas y penser.* Malheureusement, il ne pouvait quand même pas débarquer dans le bureau de Gerry comme ça.

Il s'empara de son téléphone pour appeler le bureau du maire : il apprit ainsi que la nouvelle mairesse s'était entourée de sa propre équipe et que Gerry était partie, personne ne savait où. S'il voulait laisser son numéro de téléphone, on lui proposait de le donner à l'intéressée si elle appelait.

La seule chose qui lui vint alors à l'esprit, c'est la World's Biggest Bookstore, une librairie située à quelques coins de rue, vers le sud. Ça l'occuperait sans doute une bonne heure. Il attrapa son imperméable encore humide de la pluie sous laquelle il avait marché en revenant de l'hôpital ce matin-là et fit savoir au bureau qu'il serait de retour pour onze heures.

Lorsqu'ils avaient été prévenus par téléphone le dimanche soir, Annie l'avait immédiatement conduit à l'hôpital où il avait retrouvé May, la concubine de son père, assise dans le couloir, devant la salle des urgences. Elle n'avait même pas répondu à son salut et s'était contentée de faire un geste en direction de la porte en se tordant les mains. Une fois la porte franchie, il s'était retrouvé dans une salle aux parois de verre remplie d'appareils de toutes sortes. Deux ou trois rideaux de nylon séparaient la pièce en espaces de la dimension d'un lit : le père de Salter se trouvait dans l'une de ces stalles, le corps hérissé de tubes et de tuyaux, un masque à oxygène sur le visage. Salter aurait voulu tout débrancher immédiatement – il avait toujours dit que c'est ce qu'il ferait –, mais il n'avait pas encore eu le temps d'y réfléchir ni d'imaginer les circonstances précises de ce geste. Déjà, la situation lui échappait. Une infirmière, qui avait jusque-là le regard rivé sur un moniteur, avait pivoté sur son tabouret :

— Vous êtes de la famille ?

— Je suis son fils.

Elle avait fait un signe de tête en direction de la ligne qui apparaissait sur le moniteur.

— Son cœur est bon.

— Comment est-il ?

— Il réagit. Tenez, avait-elle dit en approchant une chaise métallique du lit.

Salter s'était assis et avait scruté le visage tuméfié et émacié de son père pendant quelques minutes sans savoir que faire, avant de se rappeler la présence de May.

— Si vous avez besoin de moi, je suis juste là, dans le couloir, avait-il annoncé à l'infirmière.

Dans le corridor, il s'était assis à côté de May en cherchant une entrée en matière appropriée. Il n'avait aucun lien affectif avec elle, mais elle était en quelque sorte sa belle-mère. Elle était la veuve d'un ancien collègue de travail de son père et elle rendait ce dernier heureux depuis dix ans, après qu'à la suite du décès de sa femme il eut traversé une décennie de morne solitude. Quand elle accompagnait son conjoint chez les Salter, elle ne parvenait jamais à surmonter assez sa timidité pour être capable de sortir plus d'une ou deux phrases dans une conversation. Avec Salter, en tout cas.

Il s'était donc approché d'elle ; May avait agrippé la main de son quasi-beau-fils et avait entrepris de la malaxer avec l'énergie du désespoir.

— Que s'est-il passé ? lui avait-il demandé.

— Il est tombé dans l'escalier. Il s'est blessé à la tête. Les voisins l'ont trouvé et ont tout de suite appelé une ambulance. J'étais allée rendre visite à ma sœur.

Sa voix, flûtée et effrayée, était encore plus faible qu'à l'accoutumée.

— Que vous a dit le docteur ?

— Personne n'est encore venu me voir.

Annie était arrivée ; elle s'était elle aussi assise à côté de May. Salter lui avait raconté tout ce qu'il avait appris pendant qu'elle était allée stationner l'auto. Annie avait passé un bras autour des épaules de May ; Salter avait senti que cette dernière se détendait un peu.

— Va nous chercher du thé, lui avait ordonné Annie. Pas celui des distributrices du sous-sol : il y a un comptoir de vente à emporter qui est encore ouvert de l'autre côté de la rue.

Heureux de s'être vu confier une mission, Salter avait quitté l'hôpital pour tâcher de trouver l'échoppe en question, s'efforçant de ne pas songer à la possibilité que son père fût en train de mourir. À son retour, Annie s'était arrangée pour qu'ils disposent de la salle privée généralement utilisée lorsque les médecins avaient de mauvaises nouvelles à communiquer aux familles.

— J'ai obtenu les clés par une infirmière, avait expliqué Annie.

Après qu'il eût donné un gobelet de thé aux deux femmes, Salter avait capté un signal d'Annie : il devait s'éclipser. Pendant la demi-heure qui avait suivi, il avait visité tous les couloirs, revenant régulièrement vers Annie et May pour voir si on avait besoin de lui, tandis qu'Annie recueillait un récit plus cohérent de May qui exposait tous les détails de la crise de Salter père. Pour finir, le policier avait déniché un vieux numéro de *Time*, qu'il avait entrepris de feuilleter, assis sur le banc situé à l'extérieur du salon privé.

Un autre patient attendait, un jeune homme d'à peine vingt ans qui avait le bras en écharpe. Salter avait pensé qu'il s'était battu : ses bottes, son jeans crasseux, son large ceinturon et son chandail orné de flammes trahissaient l'habitué des bagarres. De but en blanc, le jeune homme avait déclaré à Salter :

— On m'a arrêté parce que je fumais. J'imagine qu'on n'a plus le droit de fumer, hein ?

Salter, ravi d'avoir un peu de distraction, s'était apprêté à faire remarquer que les paquets de cigarettes comportaient désormais un avertissement, mais il s'était ravisé, estimant qu'il était risqué de parier sur le sens de l'humour du personnage, étant donné qu'en outre, ils étaient seuls dans le couloir. Il s'était donc contenté d'inviter d'un geste le jeune homme à se livrer davantage.

— Ouais, dit le jeune homme, apparemment peu soucieux de logique.

— Et votre bras, qu'est-ce qu'il a ? lui demanda Salter afin de l'inciter à continuer.

— On pense qu'il est cassé. Ce n'est que ce soir que ça a commencé à me faire mal. C'est arrivé il y a deux jours.

— Qu'est-ce qui est arrivé ?

— J'ai fait un tonneau.

— En voiture ?

— Avec mon camion. Je suis rentré dans le fossé à l'embranchement, en sortant de l'autoroute à Markham. C'est de ça qu'on m'a accusé.

— On vous a accusé de quoi, exactement ?

— Conduite dangereuse. C'était juste un accident, nom de Dieu ! J'ai passé la nuit à l'hôpital. Ils ont pensé que j'avais une commotion cérébrale, vu que je disais que je ne me souvenais de rien. Vous savez ce qu'ils ont fait ? Ils m'ont foutu un projecteur dans les yeux toutes les heures en me demandant mon nom. Toutes les heures, toute la nuit ! Faut dire qu'il y avait un flic qui attendait que je me rappelle quelque chose, voyez. Finalement, j'en ai eu assez de me prendre un flash dans la gueule et j'ai fini par tout déballer.

— Et que leur avez-vous dit ?

— Que j'essayais juste de m'allumer une maudite cigarette.

— Et c'est là que vous êtes rentré dans le fossé.

— Exact.

— Et c'est ça qu'ils ont appelé « conduite dangereuse » ?

— Ils n'en ont pas parlé tout de suite. Mais après, ils m'ont demandé comment j'avais essayé de l'allumer.

— Et ?

— Ben, j'avais besoin de mes deux mains, en fait. L'allume-cigarette du camion ne fonctionne pas et il n'y a plus de vitre côté conducteur, alors il faut utiliser les deux mains pour que l'allumette ne s'éteigne pas.

Alors j'ai coincé le volant entre mes genoux. Et puis
j'ai heurté le rebord du fossé, le volant a glissé et c'est
là que le camion s'est retourné.

— Vous avez quitté l'autoroute en conduisant avec
vos genoux ? Et vous avez raconté ça à la police ?

— Ouais. Ils m'ont fait une prise de sang pour voir
si j'avais bu ou pris de la drogue et tout ça, mais
comme l'accident avait eu lieu la veille, ils n'auraient
rien pu trouver, de toute façon. Quoi qu'il en soit,
j'étais pas stone. C'était juste un accident !

Salter n'avait pas su quoi répondre. Le jeune homme
était revenu au point de départ.

— Alors comme ça, c'est interdit de fumer au volant ?

Il avait alors sorti une cigarette de sa poche et
cherché des allumettes. Salter avait pointé le doigt en
direction des panneaux proclamant qu'il était interdit
de fumer.

— Et merde ! avait marmonné le jeune homme, qui
s'était levé et avait ouvert d'un coup de pied la porte
qui donnait sur l'extérieur.

Il n'était jamais revenu.

Cela avait été le seul intermède de la soirée. De
temps à autre, un patient assis dans une chaise roulante
était conduit vers l'ascenseur, mais à mesure que
s'était tari le flot d'accidents, le couloir était devenu
silencieux et bientôt, Salter s'était retrouvé tout seul. À
minuit, l'infirmière à qui il avait parlé avait réapparu :
Salter lui avait demandé s'il y avait du nouveau.

— On va lui faire un tomodensitogramme, lui avait-
elle annoncé avant de repartir.

Salter avait passé la tête dans la porte de la salle
d'attente :

— On va lui faire un tomodensitogramme, avait-il
répété. En quoi cela consiste-t-il ?

— C'est un examen de routine, avait expliqué Annie.
Mon père en a eu un quand il s'est cogné la tête.

D'un froncement de sourcils, elle avait signifié à
Salter de ne plus dire un mot et de s'éclipser. Toutes

les quinze minutes, et ce, jusqu'à deux heures du matin, Salter était allé jeter un coup d'œil dans la salle aux parois de verre. Et puis, une préposée aux malades avait eu pitié d'eux trois et était allée leur faire du thé. Son père ne revenait toujours pas de son examen. Et chaque fois qu'il allait voir où en étaient Annie et May, elles semblaient évoquer l'enfance de May à Toronto-Beaches.

À trois heures, un docteur originaire des Caraïbes, fort courtois, était enfin apparu : il leur avait annoncé que l'état de Salter père était sans changement, que ses signes vitaux étaient stables, mais qu'il allait rester dans l'unité de soins intensifs.

Salter était désormais prêt à demander si son père allait mourir, mais pas devant May et Annie, aussi avait-il suivi le docteur jusqu'à ce qu'ils fussent hors de portée d'oreilles et lui avait posé la question au moment où celui-ci allait entrer dans l'ascenseur.

— Quel âge a-t-il ? lui demanda le médecin en retour.

— Soixante-quinze ou soixante-seize ans.

— Il n'est pas vieux, dans ce cas. Et il semble très solide. On en saura davantage demain.

— Aujourd'hui, vous voulez dire. Qui m'informera ?

— Nous.

— Je veux dire… si vous oubliez tous de me tenir au courant… Vous voyez, docteur, cela fait cinq heures que nous sommes assis ici, mais personne ne nous a dit un mot avant que vous n'arriviez.

— La nuit a été plutôt occupée.

L'ascenseur était arrivé et le docteur s'était avancé pour garder la porte ouverte.

— C'est faux. Je suis resté ici et j'ai vu tout ce qui se passait : un décès à l'arrivée aux urgences, une crise cardiaque, un type qui est parti et type qui s'était battu. Et c'est tout.

Salter avait répété mentalement cette tirade plusieurs fois.

— Le paumé était saoul et commotionné. Nous avons dû le surveiller toute la nuit. Et d'ailleurs, tous les patients admis pendant la nuit ont requis beaucoup d'attention.

— N'empêche, on aurait pu venir nous parler, non, après nous être passé devant pour la quinzième fois ? Même le gars qui passe la vadrouille a eu de la peine pour nous et est allé nous faire du thé. (Salter se ressaisit.) Je suis désolé, je ne m'adresse pas à la bonne personne. Après tout, vous vous êtes arrêté pour nous parler, vous.

La peau du visage du docteur semblait comporter trois couches de couleur : la couche supérieure était le gris de fatigue, ensuite venait la couleur brune due à ses origines géographiques et en dessous se trouvait apparemment une autre couche de gris, plus foncé, dont seuls les contours se voyaient autour des yeux.

— Les radios que nous avons prises laissent apparaître une petite fracture du crâne et sans doute un accident vasculaire cérébral. Je veux que les spécialistes y jettent un coup d'œil dans la matinée, mais à mon avis, c'est l'AVC qui a causé sa chute. C'est un enchaînement classique. On en saura davantage demain.

— Est-ce qu'il va mourir ? avait demandé de nouveau Salter.

Sa question n'était motivée ni par l'angoisse ni par la peur, mais par le désir de prononcer ces mots afin de faire face à la réalité et de s'y habituer.

Le docteur avait reculé pour sortir de l'ascenseur et considéré Salter comme s'il voulait le jauger :

— C'est possible, avait-il concédé. Mais il pourrait aussi se remettre complètement ou être totalement changé. Personnellement, je ne crois pas qu'il va mourir, mais c'est une possibilité dont vous devez être conscient. Encore une fois, j'en saurai davantage plus tard, quand j'aurai pu consulter mes confrères. Maintenant, vous devriez raccompagner ces dames chez elles. Revenez demain matin si vous le souhaitez. Vous pouvez aussi appeler n'importe quand pour avoir de ses nouvelles. Bonne nuit.

Il avait contourné Salter pour rentrer dans l'ascenseur.

Salter était retourné vers la salle d'attente et avait répété aux deux femmes une version légèrement remaniée des propos du docteur.

— Rentrez à la maison, vous deux. Je vais rester ici.

May avait secoué la tête.

— Je peux me reposer ici, avait-elle dit en désignant une pièce minuscule où se trouvaient une civière et un matelas. Je ne veux pas rentrer à la maison : il pourrait avoir besoin de moi à n'importe quel moment.

— Non, May. C'est moi qui vais dormir ici, avait insisté Salter. Quant à vous, rentrez chez vous et reposez-vous. On se revoit demain matin.

Sur ce, May avait accepté qu'Annie la reconduise tandis que Salter s'était allongé sur la civière. Mais il n'était pas parvenu à trouver le sommeil ; dès six heures, il était donc allé voir comment allait son père et l'avait trouvé éveillé et convulsé de douleur. Il n'avait pas semblé reconnaître son fils. Un médecin était en train de l'examiner, le regard fixé sur un moniteur. Dans un coin, deux infirmières évoquaient leurs congés. Tandis que Salter regardait autour de lui, attendant qu'on agît pour soulager son père ou qu'on lui demandât, à lui, qui il était, une autre infirmière était entrée et avait parlé en aparté au docteur pendant une minute. En quittant la pièce, elle avait jeté un coup d'œil au lit en fronçant les sourcils.

— Ce patient est très effrayé, avait-elle déclaré au docteur. Il faudrait lui administrer un sédatif.

Le médecin avait regardé à son tour le vieil homme ; il avait hoché la tête puis donné des instructions à l'une des deux infirmières, qui avait pris dans un placard un médicament qu'elle avait ajouté à la perfusion du malade. En quelques minutes à peine, le père de Salter s'était détendu et n'avait pas tardé à s'endormir.

Salter avait suivi l'infirmière dans le couloir et avait demandé à lui parler un moment. Elle s'était immobilisée et avait consulté sa montre.

— Je suis son fils, avait-il expliqué. Comment va-t-il ?

— Son état est plutôt stable.

— Qu'est-ce que ça veut dire, exactement ? Va-t-il survivre ? Va-t-il mourir ? Va-t-il être paralysé ou infirme, va-t-il retrouver l'usage de la parole ? J'aimerais savoir. Et j'aimerais aussi savoir depuis combien de temps il était en train de souffrir le martyre en présence de trois personnes avant que vous n'arriviez et que vous ne remarquiez sa souffrance.

— Du calme, lui avait-elle dit en le prenant par le bras pour l'emmener dans un coin discret. Je ne suis qu'une infirmière, vous savez, mais je peux vous confirmer que votre père a eu une légère fracture du crâne et le scanographe a montré qu'il avait probablement fait quelques attaques mineures récemment, et peut-être une attaque majeure avant sa chute. Mais son cœur et sa pression artérielle sont bons. Nous lui administrons des antibiotiques afin d'éviter la pneumonie, ainsi que des analgésiques et un soluté. Ah oui, et un sédatif, aussi. Par ailleurs, il n'est plus sous oxygène. Autre chose ?

— Oui. Pourquoi est-ce que personne n'est chargé de demander aux personnes qui restent assises dans le couloir toute la nuit si elles ont besoin d'information ? Toutes les deux heures, par exemple, ce serait fort appréciable. Je sais qu'on est aux urgences, mais vous agissez tous comme si c'était vous qui étiez en situation d'urgence, pas les patients. Comme si on était en guerre.

— Vous avez entièrement raison. Pourquoi n'en parleriez-vous pas à quelqu'un ? Pas à moi, je veux dire. Ce qu'il faudrait dans cet hôpital, c'est un ombudsman, une sorte de représentant des familles des patients.

— Tout à fait. Vous n'avez qu'à recruter des médecins à la retraite ; eux, ils connaissent les termes et auraient le droit de fouiner pour nous afin de nous tenir informés des événements.

— Tout doux ! Dites-leur, en espérant que vous identifierez ce « ils ». En attendant, je suis la plus ancienne des infirmières de service et jusqu'à midi, vous pouvez me poser toutes les questions que vous voudrez.

— Parfait. Et merci pour ce que vous avez fait pour mon père.

À huit heures, Annie et May étaient arrivées. Salter avait arrangé au mieux le peu d'information dont il disposait pour May, avant de prendre conscience du fait que les deux femmes étaient arrivées ensemble.

— Tu es passée la prendre chez elle ? avant demandé Salter à sa femme pendant que May était allée voir son conjoint.

— Elle va habiter chez nous pendant que ton père sera à l'hôpital. Elle veut rester auprès de lui pendant la journée ; nous pourrons la laisser seule au moins durant la matinée. Bon, je vais te ramener à la maison. Tu as besoin de dormir. Je n'ai pas beaucoup dormi, mais sans doute plus que toi quand même.

— Je vais aller le voir une dernière fois. Tu viens avec moi ?

Annie avait refusé d'un signe de tête. Salter était allé rejoindre May au chevet de son père. Celui-ci était calme, les yeux rivés au plafond. Lorsque son fils lui avait touché la main, le vieil homme avait tourné la tête, l'avait regardé et avait essayé d'humecter ses lèvres.

— C'est bientôt Noël, avait-il murmuré. Tu ferais mieux d'être sage, mon garçon.

— Nous ne sommes qu'en juin, papa, avait répliqué Salter, cherchant instinctivement à ramener son père dans le vrai monde, où qu'il se fût égaré.

Après quoi il s'était corrigé : il s'était en effet demandé s'il n'aurait pas mieux valu embarquer dans l'état onirique de son père, l'accepter temporairement et essayer d'y vivre avec lui. C'était un problème qui risquait de se poser fréquemment dans les jours à venir.

— Il a des hallucinations, lui avait expliqué une infirmière qui s'affairait à un évier, plus loin dans la pièce. C'est à cause des médicaments.

— Au moins, il est calme.

— Oui, c'est vrai, avait convenu l'infirmière. Ce n'est pas le cas de tous les patients.

Lorsque Salter et Annie étaient revenus à l'hôpital après le lunch, le vieil homme était toujours aux soins intensifs et May, fidèle au poste dans le couloir. Personne ne lui avait dit quoi que ce fût jusque-là. Annie l'avait emmenée dehors faire un tour tandis que Salter était allé revoir son père.

Salter avait eu l'impression que soit il s'habituait à le voir dans cet état, soit son père allait beaucoup mieux que le matin même. Il dormait paisiblement. Le policier avait demandé à l'une des infirmières le nom du médecin de garde. Elle s'apprêtait à lui répondre lorsque le docteur caribéen réapparut.

— Vous êtes encore de garde ? s'était enquis Salter.

— Nous faisons des quarts de vingt-quatre heures. Je termine cet après-midi. Bon. Votre père est dans un état très stable pour le moment, et je vais le transférer en service normal. Nous voulons le garder en observation quelque temps. Va-t-il rentrer dans de bonnes conditions ?

— Comment ça ?

— Vit-il dans une maison de retraite ou une maison de soins infirmiers où il peut recevoir des soins appropriés ?

— Il vit chez lui. Je suppose qu'il va devoir aller dans une maison de soins infirmiers, maintenant. Sa femme ne sera pas capable de s'en occuper. Au fait, il a bien eu une attaque ?

— C'est exact. Le docteur Chares l'a confirmé. Mais il pourrait recouvrer quatre-vingt-quinze pour cent de son état initial.

— Vous voulez bien parler à sa femme, docteur ?

Le médecin avait regardé sa montre :

— Mon quart vient de se terminer.

— Elle est juste là, avait insisté Salter. Deux minutes, pas plus.

Salter avait traversé le couloir pour aller rejoindre May et Annie, à qui il avait rapporté la teneur de la conversation pendant que le docteur attendait.

— Je vais le ramener à la maison avec moi, avait décrété May.

Annie avait regardé ailleurs tandis que Salter avait essayé de convaincre sa belle-mère :

— Ça va être une trop lourde charge pour vous, May.

— Je le ramène à la maison.

Annie et Salter avaient espéré que le docteur la dissuaderait.

— Avant que vous ne disiez quoi que ce soit, avait précisé May lorsque le médecin les avait rejoints, je répète que je vais le ramener à la maison.

C'était une toute nouvelle May, inflexible.

— Avant de l'autoriser à rentrer chez lui, nous allons devoir être sûrs que vous serez en mesure de vous en occuper.

— Dans ce cas, vous devrez le garder jusqu'à en être sûrs, pas vrai ? Quand il ira assez bien pour que vous lui donniez son congé, alors il ira assez bien pour que je m'en occupe.

— Bien, avait dit le médecin. Je suppose que c'est là qu'il sera le mieux, si c'est possible. (Il s'était tourné vers Salter.) Je vous suggère seulement de vous renseigner sur les services qui existent pour vous aider à veiller sur lui dès qu'il sera de nouveau sur pied.

— Et à la maison, avait rappelé May.

— J'imagine que vous êtes en faveur des soins à domicile quand c'est possible, était alors intervenue Annie, lentement et d'une voix forte.

Le docteur avait opiné du chef : il avait compris qu'Annie essayait de le rallier à l'argument de May.

— Certains d'entre nous le sont, et très activement. Selon notre expérience, les personnes qui vivent chez elles tendent à avoir une espérance de vie plus longue et à être plus heureuses. Cependant, il vient toujours un moment, surtout quand les gens vivent seuls, où ils ne peuvent plus s'occuper d'eux-mêmes ; mais avant cela...

— Il n'est pas seul, avait objecté May. Je suis là pour m'occuper de lui.

L'intervention d'Annie lui avait cependant laissé le temps de comprendre enfin que personne ne s'apprêtait à emmener son homme dans une maison de repos.

— Quand il ira un peu mieux, vous devrez demander un rendez-vous avec les services sociaux, qui vous expliqueront tout ce que vous avez besoin de savoir, ajouta le docteur. Et maintenant, si vous voulez bien m'excuser, je dois y aller.

May était restée à l'hôpital pour superviser le transfert de Salter père. Annie s'était arrangée pour revenir plus tard dans la journée et quant à Salter, il s'était dirigé vers son bureau, histoire d'essayer de travailler un peu.

CHAPITRE 2

En tant que chef du Centre des missions spéciales –
dont il était par ailleurs l'unique membre –, Salter rendait compte directement au directeur adjoint de la
police de Toronto. Il traitait tout dossier qui atterrissait
sur le bureau de son supérieur et qui n'était du ressort
d'aucune des unités habituelles ou qui, pour une raison
ou une autre, requérait une attention particulière. Pour
le moment, après avoir récemment résolu une affaire
qui l'avait conduit à mettre au jour des éléments rela-
tifs à la communauté du jeu à Toronto, il rédigeait un
rapport réunissant des arguments pour et contre les
paris hors-piste et les casinos. Les deux étaient illé-
gaux en Ontario, mais le gouvernement avait fait de
tels profits avec les loteries ces dernières années qu'il
se proposait maintenant de réduire la dette provinciale
grâce à un pourcentage sur les paris légaux, malgré
l'opposition de la frange évangélique de l'électorat,
groupe qui comportait traditionnellement une forte
proportion de personnes qui usaient réellement de leur
droit de vote. De nombreux Torontois rêvaient toujours de garder Toronto pure – dans l'un des quartiers,
l'alcool était encore prohibé –, car ils estimaient que
les amateurs pouvaient toujours traverser la frontière
et se rendre à Buffalo pour s'adonner à tous leurs vices.
Mais désormais, la plupart des vieux plaisirs interdits,

comme l'alcool le dimanche ou la pornographie *hard*, étaient accessibles même dans la petite ville paisible de St Catharines. La seule aventure au parfum d'illicite que pouvaient vivre les adeptes du frisson consistait à traverser l'International Peace Bridge pour aller faire son épicerie à Buffalo le dimanche.

Il restait les paris clandestins, aussi. Le parti au pouvoir devait en partie son existence à l'Église non conformiste, en particulier à un pasteur baptiste, prêcheur charismatique et ardent défenseur des réformes sociales, qui avait œuvré dans les décennies précédant la prospérité. Pour les héritiers de cette aile du parti, le problème était de savoir si le jeu, comme l'alcool, corrompait le tissu social ; pour les politiciens professionnels du cabinet, le problème était de savoir s'il y avait là de quoi engranger suffisamment d'argent pour que cela vaille la peine d'offenser les baptistes. Le directeur adjoint avait chargé Salter d'étudier les conséquences sur le travail de la police de mettre en place différentes formes de jeux d'argent. Au stade où il était rendu, Salter passait la plus grande partie de sa journée à lire la documentation fournie par un ami de sa femme, documentaliste dans un centre universitaire de recherche en criminologie. Malheureusement, le jargon sociologique ne parvenait pas, ce jour-là, à le distraire de sa tristesse, et c'est ainsi qu'il avait décidé d'aller trouver un dérivatif du côté de la World's Biggest Bookstore.

Avant de sortir du quartier général de la police, il marqua un arrêt sur le pas de la porte ouverte de l'inspecteur Marinelli, de l'escouade des homicides, espérant pouvoir bavarder un peu avec lui. Marinelli leva les yeux et lui fit signe d'entrer. Dès que Salter se fut assis, son collègue lui tendit une feuille de papier :

— Lis un peu ceci.

« Pourquoi n'avez-vous pas cherché en interne la main qui a tué Maurice Lyall ? » était-il écrit.

Marinelli lui fit passer une deuxième feuille, puis une troisième.

« Si vous cherchez les ennemis de Maurice Lyall, vous en avez un grand choix dans le milieu universitaire. »

« Pourquoi cherche-t-on à étouffer l'affaire ? Les membres de l'establishment se serreraient-ils les coudes ? »

— Ces mots sont arrivés au cours des dix derniers jours, l'un après l'autre, précisa Marinelli.

— Qui est Lyall ?

— Un professeur de Bathurst Community College. Il a été abattu le 24 mai par un cambrioleur qu'il avait surpris chez lui. Il n'y a aucune raison de soupçonner quelqu'un du collège ou, en tout cas, il n'y en avait aucune, jusqu'à ce que ces messages commencent à nous parvenir.

— C'est la prose d'un fêlé, commenta Salter en jetant les feuilles sur le bureau de Marinelli. Un fêlé qui a fait des études, cela dit.

— En fait, c'est aux journaux qu'il a envoyé ces messages. Les journalistes viennent juste de nous les transmettre, et ça les intéresse. Jusqu'à ce que nous trouvions le meurtrier, nous avons du souci à nous faire quant aux petites histoires qu'ils pourraient publier à propos de ces messages.

Salter reprit les feuilles et relut les messages à voix haute.

— Ça sonne un peu faux, tu ne trouves pas ? Un peu trop grandiloquent, non ? Probablement un gars qui veut semer la merde, à mon avis. Un universitaire fouteur de merde qui a trop lu les aventures de Sherlock Holmes. Tu les as envoyés au labo ?

— Bien sûr. Aucune empreinte. Le papier est standard, vendu par une chaîne de papeterie, et le message a été tapé sur une machine à traitement de texte.

Salter se demanda si cette affaire n'était pas le dérivatif qu'il recherchait.

— Vous devriez peut-être enquêter là-dessus, suggéra-t-il.

— Comment ça ? Enquêter sur quoi, exactement ?

— Eh bien, tu pourrais envoyer un gars sur le campus, pour montrer que la police est dans les parages. (Salter s'animait de plus en plus à mesure qu'il entrevoyait un plan de match.) Aller interroger tous les ennemis de Lyall, et tous ses amis, aussi. Ça clouera le bec à notre mystérieux écrivain pendant que vous recherchez le coupable.

Marinelli secoua la tête :

— Tu sais que mon surintendant a la grippe ? C'est moi qui assure l'intérim, et je n'ai absolument pas le temps de m'occuper de conneries de ce genre. On ne sait jamais où ça peut nous mener, ce type d'affaire…

Salter comprenait très bien ce que Marinelli voulait dire. Si par hasard des faits avérés se cachaient derrière les notes, la question ne se résumerait pas à interroger des suspects : il faudrait découvrir si, dans les rouages ou la politique interne – surtout la politique – du collège, quelque chose justifiait que l'on pose des questions directes. Il était irréaliste de vouloir aligner cinq cents personnes pour leur demander où elles se trouvaient le 24 mai au soir et exiger un échantillon de leur prose. Non : il serait bien plus productif de réduire le nombre de suspects en se concentrant sur les plus probables et de faire le nécessaire pour s'informer sur les récents événements ayant eu lieu sur le campus et qui avaient un lien avec Lyall. Cela pourrait prendre des semaines. Exactement ce dont Salter avait besoin.

— Moi, j'ai le temps, affirma Salter.

Marinelli le dévisagea, en attente d'une explication

— Je m'efforce d'écrire un rapport sur les jeux d'argent, mais j'ai beaucoup de mal à me concentrer, alors j'ai besoin d'une mission qui m'occupera pendant un moment.

— Jusqu'à quand ?

— Jusqu'à ce que je sache si mon père va s'en sortir. Hier, j'ai cru qu'il allait mourir. Maintenant, il semble bien qu'il va s'en tirer, mais je passe pas mal de temps à l'hôpital… où, apparemment, j'emmerde tout le monde, comme je le fais ici avec toi.

Salter jeta un regard appuyé à Marinelli pour bien lui faire comprendre qu'il s'agissait d'excuses déguisées. Marinelli était gêné.

— Ouais, j'ai entendu dire que tu avais des problèmes privés, déclara-t-il après un silence convenable. Étiez-vous… désolé… êtes-vous proches ?

— Jusqu'à la semaine dernière, non. Mais maintenant, oui.

Marinelli marqua une nouvelle pause avant de reprendre la parole :

— Je ne sais pas comment arranger ça, Charlie. Je peux demander des renforts – on est dans le jus, comme d'habitude –, mais je ne peux pas demander à t'avoir, toi : tu es plus gradé que moi, nom de Dieu !

— OK, on oublie ça, alors, dit Salter avec un geste de dépit.

Puis, se ravisant, il se pencha en avant vers Marinelli.

— Ça ne te dérange pas si je m'en occupe ? Je vais aller voir le directeur adjoint et lui dire que je suis désœuvré. Je n'arrive pas à me concentrer sur mon damné rapport, et ça vaudrait bien mieux que je fasse autre chose pendant un temps. Je lui dirai que tu m'as parlé de ces lettres anonymes et je lui demanderai l'autorisation de vous filer un coup de main.

— Je ne sais pas, Charlie. Je vais passer pour une mauviette…

— Je ne veux pas prendre de congé, je deviendrais dingue.

Marinelli détourna le regard.

— Allez, s'il te plaît, appelle-le dès que j'aurai quitté ton bureau, juste avant que j'arrive dans le sien, le supplia Salter. Préviens-le de mon arrivée et dis-lui bien que ce n'est pas ton idée. Il devrait embarquer.

— Je te le répète, Charlie, ce gars a été tué par un cambrioleur qui a été surpris en pleine action. On ne devrait pas tarder à mettre la main dessus.

— Ce n'est pas ce prétendu cambrioleur que je vais chercher, moi. Celui qui m'intéresse, c'est le gars qui a écrit ces lettres anonymes. Ça pourrait être intéressant. Rien à voir avec la vraie enquête. Je vais te laisser faire ton travail.

— Le gars… ou la femme.

— Quoi ? Ah oui, tu as raison. La personne, quoi. Appelle Mackenzie et quand ce sera fait, lâche-moi un coup de fil avant que j'aille le voir, insista Salter, qui s'efforçait d'aiguillonner Marinelli. Je vais attendre dans mon bureau, ajouta-t-il après avoir ostensiblement consulté sa montre.

— OK, OK. Et je ne vais pas me gêner pour lui dire que c'était ton idée.

Dix minutes plus tard, Salter reçut l'appel tant espéré.

— C'est arrangé, lui annonça Marinelli. Il m'a demandé ce que j'en pensais, si ça ne me dérangeait pas. Il pense que c'est une bonne idée, que ça va t'aider.

Ainsi, Marinelli avait évoqué avec Mackenzie son besoin d'une activité « thérapeutique ». C'était aussi bien.

— Je reviens te voir pour que tu me racontes toute l'histoire avant d'aller faire un tour au collège.

— Nous avons reçu un appel le mardi matin à dix heures quinze. Une femme de ménage, Maria Madrid, était entrée dans une maison de Gibson Avenue – c'est la petite rue qui aboutit dans Dufferin Street, de l'autre côté de la station de métro Rosedale. Elle donne sur le parc. Elle a trouvé la maison sens dessus dessous. Maurice Lyall, le propriétaire, était dans sa chambre, mort. Il avait été tué avec une arme à feu qui lui appartenait. Le coup avait été tiré à environ un mètre. Pour l'instant, notre hypothèse est qu'un cambrioleur est entré par effraction, que Lyall l'a entendu, qu'il a essayé de s'attaquer à lui et que le gars l'a maîtrisé. L'arme était impeccable ; elle ne comportait qu'une empreinte partielle de Lyall. Nous pensons que le meurtrier portait des gants.

— Il vivait seul ?

— Il était séparé de sa femme depuis dix ans, environ. D'après la femme de ménage, il avait une petite amie. Elle ne l'avait jamais rencontrée, mais elle trouvait parfois des signes d'une présence féminine. Du rouge à lèvres dans la salle de bains, des trucs comme ça.

— Lundi était un jour férié ; ça faisait une longue fin de semaine. Il ne l'avait pas passée avec elle ?

— Ça ne devrait pas être difficile à découvrir. C'était le jour de Victoria.

— La fête de la Reine.

— Quoi ?

— Le vrai nom est « fête de la Reine ».

— Hum… Bref. Ce soir-là, il y a eu plein de feux d'artifice et de festivités de toutes sortes. Lyall était allé voir un feu d'artifice de quartier. C'est interdit, mais certains persistent à le faire. Il a quitté la petite fête lorsque les feux officiels ont commencé, vers vingt heures.

— À quelle heure a-t-il été tué ?

— Entre vingt heures et minuit.

— Personne n'a rien vu ni entendu ?

— Il y avait des feux d'artifice, Charlie. C'était le soir idéal pour camoufler un coup de feu.

— Et après ?

— Le meurtrier est entré facilement, car on n'a relevé aucun signe d'effraction. Mais ça ne veut rien dire, car Lyall oubliait souvent de verrouiller sa porte. Toute la maison a été saccagée, de haut en bas. Nous ne savons pas encore avec certitude ce qui a été emporté : la femme de ménage a constaté l'absence d'une pièce d'argenterie ancienne et de la montre de Lyall, mais nous ne savons pas ce qui a disparu à part ça.

— La chaîne stéréo ? Le téléviseur ?

— Rien de tout ça. C'est la raison pour laquelle nous pensons que le cambrioleur cherchait des objets qu'il pouvait emporter rapidement et mettre dans ses poches.

— Et donc, il aurait été interrompu par Lyall ?

— C'est notre hypothèse. Selon nous, Lyall était en train de lire dans sa chambre quand il a entendu le gars et qu'il s'est mis en tête de le neutraliser.

— Où rangeait-il son arme ?

— Dans le sous-sol.

Marinelli se pencha en arrière, bien adossé à son fauteuil, attendant de voir si Salter saisirait ce qui devait lui sauter aux yeux. Pour contourner le problème, il ajouta :

— Je ne sais pas, peut-être que ce soir-là, il avait mis son arme sous son oreiller. Un truc pervers, quoi.

— Dans le cas contraire, tu veux dire qu'il aurait entendu du bruit en bas, qu'il aurait dévalé deux étages jusqu'au sous-sol, qu'il serait remonté dans sa chambre, et tout ça, sans que le cambrioleur ne le voie, qu'il l'aurait attendu dans sa chambre, mais que quand le gars se serait approché de lui, il aurait réussi à prendre l'arme des mains de Lyall et à faire feu sur lui ?

— Nous n'en savons rien. Peut-être que Lyall a essayé de lui sauter dessus. Par ailleurs, il pourrait y avoir non pas un mais deux cambrioleurs. On n'en sait rien, après tout.

— Quelle est l'adresse exacte ?

Marinelli ouvrit un tiroir de son bureau.

— Tu veux aller jeter un œil sur place ? Tiens, dit-il en lui tendant une clé à laquelle était attachée une étiquette. Tout a été nettoyé. Voici également des photos de la scène de crime.

Salter jeta un coup d'œil rapide aux clichés. Chaque pièce de la maison avait été saccagée. Dans la cuisine et les chambres, les tiroirs avaient été vidés sur le sol et dans le bureau, tous les livres avaient été jetés par terre. Salter se dit que cette affaire suffirait à éloigner ses pensées de son père.

— Je vais aller fouiner un peu partout. Bathurst College est au centre-ville, c'est ça ?

— Au sud de Dundas Street, près de Bathurst Street. Amuse-toi bien. Et, en passant, je suis désolé pour ton père.

◆

Du côté sud de Gibson Avenue, l'arrière des maisons donne sur une large allée et une rangée de places de stationnement. De l'autre côté de l'allée se trouve un parc municipal équipé de terrains de jeux pour les enfants et de courts de tennis. Autrefois, Gibson Avenue était une rue peuplée d'ouvriers – un fouillis de petites maisons entassées sur des terrains minuscules, mais le parc et la proximité du métro avaient depuis longtemps fait grimper l'immobilier dans le quartier, de sorte qu'il était désormais au-dessus des moyens de n'importe quel artisan.

Salter parcourut à pied le trottoir du côté de la maison de Lyall et pénétra dans la cour arrière où, au bord d'un tout petit carré de gazon, se trouvaient un érable géant et une clôture dotée d'un portail. Si on voulait quitter précipitamment la maison, il était possible de disparaître dans l'allée et de là, de se fondre dans le parc.

Salter traversa la terrasse en pierres et essaya d'ouvrir la porte arrière, mais elle était verrouillée. Il entra par la porte principale en se demandant pourquoi celle-ci était placée sur le côté de la maison, puis se rendit compte que toutes les cloisons de la bâtisse avaient été abattues pour en augmenter l'espace intérieur. À gauche d'un petit vestibule, tout l'avant de la maison était occupé par la cuisine. Tout l'arrière n'était qu'une seule et même pièce dont les portes donnaient sur le jardin. Au premier étage se trouvaient deux chambres, une salle de bains et un bureau. Salter détermina quelle était la chambre de Lyall, puis grimpa au deuxième étage, qui comprenait une seule pièce en mansarde et une douche. Seule la chambre de Lyall semblait avoir été occupée; il devina que l'occupant n'avait pas d'enfants ou, en tout cas, aucun qui fût venu lui rendre visite ou séjourner chez lui. Salter descendit au sous-sol, où il ouvrit tous les placards jusqu'à ce qu'il trouvât ce qu'il y cherchait, soit l'endroit où Lyall rangeait son arme. Le cadenas était toujours fermé. Salter fouilla soigneusement l'armoire de même que tous les tiroirs de l'établi qui se trouvait en dessous. Il passa au peigne fin tous les rangements du sous-sol jusqu'à ce qu'il trouvât, bien dissimulé au fond d'un placard, une boîte de cartouches à fusil dont deux manquaient. Il quitta la maison et rejoignit son auto, puis démarra en direction du collège où Lyall enseignait.

CHAPITRE 3

Le comte Bathurst, troisième du nom, secrétaire des colonies au tout début du XIXe siècle, a donné son nom à une île ainsi qu'à un passage du Nunavut, à une petite ville du Nouveau-Brunswick et à une longue rue de Toronto qui parcourt le centre de la ville du nord au sud. Autrefois, Bathurst Street comptait bon nombre de maisons bourgeoises, mais désormais, elle est connue pour le magasin de rabais Honest Ed's, dont le succès est tel que son propriétaire peut se permettre de gérer le théâtre England's Old Vic de Londres à ses moments perdus. Quand vint le moment de trouver un nom au collège qui allait être fondé dans la partie de Bathurst Street en plein déclin, quelqu'un se rappela l'origine du nom de la rue et décida que c'était une appellation appropriée pour un collège. Ainsi, même si la plupart des Torontois savent que c'est le collège qui a pris le nom de la rue, quelques-uns sont persuadés du contraire et parmi eux, une infime portion fait montre de son érudition en prononçant Bathurst avec un « a » ouvert – à l'instar, probablement, du comte lui-même.

Bien qu'il fût déjà passé en auto devant le collège des centaines de fois, Salter n'avait jamais vraiment prêté attention à cet établissement, parce qu'il n'était pas pourvu d'un campus en tant que tel. C'était l'un de ces nombreux instituts ne délivrant aucun diplôme qui avaient vu le jour en Ontario dans les années soixante afin d'offrir une autre voie que l'éducation universitaire à une époque où un vent farouche de démocratisation avait soufflé sur le système éducatif – époque à laquelle le terme d'« enseignement supérieur » avait commencé à être considéré comme élitiste et avait donc été remplacé par celui d'« enseignement complémentaire », terme plus générique. Dans l'optique de créer le plus grand nombre possible de ces nouveaux collèges avant les prochaines élections, le gouvernement en place avait installé certains de ces établissements à l'intérieur même de ses édifices, en utilisant tous les espaces vacants. Bathurst College avait ainsi été installé dans d'anciens immeubles appartenant à la ville et à la province : un entrepôt désaffecté, un refuge pour mères célibataires datant du XIXe siècle, un ancien hangar des douanes, ainsi qu'une synagogue et une église, qui avaient toutes deux perdu leurs congrégations depuis longtemps. Ces édifices avaient tous été rénovés à l'intérieur, mais de l'extérieur, seule une petite pancarte indiquait leur appartenance au collège. Parmi eux et autour d'eux, les boutiques et cafés portugais ou chinois, de même que les maisons des personnes qui les fréquentaient, avaient survécu.

Comme tous les nouveaux collèges, Bathurst College était censé répondre aux besoins de la communauté dans laquelle il était implanté. Il était sis très près d'un hôpital et pas trop loin de quelques autres ; il dispensait donc des formations en technologie de laboratoire médical, en sciences infirmières et en administration hospitalière. Du fait de sa présence à Toronto, il était également spécialisé en radiodiffusion et en arts théâtraux : éclairage, confection des décors, scénographie et création de costumes. Les flux d'immigration, les besoins de l'industrie et, tout simplement, les différentes modes remodelaient en permanence le collège, qui s'efforçait de s'adapter à toute nouvelle communauté venant s'installer dans le quartier, fût-ce temporairement.

À ses débuts, Bathurst College était peuplé de jeunes gens d'origine anglo-saxonne suivant des formations en ingénierie et en administration des affaires, tandis que leurs sœurs suivaient des cours d'économie domestique. Par la suite, les vagues successives d'étudiants italiens, portugais et, plus récemment, orientaux, avaient submergé le campus chacune à leur tour pendant quelques années. Le cours qui jouissait désormais de la plus large popularité était celui de dactylographie, ou « saisie au clavier », qui était presque exclusivement suivi par de jeunes Vietnamiennes.

Salter s'engagea dans Bathurst Street et trouva une place de stationnement près de l'hôpital. Il marcha vers le sud jusqu'à la prochaine intersection, puis tourna vers l'ouest pour se trouver devant le bâtiment de l'administration, une maison construite par un marchand de fourrures qui avait cru que le quartier deviendrait le plus prisé de la ville. Depuis son édification, cette bâtisse avait connu de nombreux usages, et sa transformation en bâtiment administratif de Bathurst College était intervenue juste à temps pour lui épargner la démolition et la réaffectation en stationnement du terrain sur lequel elle avait été bâtie.

Salter commença sa tournée par la directrice adjointe. Il aurait préféré commencer par le directeur général, mais lorsqu'il avait tenté de prendre rendez-vous, personne n'avait semblé sûr de savoir quand le directeur général serait présent à son bureau. Capable de reconnaître une échappatoire quand on lui en servait une, il avait choisi d'accepter le faux-fuyant pour le moment et s'était rabattu sur Joan Dooley.

Au premier regard, il apprécia ce qu'il vit: une grande femme anguleuse aux cheveux gris ondulés dans un style si démodé qu'elle donnait l'impression de s'être inspirée d'un vieil album de photos de famille. Elle portait une impeccable robe tunique bleu foncé et des mocassins noirs – détails que Salter jugea de bon augure. Le policier expliqua les motifs de sa visite:

— Tout indique que monsieur Lyall a été tué par une personne qui cambriolait sa maison, mais nous avons reçu des lettres anonymes. Rien d'étrange à cela, cependant : il n'est pas rare que nous en recevions, et elles sont généralement l'œuvre d'un voisin. Mais je dois quand même enquêter sur ces lettres.

— Que disent-elles ?

Salter ignora la question.

— J'aimerais en savoir davantage sur monsieur Lyall. Dites-moi depuis combien de temps il était au collège et d'où il venait.

Joan Dooley reposa son crayon, pivota de façon à faire face à la fenêtre et tourna la tête pour lancer à Salter un regard pénétrant par-dessus son épaule. Puis elle reprit sa position initiale, inclina la tête et dodelina du chef en soupirant. Elle leva enfin la tête et la secoua encore de droite et de gauche. Salter estima que son petit numéro aurait été plus adapté dans le cas d'une professeure d'éducation physique se préparant à admonester une petite fille de dix ans qui aurait été surprise en train de sacrer dans le gymnase.

— Vous savez, j'ai donné tous ces renseignements au sergent qui est venu ici le lendemain de la mort de Maurice, lâcha finalement la directrice adjointe.

— Oui, j'ai lu le rapport. Le sergent voulait simplement savoir si quelqu'un du collège l'avait vu le jour de sa mort.

— Que désirez-vous, au juste ? riposta-t-elle en secouant de nouveau la tête. Je suis désolée, mais j'ai du travail, moi aussi, vous savez. Hum… Oubliez que j'ai dit ça, mais…

Elle compléta sa phrase par trois ou quatre dodelinements.

— Pour commencer, avez-vous un dossier personnel sur lui ? demanda Salter.

— Bien sûr, j'imagine que oui.

— Puis-je le consulter ?

— Oh, eh bien, je n'en suis pas certaine. Je veux dire… il s'agit quand même de la vie privée d'un homme…

Salter sentit qu'un léger fossé s'était creusé entre son interlocutrice et lui, mais il attendit que celle-ci lui en refuse ouvertement l'accès.

— Je vous rappelle que l'homme en question est décédé, objecta-t-il.

— Dans ce cas, soit, dit-elle. Melissa! cria-t-elle à l'intention de la secrétaire qui se trouvait dans l'anti-chambre. Avons-nous un dossier sur monsieur Lyall, ici?

— Bien sûr. Nous avons son dossier personnel, répondit l'interpellée.

Salter entendit la jeune femme se lever, faire quelques pas, ouvrir un classeur et farfouiller dans des dossiers. Elle apparut dans l'encadrement de la porte et tendit une chemise cartonnée orange à la directrice adjointe.

Joan Dooley eut un mouvement de recul: elle repoussa la main de la secrétaire – et le dossier qu'elle portait – en direction de Salter, comme si le dossier était contaminé. Tous ses gestes et mimiques, trop appuyés, semblaient avoir pour but d'indiquer à Salter et à sa secrétaire qu'elle agissait un peu contre son gré.

— J'aimerais pouvoir prendre connaissance de son contenu sans vous déranger, dit Salter en jetant un regard circulaire en quête d'un endroit tranquille.

— Il y a un fauteuil dans le bureau de Melissa. En fait, non: allez plutôt dans la salle qui se trouve de l'autre côté du couloir. C'est l'ancien vestiaire. Vous y trouverez un bureau et une chaise. Je vais vous y conduire.

Joan Dooley précéda Salter dans le couloir et ouvrit une porte pour le faire entrer dans une pièce minuscule qui sentait le bois ciré.

— Ce n'est pas très grand, mais bon…

— C'est parfait, assura le policier.

Il referma la porte derrière elle et s'installa pour parcourir rapidement le dossier.

Maurice Lyall était arrivé à Bathurst College à l'âge de vingt-six ans, et il y était resté pendant vingt-deux ans.

Il était titulaire d'une maîtrise en sciences politiques de l'Université de Toronto et avait commencé, à l'Université du Wisconsin, un doctorat qu'il avait finalement abandonné. Trois ans auparavant, il avait été nommé à la tête du Département des sciences humaines. Il était marié, sans enfant. Ces renseignements mis à part, le dossier contenait des rapports d'appréciation rédigés par trois de ses collègues : sans conteste, Maurice Lyall était un bon professeur.

Salter sortit du cagibi et traversa le couloir.

— Il n'y a pas grand-chose là-dedans, déclara-t-il en rendant le dossier à Joan Dooley. Y a-t-il quelqu'un qui pourrait m'en apprendre davantage sur lui ? Qui étaient ses amis ?

— Je pense que je le connaissais aussi bien que n'importe qui d'autre, répondit la directrice adjointe en se balançant dans son fauteuil d'un air ostensiblement nonchalant.

Salter comprit que la curiosité l'avait emporté sur les scrupules.

— Certains indices montrent que Maurice Lyall voyait une femme à l'occasion. Savez-vous qui il aurait pu fréquenter ces derniers temps ?

— Seigneur ! Ne me posez pas ce genre de question ! s'exclama Joan Dooley en se levant, l'air faussement horrifié.

— Eh bien, c'est pourtant à cette personne que j'aimerais parler.

— Eh bien, ne me regardez pas comme ça, inspecteur. Doux Jésus !

Sa réplique s'acheva en un rire forcé.

— Aucune idée de qui ça pourrait être ? insista Salter, impassible. Je pensais que ça aurait pu être quelqu'un du collège.

— Non, monsieur. Je crains de ne pouvoir vous être utile.

— Qui pourrait l'être ?

Elle fit un signe de tête de dénégation.

— Vous ne vous adressez pas à la bonne personne, en tout cas. J'imagine que je ne le connaissais pas si bien que ça, après tout…

— D'après son dossier, il avait postulé pour les fonctions de doyen de l'École des études générales…

— Il venait d'être nommé, en fait. Les entrevues étaient terminées et il avait bel et bien décroché le poste.

— Tout le monde était-il satisfait de cette nomination ? Pas de ressentiment ?

— Je ne dirais pas qu'il y en avait, répondit-elle en pesant bien ses mots. Les gens ne mâchaient pas leurs mots, mais il n'y avait là rien de personnel. Allons, allons, inspecteur : les gens ne se font pas assassiner juste parce qu'ils sont nommés doyens !

Non, songea Salter. *Mais en pareilles circonstances, certaines personnes s'avèrent assez malveillantes pour écrire des lettres anonymes qui le prétendent, en tout cas.*

— Qui l'a nommé ? s'enquit-il.

— Le comité de sélection que nous avions mis sur pied pour recruter un doyen.

— Sa nomination a-t-elle fait l'objet d'un vote ?

— Bien sûr.

Salter sortit son bloc-notes et un crayon.

— Dites-moi le nom des membres du comité ainsi que la nature de leur vote.

— C'est un scrutin secret.

Salter regarda par la fenêtre en attendant la suite. Du bureau de la directrice adjointe, on voyait le toit de l'hôpital situé dans la rue voisine et il se demanda comment allait son père. Il était surpris de constater que cette petite enquête de routine avait suffi à éloigner l'hôpital de son esprit pendant une heure – mais maintenant, il était de retour dans ses pensées, et il avait furieusement envie d'aller parcourir les rues pour se changer les idées.

Joan Dooley secoua la tête d'un air désapprobateur : le tour que prenait la conversation lui déplaisait. Finalement, elle capitula :

— Je suppose que je pourrais deviner la préférence de certains membres du comité, concéda-t-elle en soupirant. Fred Leitch et Erroll Czerny-Smith étaient pour Maurice, révéla-t-elle avant de marquer une pause. J'avais voix prépondérante. Maurice était le candidat qui avait le plus d'atouts, mais il va sans dire que les autres candidats étaient eux aussi excellents.

Trouvant que la directrice adjointe avait l'air un tantinet sur la défensive, Salter se leva pour aller fermer la porte, non sans avoir rassuré d'un signe de tête la secrétaire.

— Qui était contre lui ?

— Vous voulez donc savoir qui était en faveur des autres candidats ?

— Ça fera l'affaire.

— Parfait, dans ce cas. À mon avis, Wilf Schreiber était pour Jennifer Benson, de même que Shirley Marconi.

Salter prenait les noms en note, demandant à Joan Dooley de les lui épeler.

— Il y avait donc deux pour et deux contre, alors ? Leitch et Czerny-Smith pour lui, Schreiber et Marconi contre lui ?

— Pas tout à fait, rétorqua-t-elle en appuyant chaque mot avant de rire à gorge déployée. Vous n'avez pas intérêt à négliger Gerald. Gerald Pentes était l'exception. Il... euh... et puis zut : il s'est vexé, comme à son habitude, et il a voté pour David Prince, un autre candidat. J'ai pensé que c'était plutôt... (Elle cherchait ses mots.) ... gratuit, qu'il avait voté ainsi par pure provocation. J'adore David, c'est un type génial, mais il n'est ici que depuis un an et demi, et il ne faisait pas le poids face à un gars d'expérience comme Maurice.

— Y avait-il d'autres candidats ?

— Bien sûr : Jim Monkman, répondit-elle en gloussant.

— Personne n'a voté pour lui ?

— Eh bien, ça ne me plaît pas de vous révéler ça, mais personne ne vote jamais pour Jim. C'est un sacré bon géographe, mais il veut absolument devenir administrateur, alors il est candidat à tous les postes qui se présentent. D'après les règlements, nous sommes obligés de lui faire passer une entrevue, mais il commence à être un peu… poussiéreux, disons.

Le policier devina que Monkman devait être la risée du campus. Il parcourut la liste des membres du comité.

— Il n'y avait donc que deux candidatures sérieuses, celles de Maurice Lyall et de Jennifer Benson, qui ont ainsi reçu deux voix chacune, tandis que David Prince a eu celle de Gerald Pentes. (Salter leva les yeux de son bloc-notes.) En fait, Lyall était votre choix à vous, je me trompe ?

— J'imagine que d'une certaine manière, on peut dire ça, concéda-t-elle. On peut dire ça, bien sûr, répéta-t-elle précipitamment. Mais tout autre choix du comité m'aurait satisfaite. Le hic, c'est que Jennifer n'avait aucune expérience dans l'administration, alors que Maurice avait été un super directeur de département.

— Et un vote partagé signifiait que vous deviez opérer un choix, insista-t-il.

— Oui, oui. Mais il n'en demeure pas moins qu'il a été élu à la majorité.

— Et que se passe-t-il, maintenant que Maurice Lyall est mort ?

— Nous en discutons présentement. Certains professeurs estiment que nous devrions simplement nommer Jennifer, mais le président du collège nous a rapporté que le conseil d'administration souhaitait que l'on retourne en recrutement, alors je ne sais pas. Il va falloir qu'on se décide rapidement.

— Comment le processus se déroule-t-il ? Vous annoncez le poste, mettez sur pied un comité chargé d'étudier les candidatures, puis vous passez au vote, c'est ça ?

— Dans les grandes lignes, oui. Mais il y a de vraies prises de bec, parce que j'aime qu'on parvienne à un consensus.

— Mais ça n'a pas été le cas, cette fois-là.

— Parfois, le consensus vient après coup. Les gens y repensent par la suite et se rallient au point de vue de la majorité.

Ou ils le subissent, rectifia Salter à part lui.

— Qui nomme le comité ? Vous ? poursuivit le policier.

— Jamais de la vie ! Le président, ou plutôt le conseil d'administration, a nommé un membre, Fred Leitch. Quant aux autres, ils sont élus.

— Tout ça m'a l'air plutôt démocratique.

— Oui, ça l'est. Vraiment. À mon avis, nous devrions gérer tout notre établissement de cette façon collégiale.

Salter n'était pas sûr de bien comprendre le sens de l'adjectif *collégial* : cela voulait-il dire… « comme un collège » ? Toutefois, il y avait dans l'attitude de Joan Dooley un soupçon de ferveur qui pouvait laisser supposer qu'il existait une autre manière de l'interpréter. Il faudrait qu'il se renseigne sur la question.

— Où puis-je trouver les autres membres du comité, notamment Wilfred Schreiber et Shirley Marconi ?

— Où avez-vous stationné votre voiture ?

— Dans Bathurst Street.

— Je vous pose la question parce nous sommes tous dispersés sur le campus. Mais j'imagine que vous autres, les policiers, ne recevez jamais de contravention pour le stationnement. Attendez une minute.

Elle prit son téléphone et composa un numéro :

— Barbara, l'inspecteur d'état-major Salter est dans mon bureau. Pourriez-vous lui trouver quelqu'un pour lui indiquer comment se rendre à l'École des études générales et lui servir de guide sur le campus ? Parfait, nous t'attendons. (Elle reposa le combiné et se retourna vers le policier.) Barbara est notre agente des relations communautaires. Elle va venir en personne.

Salter s'approcha de la fenêtre et contempla Bathurst Street.

— Je ne vois pas beaucoup d'étudiants dans les parages, observa-t-il.

— La session est finie et la prochaine ne commence que dans deux semaines, expliqua Joan Dooley.

— Mais les professeurs sont toujours sur le campus ?

— Cela fait partie de leur contrat. Nous ne sommes pas une université : les gens travaillent dix mois sur douze. Ah, voilà Barbara.

CHAPITRE 4

Une femme portant des lunettes à monture noire, aux cheveux sombres légèrement gras et coupés court et vêtue d'un imperméable de couleur claire pas très propre se tenait maladroitement sur le pas de la porte. Joan Dooley fit les présentations :

— Barbara Czerny-Smith, notre indispensable chargée de com. Barbara, voici l'inspecteur Salter.

Ce dernier jeta un coup d'œil à son bloc-notes.

— Vous avez un lien avec…

— C'est mon mari, l'interrompit la relationniste. Il pleut encore un peu : vous avez un manteau ?

Salter attrapa son imperméable, qu'il avait posé sur le dossier de sa chaise, remercia Joan Dooley et sortit derrière sa guide.

— Voici un petit plan du campus, commença cette dernière. Le bâtiment des Études générales est par là. C'était autrefois le siège social d'une entreprise pharmaceutique. Où devez-vous vous rendre ensuite ?

— Je voudrais aller voir une certaine Shirley Marconi.

— Son bureau est dans l'immeuble en béton, par là. Avant, c'était un garage automobile spécialisé dans la réparation de silencieux. Et ensuite ? demanda-t-elle sur un ton qui indiquait qu'elle était une femme occupée et que Salter la dérangeait.

— Je ne sais pas encore, répondit le policier sur un ton signifiant clairement qu'il avait la ferme intention de la déranger aussi longtemps que nécessaire.

— La plupart des départements ont leur propre bâtiment, de sorte que vous trouverez les bureaux des professeurs au même endroit que les salles de classe. Mais les Études générales n'ont pas d'étudiants en tant que tels.

— En quoi consistent les Études générales ?

— C'est ce qu'on appelait autrefois les matières classiques : anglais, sciences humaines, mathématiques, ce genre de choses. Les « arts inutiles », comme disent les professeurs de matières commerciales. (Elle sortit de sa poche un foulard qu'elle se mit sur la tête.) Mais je pense qu'ils deviennent de plus en plus tolérants, maintenant.

Tandis qu'ils cheminaient dans Bathurst Street, elle désignait les bâtisses qui abritaient le collège.

— Un vrai méli-mélo, commenta Salter.

C'était une remarque anodine émise sans arrière-pensée, mais elle prit immédiatement la mouche :

— Vous dites ça parce qu'il n'y a pas de porte en ogive ni de fausses tours gothiques, ce genre de trucs ? Permettez-moi de vous dire ce que Bathurst College n'est pas, inspecteur. Primo, ce n'est pas une usine éducative dotée de pouvoirs d'expropriation qui lui permettraient de saccager quatre ou cinq kilomètres carrés de Toronto pour y pratiquer la formation à la chaîne et se débarrasser des personnes qui y vivaient. (Elle pointa le doigt en direction de l'est pour bien montrer de quelle institution elle parlait.) Et secundo, nous n'avons pas non plus bâti des édifices qui ressemblent à des hangars abritant des armes secrètes au milieu de la toundra, ajouta-t-elle en désignant cette fois le nord.

— Voilà qui règle le compte des universités du coin. Et donc, vous, qu'avez-vous fait ?

— De fait, nous avons apporté un regain de vie aux petites entreprises du quartier. De nombreux étudiants louent des chambres par ici, et ils contribuent largement à faire vivre les commerces de proximité et les maisons de chambres. Nous représentons une large part de la communauté.

— Comme Oxford ou Cambridge.

— En fait, oui. Vous trouvez ça amusant?

— Ouais, mais plutôt bien, aussi.

— Autre chose : je voulais vous guider moi-même afin que vous sachiez que vous pouvez revenir me voir si vous avez besoin de quoi que ce soit. Mon travail consiste en partie à veiller à la réputation du collège : alors pouvez-vous bien me dire pourquoi un inspecteur de police vient chez nous poser des questions sur Maurice Lyall? Nous pensions que la police était à la recherche d'un tueur qui aurait agi au hasard, d'un cambrioleur.

Salter en avait maintenant assez : à sa connaissance, il n'avait rien fait pour susciter le ton de défiance acéré dont elle usait à son endroit et il n'était pas d'humeur à le tolérer.

— J'ignore ce qui a pu vous faire penser cela, mais jusqu'à ce que nous mettions la main sur le meurtrier, nous posons des questions à toutes les personnes qui ont connu Lyall afin de dénicher quoi que ce soit qui puisse nous être utile.

— Quoi, par exemple?

— Le genre de choses qui intéresse la police. Il dirigeait peut-être un réseau de revente de drogue sur le campus, ou bien peut-être qu'il avait l'habitude d'abuser sexuellement de ses étudiantes, selon la formule consacrée. Que sais-je encore… Peut-être qu'il proposait aux étudiantes un A à la condition qu'elles couchent avec lui. D'après ce que je sais, ça arrive parfois.

Elle se secoua tout entière comme si Salter l'avait couverte d'immondices.

— Nous sommes arrivés, dit-elle. Schreiber est au premier étage. Si vous avez besoin d'autre chose, vous savez où me trouver. (Elle se tourna, leva le visage vers le ciel et ôta son foulard.) Vous vous rappelez comment vous rendre au bureau de Shirley Marconi ? Encore une fois, en tant que responsable de l'image du collège et parce que j'en suis personnellement très fière même si notre établissement n'est qu'un méli-mélo à vos yeux, je vous serais très reconnaissante de ne pas hésiter à me demander toute l'aide dont vous aurez besoin. D'accord ?

Elle s'éloigna à grandes enjambées sans même lui dire au revoir, avant qu'il eût pu proférer la moindre obscénité.

Wilfred Schreiber était politologue ; il enseignait au Département des sciences humaines. C'était un homme de forte corpulence à l'allure miteuse. Il avait des dents très jaunies et écartées, une énorme moustache broussailleuse et un nez bulbeux luisant. Sur son bureau trônait la photo d'un gros chien roux – c'était là la seule velléité de décoration d'une pièce qui aurait pu passer pour la réserve d'un concierge d'immeuble.

— C'est votre chien ? demanda Salter en désignant la photo.

— C'est mon meilleur ami, répondit Schreiber en souriant. Vous êtes ici pour Maurice Lyall, je suppose ?

Salter hocha la tête.

— Votre directrice adjointe m'a parlé du comité qui l'a choisi comme doyen. Tous les membres de ce comité ont souvent eu affaire à Maurice Lyall, ces derniers temps. D'après ce que je crois savoir, vous n'auriez pas voté pour lui, mais pour une certaine…

— Jennifer Benson, compléta Schreiber.

— Joan Dooley estime qu'elle n'avait pas beaucoup d'expérience. Pourquoi l'avez-vous préférée à Maurice Lyall ?

— Parce qu'elle ne voulait pas le poste avec autant d'acharnement que Maurice Lyall. Il ne faudrait jamais nommer des administrateurs qui aiment trop leurs fonctions.

— Vous voudriez que votre établissement soit géré par des amateurs ? lui demanda Salter, qui assumait lui-même parfois des fonctions d'administrateur.

— Oh oui, sans conteste. Tout le personnel du collège devrait être constitué d'amateurs, surtout les professeurs. On ne peut jamais faire confiance aux professionnels dans le monde de l'éducation. Je suis anarchiste, ajouta-t-il en souriant.

— Je me disais, aussi… Vous êtes un anarchiste professionnel, en somme ?

— Bien vu, inspecteur. Allez vous faire voir ! osa-t-il, le sourire toujours en place. En passant, j'ai un alibi parfait. C'est mon jumeau qui l'a tué.

Le comportement du politologue était typique : tous ses propos visaient à produire un effet, à condition qu'il place ses nombreux traits d'esprit au moment opportun. Salter associait cet artifice oratoire à une certaine catégorie de professeurs, ceux qui émaillaient leurs cours de plaisanteries et en gardaient le réflexe même hors de la présence d'étudiants. Le policier soupçonnait que ces derniers tenaient Schreiber en haute estime pour son style, qu'ils rapprochaient des pièces de théâtre ayant pour cadre de vieilles universités européennes qu'ils avaient vues à la télévision. Il soupçonnait aussi que le professeur aimait particulièrement parler, même s'il n'avait rien à dire. Salter se sentit particulièrement chanceux.

— Parlez-moi de Maurice Lyall. J'ai lu son dossier : quand sa femme et lui se sont-ils séparés ?

— Il y a une dizaine d'années. Quel est le but de votre visite ici ? s'enquit Schreiber en se penchant en avant. Vous pensez que le meurtrier est quelqu'un du collège ?

— Nous pensons qu'il a été tué par une personne qui est entrée chez lui par effraction, probablement dans l'intention de le cambrioler, mais il y a une ou deux petites choses qui ne collent pas.

— Quoi, par exemple ?

— C'est moi qui pose les questions, monsieur
Schreiber.

Le professeur se recula pour s'adosser à son fauteuil
et sourit.

— Que voulez-vous savoir?

— Avait-il une petite amie?

— Il y avait des rumeurs.

— Pourriez-vous être un peu plus précis?

— Non, désolé. Je sais qu'il y avait des ouï-dire,
mais il faudra que je me renseigne pour savoir qui
était la femme en question. Moi, je l'ignore, affirma
Schreiber en détournant ostensiblement le regard.

— Que voulez-vous dire par là?

— Ce que je veux dire, c'est que j'ignore tout de
ces mémérages.

— Et si c'était elle qui l'avait tuée?

— Ça ne me dit pas davantage qui elle est.

Le message était clair. Schreiber connaissait parfaitement l'identité de la petite amie de Maurice Lyall et
ne pouvait pas résister à la tentation de le faire comprendre à Salter, mais il sautait sur l'occasion pour
montrer qu'il était un homme de principes.

— Est-ce là la raison pour laquelle vous n'avez pas
voté pour lui? Parce qu'il baisait à droite et à gauche?

— Non, bien sûr que non. Aucun rapport. (Schreiber
descendit de son piédestal de moraliste.) Je me fous de
savoir avec qui il couchait. J'ai voté contre lui parce
qu'il était en route vers le sommet de l'échelle. Il voulait être doyen parce qu'il considérait ce poste comme
une promotion. Et ça, c'est mauvais pour le collège…

— Mais ça n'est pas une promotion, d'être directeur
de département ou doyen?

— Oui, ça l'est, mais ça ne devrait pas être le cas.
Les professeurs devraient accéder à ce genre de poste
parce que les collègues affirment avec insistance que
c'est leur tour. Mais actuellement, c'est tout le contraire
qui se passe, de sorte que si ces fonctions sont consi-
dérées comme une promotion, retourner à l'enseignement

au terme d'un mandat est ressenti comme une rétrogradation, une humiliation ; les titulaires des postes
administratifs font donc tout pour rester en fonction,
surtout les doyens, ou pour obtenir une autre promotion.
Ainsi, l'établissement finit par être géré par une caste
d'administrateurs qui passent leur temps à parler des
problèmes que leur cause le corps professoral. (Salter
ayant regardé l'heure, Schreiber s'empressait d'en-
chaîner ses aphorismes.) Donc, chaque fois que je me
trouve dans un comité de sélection, je me fixe comme
règle de voter pour le candidat qui montre le moins
d'empressement pour le poste.

— En l'occurrence, Jennifer Benson.

— Oui. Figurez-vous que j'ai été tenté de voter
pour un jeune type du Département de théâtre, David
Prince. Je ne sais strictement rien de lui, mais il n'avait
pas la moindre idée de la manière dont le collège fonctionne, ce qui, pour moi, vaut recommandation. Mais
je devais voter pour Jennifer afin de stopper Lyall. Ça
n'a pas marché, évidemment. Pour notre directrice
adjointe, Maurice Lyall faisait partie de la clique. C'était
exactement mon avis, justement.

— Y avait-il vraiment quelque chose qui clochait
chez Maurice Lyall ?

— Oui, vraiment, répondit Schreiber en arborant
un air profond et sérieux. Je vous préviens, c'est confidentiel. C'était le directeur de mon département, vous
voyez. Je ne m'étais pas rendu compte que les choses
étaient allées vraiment loin jusqu'à ce que, par hasard,
j'aie eu l'occasion de jeter un coup d'œil sur l'horaire
de l'année prochaine qu'il avait laissé traîner sur son
bureau. Il s'était assigné un seul cours de politique
municipale, mais nulle part dans sa tâche il n'avait
mentionné « directeur de département ». Vous comprenez ce que cela signifiait ?

Salter fit un signe de dénégation.

— Ce n'était sûrement pas bon signe, hein ? répliqua-
t-il pour la forme.

— Cela voulait tout simplement dire qu'il était au courant qu'il allait être doyen. Son sacre avait déjà eu lieu ! rugit-il en feignant d'être impatient que Salter ait manqué un fait aussi évident.

Le policier se demanda quelle était la définition du commérage selon Schreiber. Sans doute que les scrupules de celui-ci se limitaient à éviter de jaser à propos de la vie sexuelle de ses collègues.

— Et donc, la combine avait fonctionné ?

— Ça marche toujours, pour les administrateurs ! Dans le cas contraire, ils ne seraient pas qui ils sont, vous ne croyez pas ? Mais quand on sait ce qu'ils mijotent, on peut parfois mettre un grain de sable dans leurs rouages pendant quelque temps. Ils ont bien failli manquer leur coup.

— De quelle manière ?

— Je l'ignore encore, répondit Schreiber, l'air pensif. Pour commencer, ils avaient dans la poche leur laquais, Fred Leitch, le registraire adjoint, Gerald Pentes et Shirley Marconi, contre Czerny-Smith et moi, de sorte que ça avait l'air bien parti pour eux. Mais Pentes a piqué une crise et sans lui, c'était à deux contre deux. Sentant que le vent risquait de tourner, notre directrice adjointe a ajourné la séance. Ensuite, Shirley Marconi s'est manifestement brouillée avec Maurice Lyall : le score a tourné à trois contre un, en notre faveur, et c'est ressorti tel quel au vote, avec une abstention en plus. Mais Leitch avait tout manigancé : il a donc fait remarquer qu'une abstention invalidait le vote. Nous nous sommes donc réunis une deuxième fois et cette fois-là, Czerny-Smith avait basculé du côté de l'administration : le score était donc revenu à deux contre deux, Joan Dooley ayant en outre voix prépondérante. Un jour, on les aura.

Salter se concentrait pour s'efforcer de retenir le nom des protagonistes.

— Pourquoi Leitch est-il membre du comité ?

— Leitch est le membre désigné par l'administration. C'est le registraire adjoint. Avant son arrivée, nous n'avions pas de registraire adjoint. Juste un registraire. C'était le comptable qui assumait les deux fonctions. Mais un beau jour, Leitch a été parachuté, et on lui a trouvé un poste. Tout ça, c'est politique. Aucun mystère là-dessous. Je ne crois pas qu'il restera longtemps dans le paysage parce qu'il éprouve des difficultés à se comporter de façon appropriée dans un collège, même le nôtre. Lorsqu'il a rencontré pour la première fois la directrice du Département des techniques de secrétariat, il lui a demandé si elle était d'accord avec lui sur le fait qu'aucune secrétaire ne pouvait obtenir de poste permanent avant de s'être fait baiser sur un bureau, et il a été surpris que ça ne la fasse pas rire. De nombreuses personnes se sont plaintes de lui, depuis. Le vrai mystère, c'est Czerny-Smith. (Schreiber marqua une pause pour bien souligner le nom.) Il a été élu par le peuple pour voter en faveur de Jennifer, et il a joué les traîtres. Il a refusé d'en discuter par la suite, et continue de rester muet sur le sujet.

Salter consulta ses notes.

— Êtes-vous en train de me dire que Jennifer Benson était le choix du corps professoral ?

— Non : ce que je dis, c'est que Maurice Lyall n'était pas le choix du corps professoral. En fait, Jennifer était un choix de dernière minute. Elle met beaucoup de personnes mal à l'aise en raison de ses positions d'extrême gauche, mais nous n'avons trouvé personne d'autre qu'elle.

— J'ai récemment appris que quatre membres du corps professoral sont élus au comité de nomination, tandis qu'un membre – en l'occurrence, Fred Leitch – est nommé par l'administration, et que ces proportions sont fixées par le règlement.

— Oui. Tout le processus a été défini il y a environ cinq ans, dans un rapport rédigé par un comité ad hoc mis sur pied par l'administration et le corps professoral. Le rapport Schreiber, s'empressa d'ajouter le politologue avant que Salter ne crût qu'il avait fini sa réponse.

— .C'est vous qui l'avez écrit ?

— J'étais président du comité. Nous avons rédigé un rapport qui, si l'administration y adhérait, allait résoudre tous ses problèmes, mais la direction du collège est perpétuellement à la traîne, de sorte que le rapport a maintenant pas loin de quarante amendements.

Dans une minute, se dit Salter, *il va passer en revue chacun de ces foutus amendements pour m'en faire comprendre la stupidité.*

— Et pourquoi le corps professoral ne peut-il jamais faire passer la personne de son choix ? s'enquit-il.

— Eh bien, il y a deux raisons à cela. Premièrement, les professeurs ne forment jamais un front uni. C'est comme la République d'Espagne, avec toutes ces factions dissidentes qui ne se font mutuellement pas confiance. L'administration, elle, ne connaît pas ce genre de problème, alors elle exploite généralement nos différends. Dans le cas présent, il était de notoriété publique que Shirley Marconi détestait Jennifer Benson, alors l'administration a pensé que ça se présentait bien. Mais à un moment donné, Marconi s'est fâchée avec Maurice Lyall pour des raisons qu'elle seule connaît – peut-être que notre regretté Maurice le savait aussi, cela dit –, et ainsi, grâce à son vote, nous aurions pu faire passer Jennifer, jusqu'à ce que Czerny-Smith change d'avis. La deuxième raison, c'est que vos renseignements ne sont pas entièrement exacts. Il est vrai que quatre des membres sont élus, mais en réalité, seuls trois sont élus par les professeurs, le quatrième – en l'occurrence, Gerald Pentes – étant élu par l'ensemble des directeurs de départements. Et ceux-ci sont de jeunes administrateurs en pleine ascension sociale qui ont tendance à élire le candidat qui se situe du côté de l'ordre, c'est-à-dire celui qu'ils ont eux-mêmes rejoint. Donc, en réalité, trois membres sont élus par nous, un est élu par une catégorie d'administrateurs et un autre est nommé par l'administration. Je sais ce que vous allez dire : nous avons encore la majorité. Mais l'intervention d'un élément imprévisible comme Shirley Marconi peut nous diviser. Et si cela n'arrive pas, le conseil d'administration, qui a un pouvoir de veto, estimant qu'une scission est facteur de dissensions, nous demande de reprendre le processus de zéro afin d'essayer d'atteindre un consensus. C'est un mot que vous avez sans doute souvent entendu prononcer, n'est-ce pas ?

— Et vous disiez que Pentes a piqué une crise ?

— Gerald est très soupe au lait, ça oui. J'imagine qu'il a trouvé un manquement à la moralité dans la manière dont l'administration a mené le processus et qu'il est monté sur ses grands chevaux, même s'il avait été nommé par cette même administration pour voter en faveur de Lyall. Tout le monde sait à quel point il se froisse facilement.

Schreiber n'avait apparemment pas terminé : Salter attendit donc la suite.

— On le surnomme « Say-it-ain't-so-Joe », comme la chanson de Murray Head. Vous vous souvenez ? Après que le joueur de base-ball « Shoeless » Joe Jackson aie accepté de perdre les Séries mondiales pour de l'argent, un petit garçon a crié « Say-it-ain't-so-Joe » quand son héros est sorti du tribunal. Notre Gerald, c'est pareil : pendant toute sa vie professionnelle, il aura été consterné, dégoûté et bouleversé de découvrir sans cesse que tous les hommes sont des menteurs, même et surtout ici. (Schreiber adopta un ton plus informel.) Pour dire la vérité, il est un peu stupide : l'administration aurait dû faire preuve de plus de discernement et ne pas le nommer à ce comité. Cela dit, ça leur a pété à la figure, alors tout est bien qui finit bien.

— Et l'autre candidat, Monkman ? D'après la directrice adjointe, il se présente toujours à ce genre de poste.

— J'ai une théorie sur Monkman. À mon avis, il pense que, dans un scrutin menant à une impasse, il obtiendra un jour un vote, et qu'il sera capable de convaincre l'un des candidats favoris qu'il pourrait

reporter son vote sur lui, comme dans une présiden-
tielle, en échange de faveurs après la nomination. Mais
jusqu'à présent, il n'a pas été chanceux. Peut-être qu'il
attend que la direction place des étudiants dans les
comités de nomination.

L'expression joyeuse de Schreiber indiquait qu'il
ne croyait pas que cela se réaliserait un jour.

— Mais vous, vous avez voté pour Jennifer Benson,
reprit Salter.

— Oui. C'est une vraie langue de vipère et elle est
complètement dépourvue de tact : si elle avait été élue,
il n'aurait pas fallu une semaine avant que la révolution
ne se déclenche, mais elle est du bon côté, celui des
candidats réticents.

— Qui l'a convaincue de se présenter ?

Schreiber se départit de son attitude railleuse et
regarda Salter avec méfiance :

— Moi, entre autres. Nous étions plusieurs à l'y
pousser. Ce n'était pas difficile : Jennifer prétendait que
Maurice Lyall était dévoré d'ambition depuis le début.

— Elle pouvait donc compter sur votre voix, quels
que soient les autres volontaires pour le poste, de la
même façon que l'administration pouvait compter que
le registraire adjoint voterait pour Lyall ?

— Sauf si Jésus-Christ s'était présenté en personne,
oui. Mais ce n'est pas la même chose : nous sommes
les gentils et eux, ce sont les méchants.

Schreiber semblait ravi de ses petites phrases. Quant
à Salter, il estima qu'il en avait assez entendu sur la
politique universitaire pour le moment.

— Quelle réputation avait Maurice Lyall auprès
des étudiants ?

— D'après ce que j'en ai entendu, il était plutôt
bon professeur.

— Sexuellement, je veux dire.

— Vous allez droit au but, vous ! Je n'ai jamais rien
entendu sur ce chapitre. Aucune plainte pour harcè-
lement, rien de ce genre.

Salter feuilleta son bloc-notes.

— Eh bien, cela va me suffire pour un premier aperçu.

Cependant, Schreiber n'avait pas terminé.

— La seule personne dont nous n'avons pas parlé, c'est la directrice adjointe, qui présidait le comité. L'avez-vous rencontrée ? Oui, bien sûr, suis-je bête ! C'est elle qui vous a expliqué à quel point notre collège était démocratique et vous a dit que le vote était à bulletins secrets.

— Elle semble très compétente.

— Elle ne vous a pas encore sorti son laïus ? Elle ne vous a pas dit qu'elle n'avait pas compris pourquoi on lui avait confié son poste, qu'elle se demandait encore pourquoi elle s'était laissé persuader de l'accepter et combien elle était impatiente de retourner à l'enseignement ? Non ? Eh bien, elle ne manquera sûrement pas de le faire. Elle met un point d'honneur à le déclarer à tout le monde. Elle est venue d'un collège de formation des enseignants de l'Alberta pour gérer notre programme de formation du personnel. Un grand nombre de nos enseignants arrivaient chez nous sans expérience en enseignement et sans formation adéquate, et au lieu de considérer cela comme un avantage, l'un de nos anciens directeurs généraux a décidé que nous devions avoir un responsable de la formation du personnel, et c'est Joan Dooley qui a obtenu le poste.

— Comment en est-elle arrivée là où elle est aujourd'hui ?

En réalité, la question intéressait peu Salter, mais en lisant entre les lignes du monologue de Schreiber, il en apprenait beaucoup sur ce dernier.

— Elle a été propulsée jusque-là exclusivement grâce à ses qualités personnelles. Il y a quelques années, nous avons eu des problèmes lorsque les enseignants à temps partiel se sont mis en grève et ont instauré un piquetage. Le conseil d'administration voulait les licencier, et certains d'entre nous ont obtenu de notre syndicat qu'il envoie une lettre de soutien. (Schreiber eut encore un sourire.) Bien sûr, nous ne les avons pas rejoints sur leur piquet de grève, car notre devoir envers les étudiants primait, sans parler de nos chèques de paie... Bref, ce qui s'est passé, c'est que deux ensei-gnants à plein temps particulièrement courageux se sont fait porter pâles pour éviter de franchir le piquet de grève et que le reste d'entre nous – dont moi – avons fait signer une pétition. En fait, ce que je voulais dire, c'est que dans cette échauffourée, Joan Dooley a comme émergé pour appeler tout le monde au calme et s'est retrouvée à jouer le rôle d'intermédiaire entre toutes les parties, puis de médiatrice. Et quand la poussière est retombée, elle a accepté le poste d'ad-jointe au directeur général chargée de conseiller ce dernier en matière de relations humaines et, peu après, elle a été nommée directrice adjointe.

Toute cette tirade avait été débitée sur un ton de moquerie bouffonne ; le plaisir que Schreiber retirait de pouvoir exprimer à un nouvel auditoire des com-mentaires qu'il avait manifestement émis de nombreuses fois en émoussait un peu le contenu, mais la malveil-lance qu'il contenait était intacte.

— Nous sommes ici dans le département de Lyall, dit Salter. Où était son bureau ?

Schreiber ouvrit la porte de son antre et désigna un bureau plus grand, devant lequel plusieurs chargés de cours partageaient un espace commun.

— C'est tout au bout, expliqua-t-il.

— C'est la pièce dont la porte est ouverte ?

— Oui. Le concept de bureaux privés n'a pas encore été inventé à Bathurst College. Le directeur de dépar-tement ainsi que quelques autres – dont moi, pour le moment – ont un bureau à eux parce que c'est comme ça que les divisions étaient faites dans le bâtiment lorsque nous y avons emménagé. Ce pavillon est un ancien abattoir. J'imagine que le bureau du directeur était celui des abatteurs et que j'ai celui du comptable, par exemple. Mais bien sûr, si l'un de nos collègues moins chanceux doit parler en privé à un étudiant, ils sont libres d'utiliser le mien ou celui du directeur en notre absence.

— Vous ne fermez pas votre bureau à clé ?

Schreiber lui adressa un sourire.

— Non, pas plus que nous n'y laissons quoi que ce soit d'intéressant pour nos collègues. Ce n'est que notre lieu de travail.

CHAPITRE 5

Salter décida qu'il lui serait utile de connaître les antécédents des personnes qu'il souhaitait rencontrer avant d'aller plus loin, aussi retourna-t-il au bureau de Joan Dooley afin de demander à consulter d'autres dossiers personnels. D'un geste de la main, la directrice adjointe le référa à sa secrétaire, laquelle dénicha les dossiers en question. Salter alla s'isoler dans le réduit de l'autre côté du couloir, où il prit le temps de tout lire et d'échafauder une histoire qui contenait tous les noms et toutes les dates qu'il voulait retenir.

Ses activités du jour avaient rempli correctement leur objectif: elles avaient tenu à distance sa détresse et sa peur ; mais bien qu'il interprétât l'absence de messages comme un bon signe, il n'avait pas très envie de rentrer chez lui. Lorsqu'il arriva à la maison, Annie lui annonça que May était à l'hôpital et qu'elle avait l'intention d'y rester.

— Je suis allée là-bas afin de la ramener à la maison pour qu'elle mange, mais elle ne voulait pas le laisser seul, lui raconta-t-elle. Prends le temps de souper, et je t'accompagnerai là-bas après. J'ai fait des boulettes de viande à la suédoise, ça va nous changer un peu des œufs au bacon. Si un jour tu dois te préparer à manger tout seul, tu peux les émincer pour te faire un sandwich.

— Qu'est-ce qui se passe ? Son état a empiré ?

Ne te voile pas la face maintenant que tu es là, se sermonna-t-il intérieurement. *Continue à poser des questions jusqu'à ce qu'on t'apprenne le pire.*

— Je viens d'appeler l'hôpital. On m'a dit qu'il était agité.

— Ça, c'est leur façon de nous dire qu'il est en train d'agoniser. L'as-tu vu quand tu es allé conduire May ?

— Non. Assieds-toi, je vais t'apporter une bière. Le repas sera prêt dans une minute. Après souper, repose-toi pendant une heure sur le divan. Si tu restes à l'hôpital cette nuit, ton sommeil sera plutôt compromis.

— Je dois y rester. C'est la seule manière de convaincre May de rentrer chez elle.

— Je sais.

Salter attendit jusqu'à vingt et une heures, puis Annie le conduisit à l'hôpital et attendit May dans la voiture.

— Le stationnement coûte six dollars par heure, fit-elle remarquer. Comment les personnes qui ont peu de moyens font-elles lorsqu'elles viennent rendre visite ici à un proche qui est malade ? Ces gens-là font un emprunt à la banque ?

Salter alla voir rapidement son père, qui grommelait à voix haute, les yeux fermés, puis se mit en quête de May. Il la trouva dans la salle d'attente, de l'autre côté des urgences, qui tentait de faire un petit somme sur un banc dur à deux places.

— Rentrez à la maison, lui dit-il. Vous ne ferez rien de mieux ici. Je vous promets que je vous appellerai en cas de besoin.

— Une femme m'a dit que la nuit dernière, elle a entendu quelqu'un appeler une infirmière pendant deux heures. Le malade l'appelait d'une voix très basse, mais elle, elle l'entendait depuis la salle d'attente. À la fin, elle n'y tenait plus : elle est allée voir dans le couloir, et elle s'est rendu compte que le monsieur en question était dans une chambre juste à côté de la salle des infirmières. Eh bien, elles étaient trois, en train de regarder des photos de mariage ! La dame a demandé au malade ce qu'il souhaitait, et tout ce qu'il voulait, c'était une couverture supplémentaire. Il avait froid. En fait, elles se disaient qu'il ne pouvait pas avoir froid parce qu'il fait réellement chaud ici, alors elles ne s'en sont pas occupées. Et pourtant, lui, il avait vraiment froid ! Moi, je ne veux pas que ton père reste ici à appeler toute la nuit sans que personne ne se soucie de lui.

— Rentrez à la maison, May. Allez vous reposer un peu. Vous pourrez revenir de bonne heure si vous voulez, mais rentrez à la maison. Je vais rester ici jusqu'à votre retour.

— Mais tu dois aller travailler.

— Ça ira, ne vous inquiétez pas pour moi.

— Tu ne partiras pas, promis ? le supplia-t-elle.

C'était là son vrai souci, apparemment.

— Je vais rester ici tant que vous ne serez pas revenue, lui confirma-t-il.

— Dans ce cas, je vais peut-être rentrer, alors. Je suis un peu claquée.

— Annie vous attend dans l'auto de l'autre côté de la rue. Je vais vous raccompagner à la porte.

Arrivée à la porte principale de l'hôpital, elle regimba.

— Je n'ai pas de lait, protesta-t-elle. Il faut que j'aille chercher du lait.

— Vous restez chez nous, en ce moment, May, rappelez-vous. Du lait, on en a plus qu'il n'en faut.

De retour dans l'hôpital, Salter se prépara à affronter son premier quart de veille. Il était vingt-trois heures, et il entrevoyait aisément le déroulement de la nuit : il avait repéré une pile de magazines qui l'occuperaient pendant les deux premières heures, après quoi s'écoulerait une autre heure de lecture par intermittence. Puis il consulterait sa montre à intervalles de plus en plus rapprochés et vers quatre heures, il serait gavé jusqu'à l'écœurement de tout ce qui se boit ou se mange dans un hôpital – thé, café, boissons gazeuses, bonbons à la menthe, et même barres chocolatées Mars. Après avoir épuisé le répertoire de toutes ces gourmandises, il aurait la langue comme du carton et la bouche pâteuse et au terme de sa nuit de veille, il aurait l'impression d'avoir traversé l'Atlantique en avion.

Il ôta sa cravate et desserra ses lacets de souliers avant de s'emparer du premier magazine. Ce faisant, il songea qu'avec un peu d'entraînement – et à condition d'appartenir à une autre culture –, il aurait dû pouvoir entrer dans une sorte de transe ou enfiler un pagne et se mettre en équilibre sur la tête, ou même simplement chasser la nuit rien que par la pensée. Et c'est alors que l'idée d'une diversion majeure lui traversa l'esprit, quelque chose qui le tiendrait occupé pendant une ou deux heures. Il renoua ses lacets et sortit de l'hôpital pour aller dans Bay Street où il trouva un dépanneur ouvert toute la nuit. Il acheta un bloc-notes et un crayon à bille pour le cas où le sien tomberait en panne sèche puis, se rappelant la vision qu'il avait eue de sa nuit, il ajouta une brosse à dents et du dentifrice, en plus d'un café et d'une Kit-Kat. Il retourna à l'hôpital. Devant la porte d'entrée se trouvait un pauvre gars qui venait juste de se faire faire un pansement. Salter lui donna un dollar avant de se diriger vers la salle d'attente, où il s'installa aussi confortablement que possible. La pièce comportait un petit bureau qui, dans la journée, entre quatorze et seize heures, était occupé par un bénévole offrant son aide à quiconque en avait besoin. Le policier y déposa ses fournitures et se prépara à écrire.

Son idée était d'utiliser tout ce temps qui se présentait à lui pour commencer à écrire un compte-rendu sur le meurtre de Maurice Lyall. Pas un rapport d'enquête officiel, plutôt une sorte de récit de ses lectures et interrogatoires du jour. Et si toutefois on le surprenait à faire cet exercice, il pourrait toujours prétendre coucher sur le papier des éléments destinés au vrai rapport qu'il rédigerait plus tard, le cas échéant. En réalité, il projetait de se livrer à la plus intime des activités : la tenue d'un journal.

Il trouva extrêmement difficile de se lancer. *L'affaire m'a été confiée le 4 juin*, écrivit-il avant de se dire : *Quelle importance ?* Il fit une autre tentative : *Après avoir examiné la scène de crime, je suis allé visiter le campus de Bathurst College.*

Il arracha la page et la jeta dans la corbeille à papier. Le problème, c'est qu'il avait du mal à se départir du style propre à un rapport. Il essaya d'imaginer un autre lectorat que le directeur adjoint. Après plusieurs tentatives insatisfaisantes, il décida de s'adresser à sa femme en imaginant qu'elle était absente. En voyage en Turquie, par exemple. *Chère Annie*, écrivit-il. *Je suis assis dans la salle d'attente de l'hôpital. Il est minuit et j'ai pensé que je pouvais combler ce moment d'attente en te racontant l'affaire sur laquelle je suis en ce moment.* Voilà qui était mieux.

Au dire de tous, Lyall était quelque peu radical étant jeune.

Il déballa sa Kit-Kat qu'il entreprit de grignoter en pensant à la suite de son récit, puis il se prépara à se remettre à la tâche. Il enleva ses chaussures et desserra sa ceinture d'un cran. Quand il se pencha de nouveau sur sa feuille, un déclic s'était produit : il ignorait s'il était dû à l'heure tardive ou aux circonstances, mais il éprouva soudain le désir d'écrire de son mieux. Il était devenu un critique, une vraie plume. Au début de sa (très) brève carrière d'étudiant à l'université, un professeur lui avait rendu un travail sur lequel il avait noté : « vaguement bien écrit ». Cette annotation l'avait stimulé, de sorte qu'il avait sué sang et eau sur chaque phrase du travail suivant. Au final, sa prose semblait avoir été écrite à l'époque de Guillaume le Conquérant, mais elle n'avait strictement rien de vague ni de bien écrit.

Salter relut sa dernière phrase – il la biffa et recommença : *Au début de sa vie, Lyall était un radical.* Encore mieux. Il reposa son stylo et songea à aller se chercher un thé à la machine distributrice du sous-sol. À ce rythme-là, il écrirait sans aucun doute une bonne dizaine de phrases par semaine. Mais le côté positif des choses, c'est que la dernière demi-heure avait passé à la vitesse de l'éclair. Après une tasse de thé, il pourrait vraiment commencer.

Une demi-heure plus tard, il lut de nouveau sa première phrase et poursuivit : *À son arrivée à Bathurst College, il a donné tous les cours dont le Département des sciences humaines avait besoin. Lyall était très populaire et, dès sa deuxième année d'enseignement, a été élu « professeur de l'année ». Quelques années plus tard, il s'est intéressé aux activités du syndicat des professeurs, où il a exercé différents postes avant de devenir président de la section locale en 1984.*

Après cela, il a pris un congé de deux ans pour commencer un doctorat ; la première année correspondait à un congé sabbatique et la deuxième, à un congé sans solde. Cependant, il n'a jamais terminé ses études doctorales, et il est revenu enseigner à Bathurst College à l'automne 1987. Au cours de cette même année, il était responsable du programme d'éducation permanente (cours du soir) en sciences humaines. En 1988, il a été nommé directeur du Département des sciences sociales, fonction qu'il a occupée jusqu'à son élection au poste de doyen de l'École des études générales.

Relatée de cette façon, son histoire est plutôt classique, n'est-ce pas, Annie ? Un jeune homme fougueux qui veut changer le monde et qui, après un passage par son syndicat, découvre qu'il aime être chef et devient donc ambitieux parce que ça vaut mieux que de travailler – enseigner, en l'occurrence – pour gagner sa vie, et aussi parce que ça correspond à sa vraie nature. Dans le cas de Lyall, si ses fonctions au syndicat ont donné l'impulsion, je crois aussi que son petit boulot au programme d'éducation permanente lui a montré ce qu'il voulait faire et l'a mis sur les rails.

Le moment venu, Lyall était prêt. Il a posé sa candidature au poste de doyen de l'École des études générales et l'a obtenu, au terme de quelques manigances plutôt intéressantes. Et puis il a été assassiné. Qui ? Pourquoi ? Il y a de grandes chances pour que le coupable soit un cambrioleur qu'il aurait interrompu, mais il reste la possibilité qu'il ait été tué par une personne qu'il connaissait. C'est peu probable, bien sûr, et rien ne permet d'étayer cette hypothèse – ou, en tout cas, rien ne le permettait jusqu'à ce que l'on reçoive des lettres anonymes qui nous enjoignent plus ou moins explicitement de rechercher le meurtrier sur le campus.

Jusqu'à présent, j'ai établi que ces lettres provenaient fort probablement du collège. Elles ont été imprimées par une imprimante laser IBM sur du papier ordinaire. Bathurst College compte trente-sept imprimantes de ce type, et elles utilisent toutes le même papier.

Aujourd'hui, j'ai interrogé deux personnes : la directrice adjointe, Joan Dooley, et un enseignant dénommé Wilfred Schreiber. Au premier abord, Joan Dooley m'est apparue comme une cheftaine de scouts, une sorte de conseillère de camp qui veut voir le bien qu'il y a en chacun de nous. Schreiber m'a clairement laissé entendre qu'il la considérait comme… comment dire ? Bidon, c'est ça. Et j'ai moi-même quelques doutes à propos de notre chère directrice adjointe. Elle ne dit du mal de personne, mais ce n'est qu'un genre qu'elle se donne. Cela étant, il faut à mon avis prendre aussi ce qu'affirme Schreiber – j'y reviendrai ultérieurement – avec une pincée de sel. Pour l'instant, je crois que Joan Dooley serait stupéfaite d'apprendre qu'on puisse l'estimer inauthentique. Elle, elle est persuadée d'être authentique. Le fait qu'elle ait été dans le camp opposé à celui de Schreiber au sein du comité de sélection ne signifie pas grand-chose tant que je n'en saurai pas davantage sur les autres personnes impliquées. Schreiber pense que le vote était truqué, mais il ignore comment. Tout ce qu'il dit, c'est que Lyall savait qu'il allait être nommé doyen. Il y a deux ou trois choses intéressantes relatives à tout le processus qui s'éclairciront dès que j'aurai parlé aux autres membres du comité, mais pour le moment, je peux certifier deux choses : tout d'abord, Lyall aurait pu perdre, même s'il avait été choisi par l'administration, et ensuite, Joan Dooley avait parfaitement le droit de voter pour Lyall si elle pensait qu'il était le meilleur candidat pour le poste. Aucune des autres personnes en lice ne semblait à la hauteur, à part une certaine Jennifer Benson.

Je suis content d'avoir rencontré Schreiber assez tôt dans mon enquête parce que je pense que je retournerai le voir. Il est bavard et il aime être dans le secret des dieux. Il se voit comme un analyste perspicace. Il se dit anarchiste, pense qu'il comprend tout le monde – moi y compris –, mais ce qui me frappe chez lui, c'est qu'il est tellement avide de voir ses idées appréciées qu'il accepterait sans doute volontiers d'être conseiller du directeur général du collège, lui aussi, si on le lui demandait. Il est comme ces experts qui pontifient à la télévision le soir du résultat des élections municipales et qui donnent leur opinion sur la prétendue signification des premiers résultats. À mon avis, son rêve serait d'être consulté par les gars qui sont au pouvoir, mais en attendant, il offre ses opinions à tous les autres.

Salter s'arrêta pour se relire afin de vérifier s'il ne se répétait pas, puis il interrompit sa relecture, partant du principe que c'était très certainement le cas, mais que l'anaphore était justifiée par des impératifs rhétoriques. En outre, il se sentait plutôt inspiré : il aimait les dernières phrases qu'il avait pondues.

De fait, Schreiber n'a que du mal à dire de tout le monde et maintenant que j'y pense, il se peut qu'il soit

tout simplement jaloux de Joan Dooley. Il a voté contre
Lyall. Il a une théorie foireuse : les administrateurs
devraient tous être des novices. Son credo semble bien
rodé et à mon avis, ça fait dix ans qu'il le récite à tous
ceux qui franchissent la porte de son bureau. Il aime
s'écouter parler et il me sera très utile si mon enquête
se poursuit. Si je parviens à dormir un peu cette nuit,
j'irai interroger les autres demain.

Plus de trois heures avaient passé, et il avait fait
son possible. Il glissa le bloc-notes dans un magazine
et plaça ce dernier dans la petite pile de lecture qu'il
s'était préparée. Aucun son perturbant ne provenait du
corridor. Seuls émergeaient de la nuit quelques gémis-
sements dans une chambre, le bruit des portes de l'ascenseur qui s'ouvraient et le grincement des roues d'une
civière. Salter était fatigué, maintenant. Il se leva pour
aller voir si son père dormait paisiblement, puis se
rendit dans la pièce où se trouvait son lit de fortune,
dans lequel il parviendrait à garder les yeux fermés
pendant quatre heures. Mais avant d'aller se coucher, il
reprit son bloc-notes, qu'il retourna pour commencer à
écrire sur la dernière page.

Mon père va peut-être mourir et j'ignore complè-
tement ce que je suis censé faire. Non : plus exactement,
j'ignore ce que je suis supposé ressentir. Ce que je sais,
c'est ce que je ressens réellement. J'ai l'impression
que tout le monde m'observe. Mais qu'est-ce que je
ressens pour lui ? Je n'aurais jamais cru qu'on serait
aussi proches. J'ai maintenant le sentiment d'être sur
le point de le laisser tomber, comme si toutes les fois
où je l'ai déjà fait se jetaient sur moi en même temps.
On dirait que tout cela est de ma faute – c'est lui qui
me fait me sentir coupable. Il l'a toujours fait.

Il leva son crayon, épuisé par les efforts qu'il avait
déployés pour être franc. Gêné par le résultat, il referma
le bloc-notes et le remit dans le magazine.

◆

Quand il se réveilla, il se trouva nez à nez avec une infirmière noire menue, penchée au-dessus de lui, tout sourire.

— Vous parlez en dormant, lui révéla-t-elle. Vous évoquiez vos petites amies, espèce de cochon ! Vous voulez un petit-déjeuner ? J'en ai des extras : gruau, Rice Crispies ou All Bran ?

— Que s'est-il passé ? Ils sont tous les trois morts pendant la nuit ?

— Je vois que vous êtes de bonne humeur. Je commande toujours des extras. Alors, vous en voulez un ou non ?

— Je prendrai des Rice Crispies, s'il vous plaît.

Elle posa un plateau sur une petite table. Salter avala une cuillerée de céréales, mais elles avaient le même goût que vingt-cinq ans auparavant, aussi se rabattit-il sur une tasse de café brûlant et un toast rassis et froid badigeonné de confiture.

Il se lava les dents dans les toilettes et alla voir son père. May était arrivée sans le prévenir, et lorsque Salter entra dans la chambre, elle était en train d'aider le malade à boire du thé.

— Je suis venue en métro, expliqua-t-elle. Quand je suis partie, Annie dormait toujours, alors je l'ai laissée se reposer.

— Dieu merci, tu es enfin là ! croassa son père qui, apparemment, reconnaissait son fils.

— Il est resté auprès de toi toute la nuit, précisa May. Allez, bois ton thé.

— Impossible qu'il ait été ici, insista le vieil homme. Il a certainement dû aller arrêter toutes ces bonnes femmes.

— Pourquoi donc ? s'étonna Salter.

— Je t'expliquerai plus tard, lui répondit May, visiblement gênée.

— Toute la nuit ! s'exclama le malade.

— Quoi, toute la nuit ? insista Salter.

Un léger fard aux joues, May éclaira la lanterne de Salter en baissant la voix :

— Il a encore eu des hallucinations. Il pense que les infirmières ont agressé les patients et... qu'elles ont eu des relations sexuelles avec eux.

— Dans les couloirs. Toute la nuit ! Ça se battait et ça baisait, confirma le vieil homme. Ça devrait être interdit, non ? Surtout dans un hôpital. Demande à papa d'aller leur parler.

— Qui croit-il que je sois ? demanda Salter à May.

— Il n'a pas arrêté de parler de son frère Fred.

— Fred est mort à Dieppe en 1942, objecta Salter.

— Il est remonté bien avant ça, à l'époque où vous étiez enfants.

— Non, pas moi : Fred et lui, rectifia-t-il avant de se tourner vers son père. OK, je m'en vais faire cesser ces agissements indignes immédiatement.

Il ajouta à l'intention de May :

— Je reviendrai à midi.

— Je serai là.

May prit une serviette et entreprit de laver le visage de son compagnon. Salter quitta la chambre.

CHAPITRE 6

Salter fit une halte à son bureau afin de se raser et de communiquer son emploi du temps de la journée pour le cas où on souhaiterait le joindre, puis il repartit en voiture en direction de Gibson Avenue. Il entra de nouveau dans la maison de Lyall, histoire de se plonger un peu plus profondément dans la tanière du professeur afin de se faire une meilleure idée du genre d'homme qu'il était. Il opta pour une progression par cercles concentriques, prévoyant réserver le bureau de Lyall, qui se trouvait au centre, pour la fin.

Le minuscule jardin n'était rien d'autre qu'un carré de gazon servant à accueillir quelques pièces de mobilier d'extérieur. Un parterre sans fleurs bordait la clôture, attendant qu'une vraie main verte prît possession de la maison. Le sous-sol (qui constituait le cercle suivant) remplissait l'office de zone de stockage : mis à part un râtelier sur lequel se trouvaient des skis de fond et des skis alpins, derrière lequel étaient empilées des bottes de ski, le seul point d'intérêt était l'armoire à fusils – unique élément de la pièce qui avait été fabriqué par un vrai menuisier. Les autres étagères qui couraient le long du mur avaient été faites à l'aide de bois de rebut. Le vieil établi était jonché de bric-à-brac : une charnière orpheline, deux porte-serviettes usagés et une dizaine d'outils divers. Salter conclut que Lyall était un sportif, pas un bricoleur.

Il monta au premier étage, où il eut tôt fait de déduire que Lyall n'était pas non plus un fin cuisinier et qu'il ne s'attendait pas à voir débarquer des invités affamés à l'improviste. Le réfrigérateur contenait du jus d'orange, du lait et la moitié d'une tranche de pain. Un vieux paquet de haricots de Lima partageait le compartiment congélateur avec une truite congelée. Rien n'indiquait que Lyall faisait autre chose que prendre son petit-déjeuner chez lui : on ne trouvait même pas de liste des numéros les plus fréquemment composés à côté du téléphone. Le salon, situé à l'arrière de la maison, était plutôt démodé et avait lui aussi l'air d'avoir été peu utilisé.

Dans la mansarde du deuxième étage, un bureau était à moitié recouvert du genre de vêtements qu'on abandonne généralement dans un chalet d'été : vieux chandails en coton ouaté et épaisses chaussettes de laine. Le placard était dégarni. La chambre d'amis située au même étage était pleine à craquer de reliques du passé de Lyall : vêtements de ski démodés – dont une épouse se serait débarrassée –, sous-vêtements thermiques et deux chandails de curling.

Lyall avait gardé toute sa garde-robe actuelle dans sa chambre, les « bons » vêtements de ski y compris. Bien que le placard et le bureau fussent pleins à craquer, la chambre paraissait néanmoins dépouillée. À gauche du lit queen était placée une table sur laquelle se trouvaient une lampe, un réveil et un numéro du *Times Educational Supplement*. À droite, rien, pas même une table. Il était clair que personne n'était censé passer la nuit dans le même lit que Lyall.

Au centre de tous les cercles était le cabinet de travail, pièce dans laquelle le vrai Lyall devait sans doute avoir passé sa vie. Salter commença par inspecter le bureau, lisant tout ce qui en couvrait la surface et jusque dans le petit panier d'osier, cherchant le nom de personnes que Lyall avait rencontrées récemment. Il ne découvrit rien d'autre que des factures de services publics et des offres de clubs du livre. L'agenda posé sur le bureau ne contenait que des rendez-vous sans grand intérêt ni mystère et des mémos incompréhensibles.

Le policier ouvrit les tiroirs de gauche et farfouilla parmi les relevés de compte : manifestement, Lyall commençait à boursicoter. En parcourant un mois de paperasserie au hasard, Salter fut impressionné par le salaire mensuel du professeur. Le deuxième tiroir contenait un vieux manuscrit, de toute évidence l'ébauche d'un roman, et le tiroir supérieur était plein de fournitures de bureau.

Le caisson de droite du bureau consistait en un petit placard plein de dossiers personnels, étiquetés sans vraie méthode de classement : « correspondance », « impôts » et « articles publiés ». Salter éplucha les dossiers avant de s'intéresser au classeur à quatre tiroirs qui occupait un coin de la pièce. Les étiquettes apposées sur les tiroirs indiquaient que le meuble contenait des documents relevant du domaine d'enseignement de Lyall, principalement des notes de cours, et Salter décida que son inspection était presque terminée. Avant de quitter le bureau de Lyall, il écouta les messages enregistrés sur le répondeur du professeur depuis les trois dernières semaines. La plupart d'entre eux correspondaient à des appels de routine – confirmation d'un rendez-vous chez le médecin, messages du collège –, mais une voix féminine revenait souvent. La femme en question ne s'identifiait jamais, mais elle était reconnaissable après deux messages : « Salut. Appelle-moi ce soir entre huit et dix. », « C'est moi. Je ne peux pas venir. » ou encore « Je te rappellerai. » Salter réécouta toute la bande de manière à pouvoir reconnaître la voix s'il l'entendait de nouveau, empocha la cassette et quitta la maison pour se rendre à Bathurst College.

Il s'était préparé un itinéraire en établissant une liste de toutes les personnes dont il avait entendu parler jusque-là. Il commença par l'ancien atelier de réparation de silencieux où se trouvait le bureau de Shirley Marconi, celle qui avait changé d'avis et décidé de ne plus voter pour Lyall.

— Pourrait-on bavarder ailleurs qu'ici? lui demanda-t-elle. J'aimerais fumer.

Ils quittèrent donc l'édifice puis traversèrent la rue pour entrer dans un café portugais. Salter alla chercher deux cafés et ils s'installèrent à une table métallique sur le trottoir. Shirley Marconi alluma sa cigarette avec un petit frisson de répulsion feinte à l'égard de son addiction. C'était une femme mince aux cheveux noirs coupés droit et dépourvue de maquillage. Salter lui donnait environ quarante-cinq ans.

— Connaissiez-vous bien Maurice Lyall? commença-t-il. J'essaie de trouver ses amis afin d'avoir une idée de son emploi du temps le jour de son décès.

— Je le connaissais assez peu, répondit-elle avec une grimace ironique.

Pendant toute la conversation, elle allait se tordre ainsi la bouche sans arrêt afin de conférer un effet dramatique à ses propos.

— Étiez-vous en faveur de sa candidature au poste de doyen? demanda Salter.

Elle fronça les sourcils.

— Je n'aurais même pas voté pour lui comme employé de fourrière.

— Pourquoi? Que vous a-t-il fait?

— Il ne s'est jamais approché de moi. C'est ce que j'ai observé de lui qui m'a donné la conviction qu'il ne devait en aucun cas être responsable d'autres personnes.

— Quand avez-vous observé cela? Après que vous ayez été élue au comité?

Le visage de son interlocutrice se figea. Après quelques secondes, elle répliqua:

— J'ai cru comprendre que le fonctionnement du comité était confidentiel.

— Pas en cas d'assassinat.

— Très bien. J'ai fait ce constat pendant les entrevues.

— Quel constat ? Qu'avez-vous découvert ?

— Qu'il ne convenait pas pour le poste, répondit-elle en balançant violemment la tête à gauche puis à droite afin de souligner sa phrase.

Elle alluma une deuxième cigarette.

Même si, à l'origine, le but de Salter était de tuer le temps, il commençait à en avoir assez de ce petit jeu.

— Il me serait utile que vous me disiez pourquoi. Avez-vous appris quelque chose sur des tendances anormales dont vous n'aviez pas été consciente ? A-t-il essayé d'acheter votre vote ? Ce n'est pas un grand collège et vous y êtes depuis douze ans : vous ne saviez donc pas tout sur lui ?

— Apparemment, non.

— Dans ce cas, qu'avez-vous découvert ?

— Qu'il était impitoyable, ambitieux et sexiste. Et je ne me considère pas comme féministe.

Enfin une déclaration précise.

— Vous a-t-il fait des avances quand il a su que vous étiez dans le comité ? Ça couvrirait vos trois adjectifs. Madame Marconi, je n'ai pas beaucoup dormi la nuit dernière et j'enquête sur un homicide : dites-moi quelque chose qui va me tenir éveillé. Qu'avez-vous découvert sur le compte de Maurice Lyall ? Qu'est-ce qui clochait chez lui ?

Les efforts de Salter furent récompensés par une autre phrase :

— J'ai découvert qu'il se débarrassait des gens.

Salter soupira :

— Que voulez-vous dire par là ?

— Rien de plus que ce que ça signifie.

— De qui s'est-il débarrassé ? D'une femme, j'imagine.

— C'était juste une remarque générale.

— De qui ?

Shirley Marconi secoua la tête sans rien ajouter.

— Tout le monde sait-il pourquoi vous avez voté contre Maurice Lyall ?

— Tout le monde sait exactement la même chose que vous. Voudriez-vous bien arrêter ces questions ridicules ? Tout ce qui s'est passé, c'est qu'à l'occasion de son entrevue avec le comité, je me suis rendu compte que Maurice Lyall ne convenait pas au poste.

— Et vous avez donc voté pour Jennifer Benson.

— Oui.

— Pourquoi ?

— Monkman est ridicule et David Prince n'est qu'un gamin.

— Qu'avez-vous ressenti quand Lyall a finalement été nommé ?

— J'étais tellement en colère que je suis allée chez lui pour l'abattre.

— Deux semaines après ?

— Si tard que ça ? J'avais oublié.

— Est-ce que c'est Jennifer Benson qui va avoir le poste, maintenant ? demanda Salter sur un ton désinvolte.

Shirley Marconi le regarda fixement.

— Je n'en ai pas la moindre idée. Et je m'en moque éperdument. Je vous l'ai dit, je ne suis pas féministe. Lyall est… était le genre d'homme qui foutait en l'air la vie des autres, de personnes qui valaient bien mieux que lui.

C'était une amélioration. Salter plongea sa cuiller dans le marc qui restait au fond de sa tasse.

— Il était si mauvais que ça ? Il a gâché la vie de beaucoup de gens ?

Elle flaira le piège.

— Autant que je sache, il n'a ni escroqué ni physiquement maltraité qui que ce soit. Simplement, il incarnait un certain type de personnage. Je ne sous-entends nullement qu'il avait des ennemis qui iraient aussi loin que vous le laissez entendre. Tout ce que je veux dire, c'est qu'un doyen… gère la carrière de certaines personnes, et nous n'avons pas besoin d'un doyen qui ne se soucie que de lui-même.

Enfin, elle parlait. Le moment était venu pour les questions plus brutales.

— Madame Marconi, d'après la femme de ménage de Lyall ainsi que d'autres sources, nous savons qu'il avait une petite amie. Jusqu'à présent, les personnes que j'ai interrogées ont été plutôt évasives, mais j'ai bien l'intention de découvrir son identité. Il est vraiment important pour mon enquête que j'aie une idée précise des habitudes de Lyall. Je veux savoir où il était le jour de sa mort, avec qui il était et de qui il aurait été susceptible de recevoir la visite. C'était un jour férié, et on ne s'attendrait pas à ce qu'un homme qui fréquente une femme passe ce jour-là tout seul. S'il n'était pas avec elle, elle pourrait peut-être me dire pourquoi. J'ai aussi besoin de savoir s'il était dans ses habitudes de garder une arme dans sa chambre ainsi qu'une foule d'autres petites choses que cette femme pourrait m'apprendre. Est-ce que je m'adresse bien à la bonne personne ?

— Moi ? Vous pensez que je sortais avec lui ? Seigneur ! Pour moi, c'était vraiment un sale type.

— Mais au début, vous vous apprêtiez à voter pour lui, puis vous avez changé d'avis à cause d'un sale coup qu'il aurait fait à une personne. Qui donc ? Je finirai par le savoir. Je finirai bien par tomber sur un numéro de téléphone dans son agenda. Les voisins pourront me décrire cette mystérieuse femme ou son auto. Il est plutôt difficile de trouver une place de stationnement dans la rue de Lyall. Mais j'aimerais mieux éviter de perdre mon temps : alors, qui est cette femme ?

— C'est vraiment incroyable ! Je n'ai jamais parlé d'une quelconque femme. Tout ce que j'ai dit, c'est que j'avais appris un fait révélateur du genre d'homme qu'il était, et vous en déduisez je ne sais quoi. J'ai juste procédé à une évaluation de sa personnalité, c'est tout.

— Après douze ans ?

Elle détourna le regard, fourra ses cigarettes dans son sac et se leva :

— J'ai un cours.

Salter ne pouvait plus rien en tirer pour le moment, mais visiblement, Shirley Marconi cachait quelque chose, sans doute par loyauté envers la personne à qui Lyall avait porté préjudice. Il reviendrait à la charge quand il aurait une idée de l'identité de cette personne. Quoi qu'il en soit, elle ne semblait avoir aucune raison d'envoyer des lettres anonymes.

Le prochain sur la liste était Erroll Czerny-Smith, le professeur de français. D'après les notes de Salter, Czerny-Smith avait lui aussi changé d'avis au cours des travaux du comité, mais en faveur de Lyall, cette fois.

Sans guide, Salter eut quelques difficultés à trouver le professeur – dont aucun étudiant ne semblait avoir entendu parler –, mais il finit par le découvrir derrière une porte sur laquelle était inscrit « Laboratoire de langues », assis devant une console, à l'autre bout de la pièce. Salter débita son boniment : il prétendit qu'il restait « une ou deux choses » qui ne cadraient pas tout à fait avec l'hypothèse selon laquelle Lyall aurait été abattu par un cambrioleur. Cette manœuvre visait à déceler dans les yeux de son interlocuteur une étincelle qui lui permettrait de reconnaître l'auteur des lettres anonymes, mais encore une fois, il ne capta rien de ce genre.

— Je n'ai eu aucun contact avec lui pendant les dix dernières années, alors je suis incapable de vous dire quoi que ce soit sur sa vie privée, déclara Czerny-Smith.

— Et avant cela ?

— Avant, nous étions amis. Des amis proches, à un moment donné.

— Que s'est-il passé ?

— Rien. Nous ne nous sommes pas battus, rien de ce style. Notre amitié s'est usée. On finissait par se taper mutuellement sur les nerfs.

— Vous avez donc voté contre lui ?

Czerny-Smith fit une moue et feignit de nettoyer son bureau.

— C'est un petit collège, ici, inspecteur. J'ai déjà reçu trois coups de fil à votre sujet ; je sais donc que vous savez pour qui j'ai voté.

Âgé d'une cinquantaine d'années, il était presque chauve ; seule une couronne de cheveux argentés ceignait son crâne. Ses vêtements étaient un tantinet trop ajustés, ce qui indiquait qu'il n'avait que récemment pris un peu d'embonpoint et qu'il espérait encore se reprendre en mains avant d'être obligé de renouveler sa garde-robe.

— Alors, pourquoi avez-vous voté pour Lyall ?

— Parce que j'estimais qu'il était le meilleur candidat pour le poste, évidemment.

— Le pensiez-vous au début du processus de recrutement ?

Le professeur eut l'air moins réjoui.

— J'ai peut-être affirmé au début que j'avais une préférence pour Jennifer, mais c'était juste une réflexion à voix haute, comme ça. Je la trouvais impressionnante, c'est vrai. Mais à mesure que le processus progressait, mes doutes sur Maurice se sont estompés et j'ai décidé qu'il serait la meilleure personne. C'est bon ? Je peux continuer à travailler ?

Salter l'observa tandis qu'il s'escrimait à tripoter la seule et unique feuille de papier qui se trouvait sur son bureau.

— Vous avez dû être content de sa nomination, mais maintenant, malheureusement, vous allez devoir recommencer le processus depuis le début. À votre avis, qui va obtenir le poste ?

— Personne ne m'a dit qu'on allait recommencer de zéro. En ce qui me concerne, j'estime que le poste revient à Jennifer.

— Je viens tout juste d'avoir une conversation avec Shirley Marconi. C'est un peu étrange qu'elle ait retourné sa veste, non? Elle m'a raconté que pendant les entrevues, elle s'est rendu compte que Lyall n'était pas le bon candidat. On dirait que vous n'avez pas assisté aux mêmes entrevues.

— Il est inévitable que le processus comporte des aspects quelque peu subjectifs.

— Oui, mais là, il semble vraiment que vous avez vu en entrevue deux personnes différentes, insista Salter. Jusque-là, elle aimait bien Lyall, et vous non. Et après, vous avez tous deux inversé vos points de vue. Mais vous l'avez l'un comme l'autre bien connu pendant des années. Qu'est-ce qui vous a donc tant impressionné chez lui?

Czerny-Smith rougit.

— Rien de particulier, nom de Dieu! Pendant une entrevue, les candidats sont mis sous pression, et j'ai trouvé qu'il réagissait bien à ce type de situation… Qu'est-ce que c'est?

La porte s'était ouverte et Barbara Czerny-Smith se tenait dans le cadre de porte. Elle resta là à attendre, maladroite – elle semblait avoir abandonné ses manières abruptes à l'extérieur du bâtiment.

— Je vous présente ma femme, Barbara, dit le professeur de français. Et voici l'inspecteur d'état-major Salter.

— Nous nous connaissons déjà, l'informa Salter. Salut!

La relationniste l'ignora.

— Je ne vous dérangerai pas longtemps. Sais-tu où se trouvent les clés des bagages? Je ne les ai pas trouvées hier soir, et j'ai besoin de la clé de la grande valise noire.

— C'est dans le vide-poches qui est sur mon bureau, répondit son mari sans la regarder.

— Pourrais-je avoir la clé de la maison? Je n'arrive pas à mettre la main sur la mienne.

Czerny-Smith ôta une clé de son trousseau et la tendit à sa femme sans se lever de son fauteuil. Salter se pencha par-dessus le bureau pour attraper la clé et la donner à Barbara Czerny-Smith.

— Où pourrai-je te retrouver ? demanda-t-elle.

— Ici. En avons-nous terminé, inspecteur ?

— Très bien, répondit sa femme.

Elle attendit quelques instants. Son mari détournant le regard, elle se tourna vers Salter :

— Je viens de recevoir un message pour vous : Judy Kurelek aimerait vous parler.

— Qui est-ce ?

— Elle est chargée de cours au Département d'anglais. Elle affirme que vous vous connaissez et elle voudrait vous dire bonjour. Je vous attends dehors pour vous montrer comment vous rendre jusqu'à son bureau. (Elle se retourna vers son mari.) Dans le vide-poches qui est sur ton bureau, répéta-t-elle.

Il ne leva pas même les yeux.

— Autre chose ? demanda Czerny-Smith à Salter après que sa femme eut quitté la salle.

— Pas pour le moment.

Pour Salter, il était évident qu'il venait d'assister à une scène typique de mariage en péril, sinon déjà totalement anéanti, et que s'il pressait davantage Czerny-Smith, c'est lui qui deviendrait le point de mire de ses griefs. Il reviendrait le voir plus tard.

CHAPITRE 7

Judy Kurelek tenait un atelier d'écriture au premier étage d'une ancienne fabrique de tricots. Salter commençait à être impressionné par la façon dont la formation complémentaire pouvait être dispensée dans les bâtiments désaffectés d'une industrie disparue. La salle était suffisamment spacieuse pour contenir dix ou quinze machines à tricoter. Les tricoteuses n'étaient plus là, mais les tables avaient été aplanies et sablées pour être transformées en pupitres assez larges pour accueillir deux étudiants. Au plafond, les ventilateurs d'origine tournaient encore ; les rangées de tubes au néon suspendus au-dessus des tables constituaient le seul ajout manifeste à l'atelier original.

Judy Kurelek travaillait dans une petite cabine aux parois de verre située dans un coin de la salle, qui devait être le bureau du chef d'atelier de l'ancienne fabrique. Salter cogna sur la porte ouverte : Judy Kurelek se leva, feignant la surprise.

— Je suis l'inspecteur Salter. On m'a transmis un message de votre part. Il paraît que nous sommes de vieux amis. Puis-je entrer ?

L'enseignante se précipita pour lui donner une chaise puis referma la porte derrière elle.

— Je voulais agir avec discrétion. Vous êtes le policier qui enquête sur...

— J'enquête sur la mort de Maurice Lyall, compléta Salter.

Il avait tout de suite reconnu sa voix : c'était la femme qui avait laissé des messages sur le répondeur de Lyall.

Il l'observa tandis qu'elle se décidait ; elle le regarda droit dans les yeux.

— Je comprends qu'il est important pour vous de savoir qui était la petite amie de Maurice. Je vous permettrais de gagner du temps, j'imagine, si je vous le disais. Cette information devra-t-elle être révélée au public ?

— Je n'en vois pas la raison pour le moment.

— Eh bien, dans ce cas, oui, nous sortions ensemble. (Elle prit une autre décision.) Je pense que très peu de gens sont au courant pour Maurice et moi, mais de toute évidence, il est apparu à un moment ou à un autre qu'il avait quelqu'un dans sa vie, alors je vais vous dire où j'étais le lundi soir où il a été tué : j'étais dans un chalet près de Honey Harbour, sur l'autoroute 69, à environ deux heures de voiture de Toronto. J'étais partie là-bas le vendredi afin d'aller aider des amis à ouvrir le chalet pour la saison, et je suis rentrée à Toronto très tôt mardi matin. Je suis arrivée chez moi vers neuf heures et j'avais cours à onze heures. (Elle écrivit quelques mots sur une feuille de papier.) Voici les coordonnées de mes amis, et voici le nom de la station-service où j'ai déposé un pneu crevé à faire réparer à sept heures du matin.

Salter avait du mal à donner un âge à Judy Kurelek : elle devait avoir dans les quarante ans. Elle portait le genre de tenue vestimentaire qu'il avait souvent vue, qu'il jugeait un peu démodée et – il se demanda si cette appréciation était sexiste et âgiste – un peu jeune pour elle : un chandail noir, des jambières et des balle-rines. Dans un coin de la classe, un imperméable noir brillant était accroché à un porte-manteau. *Un vrai costume de sorcière*, se dit Salter. Cela dit, Judy Kurelek rayonnait tellement de santé que cette pensée lui sembla aussitôt incongrue. Ou alors, elle était une sorcière rayonnante de santé.

Salter empocha le mémo que lui avait remis l'enseignante.

— Puis-je vous poser des questions sur Maurice Lyall ?

— Bien sûr. Nous étions amants jusqu'à ce qu'il postule aux fonctions de doyen, après quoi ça a été terminé. Tout cela n'a sûrement pas grande importance, n'est-ce pas ? J'ai entendu dire qu'il avait été tué par un vagabond qui essayait de le cambrioler.

Elle s'efforçait d'avoir le regard affirmé et parlait plus fort que nécessaire, comme si elle se trouvait devant une classe de danse aérobie.

— C'est l'hypothèse la plus probable, en effet, mais nous devons tout envisager. Pourquoi votre relation a-t-elle pris fin ?

— Cela signifie-t-il que vous pensez que le meurtrier pourrait être lié au collège ?

Comme Salter ne répondait pas, elle sembla rassembler toutes ses forces avant de continuer.

— Je... l'aimais bien. Il était rassurant avec les femmes. Avec moi, en tout cas. À un moment donné, j'ai pensé qu'on pourrait construire quelque chose ensemble. Mais ça n'a jamais été le cas, parce qu'il ne s'investissait pas avec assez d'énergie dans notre relation. Il ne recherchait pas la grande passion, alors nous ne l'avons pas trouvée. Il s'intéressait plus à son travail qu'à sa vie privée, mais on s'entendait bien. Nous sortions au restaurant ensemble et tout ça, mais en fin de compte, il était plutôt sous-développé sur le plan émotionnel.

— Ce qui veut dire... ? s'enquit Salter, qui se demanda si cette expression pouvait s'appliquer à lui aussi.

— C'est ce qui se produit quand on ne s'intéresse à rien d'autre qu'à sa carrière. Même pas à la musique, à la lecture, aux voyages, aux passe-temps. Ces gens-là satisfont certains appétits en pensant à autre chose. Pour utiliser une métaphore, je dirais que cette distraction concerne le steak et la position du missionnaire. D'après mon expérience, les gens ambitieux sont généralement comme ça. (Elle fit une pause.) Mon mari y compris.

Elle s'était mise à l'aise rapidement bien que son mode habituel de communication semblât être le formalisme légèrement artificiel d'un enseignant qui se trouve en face d'une classe pour la première fois. Apparemment, Judy Kurelek avait eu le temps de réfléchir depuis que Marconi l'avait appelée, et Salter devina qu'elle lui avait servi une réponse préparée. Les mots, le rythme, tout avait déjà été essayé au moins une fois, probablement avec les amis à qui elle avait raconté sa rupture. La référence imagée au steak et à la position du missionnaire visait à évoquer des lèvres graisseuses et des corps en pleine action afin de le choquer un peu et de le déstabiliser.

— Pourquoi restiez-vous avez lui ?

Elle eut un petit rire.

— Les missionnaires font parfois très bien leur boulot.

Encore une réplique bien travaillée.

— Dans ce cas, pourquoi veniez-vous juste de rompre ?

Elle se pencha en avant et baissa la voix ; changeant la dynamique qui s'était installée entre eux deux, elle s'exprima sur le ton de la conversation.

— Nous n'avons pas exactement rompu : nous avons simplement cessé de coucher ensemble, c'est tout.

— Quand cela ?

— Quelques semaines avant sa mort.

— Vous avez donc continué à le voir ?

— Nous avons dîné une fois ensemble, je crois. Nous ne le faisions jamais auparavant parce que les gens auraient pu jaser sur nous, mais cela ne nous paraissait plus tellement important dans la mesure où il n'y avait là plus aucune matière à commérage. (Elle s'interrompit pour regarder le plancher de l'ancien atelier, à travers la cage de verre.) C'est amusant, mais pendant ce lunch, j'ai compris que ce que je voulais surtout, c'était de l'intimité, pas nécessairement du sexe. À mon avis, l'adultère n'est plus systématiquement une affaire de sexe. En tout cas, pas pour les femmes. Bien sûr, c'est ce que le mot lui-même signifie, mais… Quoi qu'il en soit, j'ai décidé que je pouvais me débrouiller sans lui.

Elle s'arrêta et regarda Salter bien en face ; il était clair qu'elle lui défendait d'émettre le moindre commentaire sur sa digression – le policier se demandait si même cette dernière n'était pas préparée.

— Qui a pris l'initiative de la rupture ?

— Nous avons rompu d'un commun accord.

Salter parvenait difficilement à accorder du crédit à la théorie de Shirley Marconi. De nos jours, il était sûrement parfaitement accepté – même dans un collège – qu'un homme et une femme sortent ensemble, tant que personne n'en souffrait. C'est alors que la pièce manquante du casse-tête lui revint à l'esprit :

— Ainsi, vous êtes mariée.

— Qu'est-ce que ça vient faire dans votre enquête ?

— Vous vivez avec votre mari ?

— Oui, nous vivons ensemble.

Et voilà : personne ne voudrait d'un briseur de ménages comme doyen. Cette liaison risquait donc d'entraver sa carrière. Salter se promit d'explorer cette piste plus tard.

— Passiez-vous beaucoup de temps chez lui ? Comment vivait-il ? À propos, sa femme de ménage affirme qu'il manque un plateau d'argent. Et sa montre aussi, apparemment, ajouta-t-il après avoir jeté un coup d'œil à son bloc-notes.

— Ah, oui. Celle que la compagnie de chemin de fer espagnol offre à ceux qui voyagent dans Al Andalus

Express, le fameux train de prestige. Maurice a eu cette montre quand il est allé participer à une conférence là-bas, l'été dernier. Je ne pourrai pas vous la décrire précisément, mais je me rappelle qu'elle était noire avec un logo bleu et jaune, je crois. Et le nom de la compagnie de chemin de fer était écrit dessus. Vous voulez du café ? Je peux vous en préparer un.

Salter jeta un coup d'œil à l'étagère sur laquelle trônaient une boîte de café instantané et du lait en poudre. Il était toujours sidéré de voir que des personnes ayant apparemment un certain niveau d'éducation pouvaient non seulement boire une telle mixture, mais en plus appeler ça du café, alors qu'il est si facile de verser de l'eau sur du café moulu. Pour lui, mélanger de la poudre de café et de lait avec de l'eau ne se justifiait qu'au cours d'un siège. Et voilà qu'il tombait encore sur un de ceux qui faisaient cela tous les jours.

— Avec plaisir.

Après qu'elle lui eut tendu une tasse, elle lui demanda :

— Lui a-t-on pris l'argent ? Il avait beaucoup d'argent dans un tiroir, deux mille dollars, peut-être. Il avait organisé une vente-débarras et il avait vendu des livres. Pas mal de marchandise, au total. C'était ce qu'il appelait un nouvel an mexicain ; ça consiste à brûler tout ce qu'on possède pour repartir à zéro. J'ai vu l'argent à un moment où il m'a remboursé une somme qu'il me devait. Je me souviens que c'était en billets de vingt dollars. Il venait d'un milieu défavorisé et il adorait les grosses liasses de billets, alors au lieu de déposer tout ça à la banque, il gardait l'argent chez lui et remplissait son portefeuille au fur et à mesure. Les voleurs l'ont-ils pris ?

— Probablement.

Salter nota quelque chose et avala une gorgée de son café. Il reposa immédiatement sa tasse : le contenu semblait avoir été mélangé à du sang séché.

— Pouvez-vous me décrire le plateau qui a disparu ?

— Il était de style géorgien. Il valait dans les trois mille dollars. Maurice n'était pas très porté sur les antiquités, mais je crois qu'il avait acheté ce plateau pour quelqu'un d'autre et qu'il l'avait gardé.

— Il était grand comment ?

— De la taille d'une assiette à dessert, répondit-elle en mimant les dimensions avec les mains. Quelle entrée ont-ils fracturée ?

— Il n'y avait pas d'effraction.

Elle hocha la tête.

— Il gardait de l'argent dans un tiroir, il ne fermait jamais ses portes à clé et en plus, il s'en vantait. Le piège idéal. Avez-vous trouvé des empreintes digitales ?

— Des dizaines, mais nous ignorons à qui elles appartiennent. Allait-il souvent à la chasse ?

— À la chasse ? Oh ! C'est à cause de son arme ? C'était le seul professeur que je connaissais à y aller. Il était originaire du Manitoba et tuer des canards avait fait partie de son éducation. Cela dit, je ne crois pas qu'il chassait du plus gros gibier.

Leur entretien était au stade des questions qu'elle n'avait pas préparées ; à son air circonspect, Salter vit qu'elle passait en revue toutes les implications de ses réponses avant d'ouvrir la bouche.

— Chassait-il toujours ?

— Plus tôt cette année, il était allé à Tobermory avec un groupe. Je pense qu'ils se contentaient de s'exercer au tir.

— À cette époque-là de l'année, ils ne pouvaient pas faire autre chose. Saviez-vous où il cachait son arme ?

— Ce n'était pas un secret. Dans une armoire, au sous-sol.

— L'aviez-vous déjà vue ?

— Il me l'avait montrée, une fois. J'ai trouvé que c'était très phallique, nota-t-elle dans une tentative de plaisanterie. Que s'est-il passé ? Les cambrioleurs ont-ils d'abord trouvé l'arme ?

— Nous n'avons pas encore la réponse à ces questions. Vous m'avez dit avoir rompu avec Lyall parce qu'il était ambitieux : c'est à cause de son poste de doyen ?

Elle secoua la tête énergiquement ; l'échange était revenu sur les rails du dialogue auquel elle s'était préparée.

— Oh, non. Ce n'était qu'une coïncidence. Si ce poste n'était pas venu dans le décor, ça aurait été autre chose.

— Vous avait-il beaucoup parlé de ce poste ? S'attendait-il à l'avoir ? À quel point le voulait-il ?

— Il tenait vraiment à l'avoir. Il pensait avoir assez de voix, mais nous nous sommes séparés avant le vote définitif. J'imagine que vous êtes au courant de toutes ces histoires de revirements. Tout le monde l'est.

— Je connais plus ou moins l'histoire, oui.

Il tenta une fois encore de lui tendre la perche qu'elle refusait toujours d'attraper.

— Il n'a donc pas rompu avec vous simplement parce qu'il était candidat à un poste de doyen ? insista-t-il.

— Non, je vous le répète. Nous nous sommes séparés d'un commun accord. (Elle avait l'air en colère, mais le ton de sa voix était déjà moins ferme.) Que disiez-vous, au fait ?

— Moi, rien du tout. Ce qui m'intéresse, c'est ce que vous dites, vous. Il était ambitieux, il postulait à des fonctions de doyen et il vous a larguée. À mon avis, vous étiez devenue un problème pour lui.

Elle le considéra pendant quelques secondes.

— Une autre personne m'a déjà affirmé cela. Et maintenant vous, qui êtes extérieur à tout ça, c'est aussi l'idée que vous en avez.

— C'était qui, cette autre personne ?

Judy Kurelek indiqua d'un signe de tête son refus de répondre.

— N'était-ce pas seulement de la médisance ? Les propos de quelqu'un qui ne l'aimait pas ?

— En aucun cas, ne put-elle s'empêcher de répondre, piégée par son souci de défendre une personne amie. J'ai su qu'elle avait soutenu sa candidature jusqu'à ce que…

— … Jusqu'à ce qu'il vous largue, compléta Salter.

Le policier feignit de parcourir ses notes.

— Était-elle dans le comité?

— Oui.

— C'est Shirley Marconi, donc. Elle est très loyale, n'est-ce pas? Elle a refusé de me révéler votre nom et vous a appelée pour vous prévenir que j'étais dans les parages. (Il s'empara de sa tasse de café, qu'il reposa aussitôt.) Quand lui avez-vous dit que Lyall vous avait larguée?

— Il ne m'a pas larguée! protesta-t-elle en remettant un trombone d'aplomb. En tout cas, je ne l'ai pas pris comme ça sur le moment. S'il l'a fait, eh bien, il a très bien fait ça. Shirley pense que c'était le cas parce qu'elle ne l'a jamais aimé, en fait. Elle cherchait une raison de voter contre lui. Mais qui… larguerait quelqu'un juste pour avoir un poste?

— Votre amie semble penser que c'est pourtant ce qu'il a fait.

— Seigneur! En tout cas, pas moi. Pas à ce moment-là.

— Je suis désolé de vous poser cette question, mais savez-vous s'il a eu une autre liaison après votre séparation?

— Il n'a eu que dix jours, répondit-elle en secouant la tête. J'ai dîné avec lui le mardi précédant son décès. Je pensais que nous agissions comme deux personnes civilisées. Il a plaisanté sur la quantité de travail que pouvaient abattre les célibataires. Il a cité Kant, un aphorisme plutôt vulgaire selon lequel seule la tranquillité du corps permet de travailler. Je devais comprendre que maintenant, il se consacrait nuit et jour à son travail.

Soudain, elle sortit de son rôle de témoin qu'on interroge.

— Est-ce vraiment possible ? Vous, vous plaqueriez quelqu'un simplement pour obtenir une promotion ?

— La question ne se poserait pas, répondit-il.

Il endossait avec empressement le costume du mari dévoué, surtout cet après-midi-là. Toutefois, sentant sa réponse un peu trop moralisatrice, il ajouta :

— En fait, si on me demandait de laisser tomber quelqu'un en échange d'une promotion, eh bien…

Elle comprit très exactement où il voulait en venir.

— Si Shirley et vous avez raison, eh bien, je suis contente qu'il soit mort.

CHAPITRE 8

À condition de reporter ses entretiens avec les candidats perdants au lendemain, Salter avait amplement le temps de finir sa tournée des membres du comité de sélection.

Fred Leitch, le registraire adjoint, était une créature de l'administration, ainsi que l'avait affirmé Schreiber.

— Mon boulot consistait à veiller à ce que Maurice Lyall soit doyen, expliqua-t-il à Salter. Et j'ai fait mon boulot.

Le policier lui demanda s'il avait perçu la moindre amertume lors de la nomination de Lyall.

— Oh, bien sûr ! La mère Marconi voulait sa tête, Dieu seul sait pourquoi. Et cette espèce de nono qui enseigne l'histoire, Pentes, a piqué une crise dès que je l'ai approché.

— À quel propos ?

— J'ai cru comprendre qu'il avait été nommé au comité pour voter pour Lyall, de la même manière que Schreiber et Czerny-Smith ont été chargés par les professeurs de voter pour Benson. Quant à Shirley Marconi, c'était l'élément incontrôlable. Quand elle a paru favoriser Lyall, j'ai pensé que l'affaire était dans le sac et je l'ai dit à Pentes. Seigneur ! Il a grimpé aux rideaux ! Il s'est mis à me hurler des trucs sur l'intégrité, les sacro-saints principes et toute cette merde. Et il pensait

que l'administration l'avait nommé pour quoi, au
juste ? J'ai cru que j'avais tout foiré, et c'est alors que
Czerny-Smith a retourné sa veste, et nous nous en
sommes tirés. Mais depuis, j'ai perdu le fil.

— Pourquoi Czerny-Smith a-t-il changé d'avis ?

— Aucune idée. Il semblait avoir sondé sa conscience.
Comment savoir ce qui se passe dans la tête de ces
gars-là ? Comme je vous l'ai dit, c'était le pion du corps
professoral et il était là pour soutenir Benson, ce qu'il
a fait jusque dans les derniers jours. Et brusquement, il
s'est mis à discourir sur les bienfaits de l'expérience –
Lyall était directeur de département, vous voyez – et
sur la nécessité de consulter ses électeurs. Moi, si je di-
rigeais leur syndicat, je m'assurerais de savoir qui est de
mon côté. Mais tout ça, c'est de la politique universitaire.
On entend souvent dire que la politique universitaire est
plus dure que le jeu auquel j'étais habitué à Queen's
Park. Mais c'est faux, vous savez. En fait, on ne peut
faire confiance à personne, ça c'est vrai. Et vous savez
pourquoi ? C'est à cause de leur maudite permanence.
Ces connards sont inatteignables ; ils n'ont rien à perdre,
alors on n'a aucune prise sur eux. Ça ne devient « dur »
que lorsque l'un d'entre eux prend le risque de poi-
gnarder un collègue dans le dos.

Salter alla ensuite rencontrer Gerald Pentes, l'historien. C'était un petit homme d'allure très soignée dont
les cheveux blonds ondulés se raréfiaient. Il portait
des lunettes demi-lunes qu'il ôta pendant l'entretien.
Pentes était anormalement courtois, ce qui incita Salter à
rester sur ses gardes parce que ce comportement lui
semblait affecté, comme si le professeur avait pressé
sur le bouton « courtoisie » et qu'il pouvait en sélec-
tionner un autre au besoin. La suite donna raison à
l'intuition de Salter : pendant cinq minutes, tandis que
la discussion portait sur ce que Pentes savait de Lyall
– presque rien, en réalité –, l'historien se comporta
comme si Salter était un étudiant qui avait déclaré à
son professeur combien il aimait ses cours. Et puis le

policier lui demanda s'il avait eu l'intention de voter pour Lyall dès le début, ajoutant :

— Je sais comment le vote s'est terminé.

Pentes se mit en colère.

— Voilà, c'est exactement ce qui s'est produit dans le comité !

Il s'exprima d'une voix chevrotante d'indignation, tout tremblant, le visage écarlate – à l'exception du bout de son nez, aussi blanc que s'il avait été gelé. Il reprit :

— Je trouve cela complètement contraire à l'éthique que des informations qui sont censées être confidentielles circulent d'une manière qui laisse clairement entendre que tout le processus est éminemment suspect.

— Quel processus ?

— Le vote. Comment avez-vous appris qui avait voté pour qui ?

— On me l'a dit. Toutes les personnes à qui j'ai parlé, précisa-t-il.

— On dirait que les mots ne signifient plus rien : le scrutin est censé être confidentiel !

— Mais ça se fait de révéler pour qui on a voté après coup, non ? Si les membres du comité le souhaitent eux-mêmes…

— Mais bien sûr que ça se fait. De toute évidence, si on sait comment tout le monde a voté, à l'exception d'une personne, et qu'on connaît le résultat, alors on sait pour qui cette personne a voté, de sorte que le vote n'est plus confidentiel.

Salter songea qu'il n'avait jamais constaté de plus grande disparité entre un événement et la manière dont on y réagissait. Pentes tremblait si fort qu'il semblait sur le point d'avoir une attaque, et le déclencheur était apparemment plutôt mineur.

— Dans ce cas, je devine que vous avez voté pour monsieur Prince.

— Puisque vous paraissez le savoir et que vous l'avez sans nul doute dit à tous les autres, pourriez-vous me dire comment ils ont voté, eux ?

— Bien sûr, répondit obligeamment Salter en consultant ses notes. Schreiber et Shirley Marconi ont voté pour Benson, et Leitch et Czerny-Smith ont voté pour Lyall. La présidente du comité a elle aussi voté pour Lyall. D'une certaine manière, votre vote aurait pu renverser la vapeur.

— Ça ne m'intéresse pas vraiment, répliqua Pentes. Vous êtes sûr que Czerny-Smith a voté pour Lyall et que Marconi a donné sa voix à Benson ?

— Si vous avez voté pour Prince, oui. Vous avez l'air surpris.

— Dans la mesure où vous êtes au courant de tout le reste, je vais vous expliquer pourquoi. Je pensais que ç'aurait été l'inverse, que c'est Marconi qui aurait soutenu Lyall et qu'Erroll aurait voté pour Jennifer Benson.

— Quelqu'un m'a dit que tout le monde avait changé d'avis à la suite des entrevues, tout comme vous. Un vrai jeu de chaises musicales ! D'après vous, pourquoi les autres ont-ils changé d'avis ?

— Je n'en ai pas la moindre idée. Peut-être qu'eux non plus, ils n'aimaient pas l'idée qu'on tienne leur voix pour acquise.

Salter ne réagit pas : il attendit.

— Vous avez parfaitement raison, concéda Pentes. Au début, j'étais en faveur de Maurice. Et puis ce pantin de Leitch a parlé comme si lui et moi avions été recrutés par l'administration pour voter selon les instructions, et ça m'a mis dans une colère noire. (Les yeux dans le vague, il secoua la tête.) Quelle corruption ! C'est le genre d'histoire qu'on lit, mais à laquelle on ne s'attend jamais à être associé. Pas dans un établissement d'enseignement supérieur, en tout cas.

Salter regarda dehors les autos d'occasion qui remplissaient le stationnement voisin.

— Et donc, le baratin que Leitch avait tenté de vous servir a produit l'effet inverse.

— À ce moment-là, j'ai décidé que si Maurice Lyall était le candidat de l'administration, je m'opposerais à lui. Je pensais qu'il était le meilleur candidat pour le

poste, mais je trouvais immoral de laisser le clan de
Leitch gagner.

— En fin de compte, il a quand même gagné. Pourquoi
n'avez-vous pas voté pour Benson ? Elle aurait pu l'emporter sur Lyall.

Pentes fit une moue.

— C'est une fanatique qui m'a un jour attaqué sur
mes notes de cours. Si elle était doyenne, cela apporterait
plus de perturbations qu'autre chose. Bon. Je n'en dirai
pas plus, conclut Pentes en relevant le menton, drapé
dans un silence qu'il voulait digne.

◆

Après le souper, Annie conduisit Salter à l'hôpital
afin qu'il prît la relève de May, qui refusait toujours de
laisser son mari seul. Une fois que May fut montée
dans l'auto, Salter alla se promener un peu du côté de
Yonge Street, où il s'acheta du café pour commencer
son quart.

Une heure plus tard, il retourna aux urgences, où il
trouva son père quasiment nu, couché sur le côté, les
couvertures repoussées et la chemise de nuit retroussée
autour de la taille. Le vieil homme était pudique – il
était d'une génération et d'une classe sociale où l'on
ne se montrait pas nu aux membres de sa famille –, et
Salter ne l'avait jamais vu aussi peu couvert. Voilà que
dans cet hôpital, quelqu'un avait, sans y prendre garde,
privé son père de sa dignité, le dénudant aux yeux du
monde entier. Salter retourna vers la porte de la chambre
et cria en direction du poste des infirmières :

— Une infirmière, s'il vous plaît ! (Il repéra une
femme vêtue d'un uniforme bleu assise à un bureau.)
Hé ! Vous, là-bas ! Vite !

La femme leva les yeux derrière la pile de papier
qui se trouvait devant elle.

— L'infirmière sera là dans une minute, répondit-elle.

— Tout de suite ! cria Salter en marchant dans sa
direction.

Trois autres femmes portant des blouses de couleurs différentes levèrent la tête à leur tour. Toutes ces personnes semblaient passer leur temps à traiter des piles de documents. Chacune parut hésiter à prendre les choses en mains et finalement ce fut la première qui se dévoua.

— Quel est le problème ? demanda-t-elle finalement, mais sans quitter sa chaise.

Salter s'arrêta net :

— Venez voir par vous-même.

Ils se toisèrent un moment, puis elle capitula. Elle sortit dans le couloir et alla voir le père de Salter, se pencha en avant, remit en place la chemise de nuit du vieil homme et le recouvrit de sa couverture. Puis elle tourna vers Salter un regard interrogateur.

— Ça fait combien de temps qu'il est comme ça ?

— Comment ça, comme ça ?

— Nu et gelé.

— Eh bien… Allez, monsieur…

— QUI S'EST OCCUPÉ DE LUI LA DERNIÈRE FOIS ET QUAND ÉTAIT-CE ? hurla-t-il.

— Je viens juste de prendre mon quart. J'imagine qu'il a reçu son traitement. (Elle se tourna vers le poste des infirmières.) Est-ce que le 654 a un traitement ?

L'une des femmes répondit :

— Je crois avoir vu Melanie sortir de là : elle était allée lui faire une prise de sang.

— Quand ?

— Il y a une heure et demie, environ.

— Est-ce que cette Melanie a prévu de revenir ?

— Elle est au septième étage, maintenant.

— Combien de temps serait-il resté dans cet état si je n'étais pas venu le voir ?

— Il n'y a pas de quoi s'énerver.

— Oui, il y a de quoi. Il y a vraiment de quoi s'énerver. Je suis venu voir mon père qui souffre de nombreuses choses, y compris des soins qu'il reçoit ici, et je le trouve le cul à l'air, frigorifié et sans le moindre rideau pour préserver son intimité. Oui, il y a vraiment de quoi s'énerver !

L'infirmière lissa un pli du drap.

— Je viens juste de prendre mon quart, répéta-t-elle.

Salter abandonna la partie.

— Comment va-t-il ? s'enquit-il.

— Son état est stable, répondit-elle. Il prend son traitement.

Il se demanda si elle le faisait exprès.

— Comment va-t-il ? insista-t-il en haussant la voix de nouveau. Qui s'occupe de lui ? Va-t-il mieux qu'hier ? Son état s'améliorera-t-il d'ici demain ?

— Je vais aller demander au docteur Cheng de venir vous parler.

Salter dut attendre encore deux heures et demie avant de voir arriver un résident d'origine chinoise qui avait l'air épuisé. Le médecin lui affirma que l'état de son père évoluait de manière satisfaisante et lui annonça qu'il lui faudrait très bientôt songer à transférer le patient vers un établissement de convalescence. Salter le remercia du conseil – il savait ce que May en penserait.

Dans la salle d'attente, une petite femme d'une soixantaine d'années aux traits tirés était blottie dans un coin, pelotonnée dans son manteau de laine tricotée.

— Je vous ai entendu, lui dit-elle. Il faut toujours avoir l'œil sur eux tous. Quand je suis arrivée ce matin, j'ai trouvé ma mère avec une main très enflée. L'une des aides-soignantes m'a dit qu'elle l'avait trouvée attachée au lit une heure et demie auparavant. Sa main était toute noire. Vous avez une cigarette ?

— Non, désolé. De toute façon, c'est interdit de fumer, ici.

— Vraiment ? Ils se préoccupent vraiment de notre santé, alors ?

Elle se leva et alla traîner dans le couloir, cherchant la bagarre.

◆

À dix heures, le calme régnait aux urgences ; Salter se prépara pour la nuit. Toute la journée, il avait traîné avec lui une grande enveloppe contenant de quoi écrire et se laver les dents, et il posa sur une table le café et le paquet de biscuits qu'Annie lui avait donné.

Aujourd'hui, j'ai rencontré les autres membres du comité, écrivit-il. *Je suis encore curieux de savoir qui a bien pu écrire ces lettres anonymes. Shirley Marconi a bonne réputation. Elle semble plutôt tendue…* (Il marqua une pause.) *Elle fume comme une…* (Il s'efforça d'éviter le cliché.) *… personne qui fume trop. Belle silhouette, mais trop maigre – pas de quoi remplir les mains d'un honnête homme – et un visage trop émacié. Lors des premières réunions du comité, elle était pour Lyall, après quoi elle a dit s'être rendu compte qu'il était « impitoyable, ambitieux et sexiste ». Elle a donc changé son fusil d'épaule et voté en faveur d'une « féministe fanatique ». Qu'a-t-elle donc pu apprendre sur Lyall ? À mon avis, qu'il venait de rompre avec sa copine.*

Erroll Czerny-Smith était le suivant sur ma liste. Une vraie poule mouillée.

Salter s'interrompit : il se demanda si les phrases sans verbe étaient autorisées. Il aimait l'effet qu'elles produisaient et décida que sa satisfaction serait son seul guide. Il se remit à écrire.

Czerny-Smith et Lyall avaient été amis, mais leurs chemins s'étant séparés à un moment donné, Czerny-Smith avait d'abord décidé de voter pour Jennifer Benson. Puis il a changé d'avis. Pourquoi ? Parce que Benson l'insupporte ? Pourtant, il semblait plutôt content à l'idée qu'elle obtienne finalement le poste. Peut-être qu'au moment crucial, il s'est dit qu'il devait rester loyal à son vieux copain. Sa femme est la relationniste du collège, et apparemment, ils sont en froid. Pourquoi ? Est-ce que ça a un rapport avec son vote ? J'ai eu l'impression que c'était lui qui était fâché et qu'elle, elle était désolée. Elle semblait plutôt tendre à l'égard

*de son mari, elle essayait d'être agréable avec lui –
pas comme avec moi –, mais lui, il était très froid.*

*J'ai bien apprécié ma rencontre avec Fred Leitch,
le registraire adjoint, le « laquais » des patrons (d'après
Schreiber). Dans l'ensemble, les professeurs de Bathurst
College ne sont pas très différents de ceux que j'ai
rencontrés à Douglas College quand ce professeur
d'anglais s'est fait assassiner[1]. Ils semblent avoir tous
besoin de polir ce qu'ils disent. C'est donc un certain
soulagement de tomber sur un dur à cuire mal embou-
ché comme Leitch. Schreiber m'avait tout dit sur lui et
je m'attendais à moitié à ce que le type qui faisait des
blagues sexistes soit un gars un peu louche, sordide,
mais ce n'est pas le cas. Il serait plutôt « darwinien »,
en faveur de la « survivance du plus apte », du genre
qui va sans doute réussir. Je ne crois pas qu'il se soit
entraîné à manger des rats morts, mais j'imagine qu'il
admire ceux qui le font. Cela dit, je ne vois pas quel
intérêt il aurait à envoyer des lettres anonymes, lesquelles ne sont par ailleurs pas écrites dans son style.
Lui, il pense déjà à son prochain poste et au montant
des dommages et intérêts qu'il pourrait réclamer au
collège si toutefois il parvenait à se faire virer.*

*Le dernier que j'ai rencontré était Gerald Pentes,
qui est sévèrement atteint : un maniaque de l'intégrité.*

*Demain, je parlerai aux autres candidats, Jennifer
Benson au premier chef.*

*C'est une bonne chose de rédiger ces notes, car en
écrivant ce qui précède, je me suis calmé un peu. Ce
soir, j'ai trouvé mon père les couilles à l'air, couché
comme un gros bébé, et ça m'a un peu chamboulé. Ce
n'est pas l'incident en soi qui m'a bouleversé : c'est le
fait que ça puisse arriver. Je n'arrive pas à savoir
comment je devrais réagir à tout ça, et ça me met mal
à l'aise. D'après Annie, c'est parce que je me sens
coupable. Elle pense que moi, je pense n'avoir pas été*

---

[1] Voir *La Nuit de toutes les chances*, Alire, 2004.

très gentil avec lui ces vingt dernières années et que maintenant qu'il va peut-être mourir, j'aimerais qu'il parte en paix. En paix avec moi, veut-elle dire.

(Il s'interrompit pour réfléchir un moment.)

En fait, je comprends maintenant ce qui s'est passé. Aujourd'hui a été la meilleure journée que j'aie eue depuis qu'il est à l'hôpital – journée occupée à rencontrer tous ces professeurs. Mais dès que je me suis retrouvé sur le chemin de la maison, tout m'est revenu en pleine face. J'ai tellement de peine de voir ce vieil emmerdeur comme ça, cloué dans son lit plein de cauchemars. J'aimerais qu'il aille mieux pour que je puisse ne plus penser à lui. Mais je ne voulais pas venir ici ce soir ; alors quand finalement je suis venu malgré tout et que je l'ai trouvé abandonné, j'ai choisi la réaction la plus facile : j'ai gueulé. Et ça m'a fait du bien. Je me suis senti utile.

Je n'ai pas fait grand-chose pour mon père ces vingt dernières années. Annie, elle, elle a fait de son mieux, elle l'a invité une fois par mois. Mais c'était toujours une corvée. Il ne l'appelle toujours pas par son nom – quand il me parle d'Annie, il dit seulement « elle ». Je ne crois pas que ce soit de ma faute. C'est juste que nous ne sommes pas proches, c'est tout. Alors pourquoi est-ce que je trouve ça si dur ? Seth semble bien s'entendre avec lui. Au moins, mon père a noué une bonne relation avec son petit-fils.

— Vous êtes monsieur Salter ?

Salter leva la tête du bureau sur lequel il s'était endormi. Il était deux heures du matin. Une infirmière toute de blanc vêtue se tenait devant lui.

— Oui.

— Je vous ai apporté une tasse de thé. Buvez-la et rentrez chez vous. Votre père est détendu, maintenant, et je l'entendrais s'il remuait. Il est seul dans sa chambre cette nuit. Il sera très bien.

Salter essuya le filet de bave qui lui coulait à un coin de la bouche.

— Quand je suis arrivé hier soir… commença-t-il.

— Je sais. J'ai entendu, l'interrompit-elle. Il sera très bien, maintenant.

Il sirota son thé, rasséréné : il la croyait.

— Allez lui jeter un coup d'œil en partant, lui proposa-t-elle.

Vingt minutes plus tard, il rentrait paisiblement chez lui. Tous les lits étaient occupés : pour ne pas déranger Annie, il s'étendit sur le divan du salon, enveloppé dans un vieux sac de couchage.

◆

Il fut réveillé par des voix qui provenaient de la cuisine.

— Il est si fier de Charlie, disait May à Annie. Il raconte à tout le monde que son fils a très bien réussi dans la vie. Il demande même à tous les policiers du quartier s'ils le connaissent. J'ai essayé de lui faire comprendre qu'il est normal que les enfants s'éloignent de leurs parents, mais il connaît des familles qui se retrouvent chaque fin de semaine. C'est pour ça que ce serait bien si Charlie était auprès de lui quand il retrouvera ses esprits.

— Seth est souvent allé le voir ces dernières années, fit valoir Annie.

— Il dit toujours qu'il s'entend mieux avec son petit-fils qu'avec son fils. Je lui ai dit qu'il devait se compter chanceux. Seth est un garçon plutôt spécial, non ? Seth et lui allaient parfois marcher ensemble dans le quartier, et il le présentait à tout le monde, fier comme tout, mais il disait toujours : « C'est le petit de mon fils Charlie. »

Seigneur ! se dit Salter. *Je n'avais pas besoin de ça.*

Il se retourna sur le divan et essaya de se boucher les oreilles.

Peu après, Annie entra dans le salon sur la pointe des pieds, un doigt sur les lèvres. May descendit ;

Annie l'emmena directement vers la porte d'entrée puis vers la voiture.

Lorsqu'elle revint une heure plus tard, elle demanda à son mari :

— Tu étais réveillé, n'est-ce pas ? Tu as entendu une partie de ce qu'elle disait ?

— J'ai tout entendu.

— Les nouvelles de l'hôpital sont un peu meilleures, mais ce n'est pas le moment d'en discuter, de toute façon. On pourra en parler plus tard, si tu veux. Et en attendant, ne te flagelle pas.

CHAPITRE 9

Au petit-déjeuner, Salter s'efforça de se tenir au courant des nouvelles de sa famille. Annie lui apprit que Seth, son fils cadet, passait une audition pour un autre rôle dans une pièce de théâtre diffusée à la télévision.

— Il semble se débrouiller très bien, dit complaisamment Salter.

— Il a du travail, et c'est tout ce qui compte. Tu sais, ton fils est un gentil garçon, et le fait qu'il soit devant les caméras n'y change rien.

— Et Angus?

Leur fils aîné était à l'Île-du-Prince-Édouard, où il travaillait pour les entreprises de la famille d'Annie.

Annie eut un sourire. Avant de répondre, elle mit la cafetière en route.

— Linda est enceinte. De six mois. Ils viennent juste de se décider à nous le dire.

— Ouais, ouais, ouais. Hé, nous allons être grands-parents? Tu préférerais quoi, un petit-fils ou une petite-fille? Mais au fait...

— Ils vont se marier, ne t'inquiète pas.

— Alors comme ça, tu vas être grand-mère. Tu n'as vraiment pas l'air d'en être une.

— Non, mais je me sens grand-mère.

— Moi aussi.

— Tu te sens grand-père ?

— Non, grand-mère. Ne t'en va pas…

Il s'approcha d'elle, l'air lubrique. Mais son ton badin et ses gestes n'étaient là que pour masquer le fait qu'il ne parvenait pas à maîtriser la confusion dans laquelle baignaient ses émotions.

— Tu vas être en retard au travail, lui dit-il en la retenant contre lui.

Elle éclata de rire.

— Mauvaise réplique. Tu n'as pas remarqué ? Je ne suis pas allée au travail depuis que ton père est à l'hôpital.

— Oui, tu t'es occupée de May. Et de moi, aussi. Je vais bien, maintenant.

— Tu commences à redescendre sur terre, peut-être. Mais tu ne vas pas bien, ce n'est pas vrai.

— Vraiment, je vais bien, je t'assure.

— Tu ne t'ennuies pas trop à attendre, là-bas ? Tu veux que je t'accompagne quand tu vas à l'hôpital ? que je te tienne compagnie pendant un moment ?

— Non, non. (Salter s'interrompit : il se demandait si la suite n'allait pas paraître trop stupide.) J'écris un journal.

Annie réfléchit pendant une minute.

— Un journal sur tes relations avec ton père ?

— Quoi ? Oh, non. Sur l'affaire à laquelle je travaille en ce moment. Ça fait passer le temps.

— Puis-je le lire ?

— Jamais de la vie. Je n'ai pas envie de te voir corriger mes fautes de grammaire. Bon, en fait… peut-être. Je vais voir. Pourquoi pensais-tu que j'écrivais sur mon père et moi ?

— Je me suis dit que tu essayais peut-être d'y voir clair dans tes sentiments à son égard.

— Je n'ai pas besoin d'écrire là-dessus. C'est simple. Je n'ai pas fait grand-chose pour lui pendant qu'il était en vie, et je ne veux pas qu'il meure avant de lui avoir dit.

— De lui avoir dit quoi ?

— Que j'étais désolé.

— Ça t'aidera à te sentir mieux. Tu crois que ça va lui faire plaisir ?

— Que veux-tu dire ?

— Rien. Je ne dis rien du tout.

— Allez…

— OK. Ce que je pense est une évidence, mais quelqu'un a dit un jour que la vie consistait à se rendre compte que les platitudes étaient vraies. À moins que ce ne soient les clichés ? Bref, à mon avis, ce qui est fait est fait, et le bilan n'est pas si mauvais, en fin de compte. Fais ce que tu veux, fais ce que tu dois, mais il y a une sacrée différence entre t'en vouloir pour ton père et t'en vouloir pour toi-même. Alors sois prudent et essaie de penser à ce qui serait le mieux pour lui. C'est tout.

— Tu peux me répéter tout ça ?

Elle s'exécuta, presque mot pour mot.

— Tu penses que je me comporte en égoïste ?

— Ce n'est pas le mot exact. Je ne crois pas que ça l'aiderait d'entendre ta confession. Pour le moment, fais donc tout ce que tu peux. Laisse le reste pour plus tard.

Salter but quelques gorgées de son café afin de digérer tout cela.

— Je vais faire mon possible, promit-il finalement.

— Et cette affaire ?

Salter considéra sa femme avec perplexité, jusqu'à ce qu'il comprenne qu'elle avait changé de sujet. Il lui raconta sa journée à Bathurst College.

— Tu es sérieux ? lui demanda-t-elle. On ne dirait pas vraiment que ça te captive, tout ça.

— Ça aide à passer le temps, je te l'ai dit. Appelle ça une thérapie. Tu sais, cette histoire a des aspects mélodramatiques : de la politique et du drame à propos de pas grand-chose. Mais quelqu'un du collège brasse un peu la cage en envoyant des lettres anonymes. J'aimerais bien savoir qui c'est.

— À quelle heure est ton prochain rendez-vous ?

— Je n'ai pas de rendez-vous. Je me contente d'aller sur place et de voir les acteurs de cette histoire dans l'ordre d'apparition sur ma liste : les prochains sont les autres candidats. Pour te dire la vérité, j'ai l'intention de faire durer le plaisir. C'est bien plus distrayant que d'écrire un rapport sur le jeu ou d'attendre dans ce maudit hôpital.

Annie passa derrière son mari, qui s'était rassis sur sa chaise. Elle l'entoura de ses bras et l'étreignit.

— Tu as raison, faisons durer le plaisir. Que dirais-tu de faire des cabrioles avec Grand-Maman ? Hum ?

Cherchait-elle simplement à le détendre ? Il retourna sa chaise, se leva et l'embrassa, sûr que les choses s'arrêteraient là.

— Maintenant ? demanda-t-il pour la forme.

— Tu préfères aller te faire saucer dehors ?

— Le soleil vient tout juste de pointer le bout de son nez.

— Dans ce cas, appelons ça une thérapie.

◆

La prochaine personne que Salter devait de toute évidence interroger était Jennifer Benson, la candidate défaite que tout le monde considérait comme la seule rivale sérieuse de Lyall.

Salter la trouva dans son bureau, dans l'édifice du Département des études commerciales, où elle enseignait l'anglais langue seconde aux nouveaux immigrants. C'était une petite femme forte âgée d'à peine quarante ans. Son visage était totalement exempt de maquillage et ses cheveux blonds coupés au carré étaient retenus en arrière par deux pinces au-dessus des oreilles. Sa porte était ouverte : la première chose que Salter vit d'elle, c'est son énorme derrière, car elle s'était penchée pour arranger une roulette de son fauteuil. Elle se redressa, tout essoufflée, et se secoua.

Le policier affirma qu'il ne faisait que cocher des noms sur sa liste et qu'il espérait pouvoir glaner quelques informations sur Lyall.

— Je croyais qu'on supposait qu'il avait été tué par un ou plusieurs voleurs qu'il aurait surpris chez lui. Un de plus.

— C'est effectivement l'hypothèse la plus probable.

— Dans le cas contraire, eh bien, le coupable doit être quelqu'un du collège. Je suis la suspecte la plus vraisemblable, mais ce n'est pas moi qui l'ai fait. (Elle s'esclaffa, puis s'excusa aussitôt.) Désolée, mais je n'aimais pas Maurice.

— Pourquoi ?

— Pourquoi ? Oui, pourquoi ne l'aimais-je pas ? se demanda-t-elle par pure rhétorique. Laissez-moi voir. Il y eut une époque où Maurice Lyall était ce qu'on appelle un éminent porte-parole du corps professoral. Mais à un moment donné, nous l'avons élu au conseil d'administration afin qu'il veille à nos intérêts et le porc ne s'est jamais transformé en homme. Voilà pourquoi je ne l'aimais pas.

— Pourquoi a-t-il agi de la sorte ?

— Les membres nommés du conseil d'administration l'ont grattouillé derrière les oreilles et il s'est mis sur le dos, les pattes en l'air, comme un bon toutou.

— Vous avez donc décidé de vous présenter contre lui.

— Il fallait que quelqu'un le fasse. Je savais que je n'avais pas de grandes chances de passer, mais il fallait un candidat qui représente les professeurs.

— Vous avez dû penser que l'affaire était dans le sac quand Shirley Marconi s'est mise de votre bord.

— Seigneur, oui ! C'était vraiment quelque chose ! (Elle pouffa de nouveau.) Si les membres du comité avaient voté à ce moment-là, je serais doyenne à l'heure qu'il est et tout le monde aurait été estomaqué. Mais Erroll s'est rallié à leur camp, alors ça s'est arrêté là.

— Vous a-t-il dit pourquoi il avait changé d'avis ?

La bonne humeur de Benson se ternit quelque peu.

— Non, il ne me l'a pas dit et je ne comprends pas pourquoi il ne l'a pas fait. Il a dû se sentir honteux. Nous nous connaissons depuis longtemps : j'ai toujours pensé que c'était une mauviette, mais il était du côté du bon droit. À gauche, de fait. Je croyais qu'il serait toujours de mon côté, quoi qu'il arrive. Mais quelque chose l'a incité à virer de bord. À mon avis, je suis peut-être allée un peu loin pendant l'entrevue. Trop loin pour avoir le poste, je veux dire. Mais vous savez, je n'ai jamais cru que j'avais une chance de l'emporter, alors j'ai révélé aux membres du comité le fond de ma pensée.

— À quel propos ? Sur la manière dont vous vous acquitteriez de votre tâche ?

Salter se détendait : Jennifer Benson lui plaisait bien. Il était difficile de l'imaginer écrivant des messages venimeux ou se servant d'une arme à feu.

En se remémorant le fameux entretien, la professeure sourit, tellement elle s'était amusée ce jour-là.

— Je leur ai dit ce que je pensais de tout. J'ai bien sûr commencé par la question de la place des femmes. Ils s'y étaient préparés, mais je suis allée plus loin que ce qu'ils attendaient. J'ai ensuite abordé le thème des normes universitaires. Je suis en réalité très conservatrice. Même mes amies féministes ont pris peur quand j'ai suggéré que les copies de leurs étudiants soient évaluées par quelqu'un d'autre. C'est peut-être à ce moment-là que j'ai perdu Erroll. Bref. Oui, j'ai beaucoup parlé des changements que j'apporterais si j'étais nommée doyenne, et en y repensant, je pense que je l'ai effrayé. Cela dit, il a peut-être été soudoyé. Attendons un peu de voir quelle auto il va s'acheter, plaisanta-t-elle en riant de bon cœur. Ou de voir s'il se présente comme directeur de département, ajouta-t-elle plus sérieusement. (Elle marqua une courte pause.) On lui a peut-être dit de voter pour Lyall et promis que celui-ci le soutiendrait s'il voulait devenir directeur.

— Le poste est vacant ?

— Pas avant un an. Mais le calendrier est des plus favorables. (Elle jeta à Salter un regard pensif puis secoua la tête.) Nan… C'est une poule mouillée, pas un pourri.

— Maurice Lyall et lui se connaissaient depuis plus longtemps que lui et vous, si je ne m'abuse ?

— Ouais. Mais ils en étaient arrivés au même point que lorsque leurs chemins s'étaient croisés. Ils n'avaient eu que très peu de contacts pendant quelques années, puis plus aucun lorsque la femme de Lyall a quitté ce dernier. Oui, Erroll et Maurice étaient copains, puis ils ne l'ont plus été et je suis persuadée qu'Erroll avait un bon motif de voter pour lui. Il a été suborné, lâcha-t-elle avec des effets mélodramatiques en hochant la tête pour appuyer sa déclaration. Mais comment ? ajouta-t-elle.

— Et vous, combien avez-vous payé Shirley Marconi pour qu'elle vous donne sa voix ?

Elle leva vers Salter un regard interloqué, puis éclata de rire en se grattant la tête avec un crayon.

— Là, vous m'avez eue. Et moi qui pensais que Shirley me détestait ! Nous n'avons pas exactement le même point de vue, elle et moi. La question est de savoir ce qu'elle a bien pu avoir brusquement contre Maurice. À mon avis, il a simplement essayé d'avoir sa voix en couchant avec elle et même elle, elle a trouvé ça exagéré. (Elle sourit.) Maurice a dû essayer de la baiser et tout ce qu'il a réussi, c'est à se baiser lui-même. Oubliez que j'ai dit ça. Bon. Il y a aussi le petit Gerald Pentes, ce brave petit Geraldounet. Les gens de l'administration pensaient qu'il serait leur pion – ce qu'il était effectivement –, mais quelqu'un a été assez stupide pour le lui dire, ce qui a heurté ses principes. Ils sont tous vraiment stupides. Pour être franche, je dirais qu'ils méritent d'avoir Jim Monkman comme doyen.

— Et c'est vous qu'ils vont avoir, maintenant, non ?

— On le dirait, hein ? Je me demande s'ils vont pouvoir trouver un moyen de l'éviter. C'est fort probable.

Salter s'apprêtait à prendre congé ; avant de mettre un terme à l'entretien, il posa la question qu'il avait en tête depuis son arrivée dans le bureau de Jennifer Benson.

— J'ai l'impression de vous avoir déjà rencontrée.

— C'est possible. Étiez-vous de ces flics à cheval ? Regardez donc dans vos fichiers. Si vous ne m'y trouvez pas, demandez à la GRC.

— Et pourquoi donc ?

— J'ai participé à de nombreuses manifestations, déclara-t-elle avec un air d'autodérision, comme si, révélant son appartenance à la Société de la terre plate, elle se moquait d'elle-même avant que les autres ne le fassent. J'ai protesté contre les armes nucléaires, la guerre du Vietnam, le libre-échange, contre beaucoup de choses, en fait. Les gars de la GRC doivent avoir des dizaines de photos de moi. On s'était attachés à l'un d'entre eux ; on l'avait même invité à une soirée d'adieu quand le chef de notre groupe de manifestants est parti à Vancouver.

— Et il est venu ?

— Bien sûr ! J'imagine qu'il a dû demander la permission. C'était un chic type. J'avais bien connu sa première femme, précisa-t-elle d'un air entendu. On avait participé à quelques manifestations ensemble.

— Cela dit, votre boulot principal, c'est d'être professeure d'anglais.

— Exact. Je ne manifeste qu'à mes moments perdus. Mais la plupart du temps, je gagne un gros salaire indécent en aidant les réfugiés à apprendre assez d'anglais pour devenir des capitalistes.

— Comme Schreiber.

— Non, pas comme Schreiber.

◆

Salter ne rencontra les deux derniers, James Monkman et David Prince, que quelques minutes chacun.

Monkman, professeur de géographie et éternel candidat, était sans conteste l'homme le mieux vêtu du campus. Il portait un costume de tweed gris, une chemise qui semblait être en toile d'Irlande et une cravate de lainage. Âgé de quelque cinquante-cinq ans, il avait d'épais cheveux argentés – un peu clairsemés toutefois sur le sommet du crâne – qui ondulaient. Son accent était indéchiffrable – tantôt cockney, tantôt sud-africain, estima Salter. À d'autres moments, il avait des intonations galloises. Salter en conclut que Monkman était originaire d'une région du Commonwealth dont l'accent lui était peu familier, par exemple les Bermudes.

Monkman ne tarda pas à dissiper ses doutes :

— J'ai autrefois été l'un des vôtres, inspecteur. Pendant deux ans, à Hong-Kong.

— Vous êtes originaire de là-bas ?

— Non, non. Je suis parti là-bas juste après mes études à l'université.

— En Angleterre ?

— Au Nouveau-Brunswick, en fait.

— Vous êtes Canadien ? s'étonna Salter.

— Pas de naissance. J'avais seize ans quand je suis arrivé ici. Je suis allé à l'Université du Nouveau-Brunswick, puis à Hong-Kong, puis je suis revenu.

— Où avez-vous fait votre maîtrise ?

— Je n'en ai pas. Cela fait longtemps que je suis ici, alors j'ai obtenu la permanence sans diplôme de deuxième cycle. À l'origine, j'ai été recruté pour donner un cours destiné aux agents de sécurité, mais ça n'a jamais vraiment décollé, alors je me suis converti à la géographie. J'aurais pu enseigner à peu près n'importe lequel des cours qu'on offre ici, mais j'avais de bonnes connaissances en géographie. Plus que nos étudiants, en tout cas. J'ai un peu bourlingué et les gamins aiment bien mes anecdotes.

— À votre avis, qu'est-il arrivé à Lyall ?

— Je pense qu'il s'est fait descendre par une bande de copains qui ont profité des feux d'artifice, répondit promptement Monkman. Que disent vos services de renseignements ? Ils ont caché des micros chez les chefs de gangs vietnamiens ?

— Vous ne pensez pas que ça pourrait avoir un rapport avec sa nomination comme doyen ?

— Ça ne m'a jamais effleuré.

— Une histoire de femme ? suggéra Salter.

Il invitait Monkman à participer à l'enquête, en lui faisant comprendre qu'il le considérait comme un collègue.

— Je n'ai rien entendu à ce sujet. Cela dit, nous n'étions pas amis.

— Et maintenant, que va-t-il se passer ?

Monkman eut l'air surpris.

— Vous allez devoir parler à ses voisins, je pense. Voir si quelqu'un a été témoin de quelque chose de suspect.

— Je veux dire ici, pour le poste de doyen.

— Ah, oui, répondit Monkman en se redressant sur son siège. La direction du collège va devoir choisir un autre des candidats, à mon avis, vous ne croyez pas ? Ils ne peuvent pas recommencer le processus depuis le début. Ça leur prendrait encore six mois.

— Peut-être que vous allez l'avoir, cette fois-ci.

— Si l'expérience compte, j'aurai de bonnes chances. J'ai été dans l'administration toute ma vie, jusqu'à mon arrivée ici. Notre jeune acteur, David Prince, est encore aux couches, et il ne reste que cette Benson. Une vraie casse-couilles, celle-là.

Une fois encore, Salter se rendit compte à quel point il était impossible de surestimer la bonne opinion qu'un homme pouvait avoir de lui-même.

— Que s'est-il passé la dernière fois ? Savez-vous comment les membres du comité ont voté ?

— Le scrutin est secret, bien sûr, alors on ne peut jamais en être certain, parce que les membres ne disent pas pour qui ils ont voté, mais Schreiber m'a informé officieusement que je m'en étais bien tiré pendant l'entrevue et par ailleurs, Leitch et moi sommes sur la même longueur d'onde, alors je suis sûr de ne pas être passé loin de la victoire. Je doute fortement que qui que ce soit ait voté pour Benson.

◆

David Prince ne ressemblait pas à l'idée qu'on aurait pu se faire d'un professeur de théâtre. Avec sa cravate rayée et son veston écossais, on eût plutôt dit qu'il travaillait dans la finance. Lorsqu'il apprit que Prince n'avait même jamais rencontré Lyall, Salter fut encore plus bref avec lui qu'il ne l'avait été avec Monkman.

— Vous semblez un peu jeune pour postuler aux fonctions de doyen, fit-il remarquer. Quelqu'un vous a-t-il encouragé à vous présenter ?

— Un appel de candidature a été publié. Tout le monde pouvait se présenter, alors je l'ai fait. Bien sûr que je ne m'attendais pas à avoir le poste. Je voulais simplement voir comment fonctionnait le système.

— Et maintenant ? Allez-vous rester en lice ?

— Certainement ! J'ai eu un vote cette fois-ci : j'en aurai peut-être deux la prochaine fois. Ou peut-être que si quelqu'un descend tous les autres candidats, il ne restera que moi.

Un infime sourire se dessina sur les lèvres de Prince, qui s'avérait un pince-sans-rire.

Salter se leva et rangea son bloc-notes dans sa grande enveloppe.

— Comment êtes-vous venu à l'enseignement ? demanda-t-il à Prince au moment où ils passaient la porte.

— De la manière traditionnelle. J'ai quitté le conservatoire d'arts dramatiques avec une maîtrise en beaux-arts en poche, puis j'ai passé un an à découvrir que j'étais un piètre acteur, alors j'ai décidé d'enseigner. Je le fais d'ailleurs très bien, mais je pense que mon avenir est dans l'administration.

◆

Bien que Salter eût une petite idée de qui était le plus susceptible de savoir ce qui s'était réellement passé lors des réunions du comité de sélection, les signaux qu'il avait captés de Monkman et de Prince étaient si différents qu'il jugea opportun de vérifier si Schreiber pouvait lui apporter quelques éclaircissements. Le professeur, qui était dans son bureau, sembla très flatté que Salter le consultât.

— J'ai eu une petite conversation avec Monkman et Prince, lui révéla le policier. Et ils m'ont livré une appréciation du déroulement du vote qui était bien différente des autres.

Schreiber lui répéta le résultat final du scrutin.

— Aucune voix pour Monkman?

Schreiber se tut pendant un bon moment, puis afficha un air légèrement embarrassé.

— Jim pense que quelqu'un a voté pour lui, c'est ça?

Salter ne répondit rien.

— Je dois vous expliquer ce qui s'est passé alors.

Schreiber alla fermer la porte et poursuivit en baissant le ton.

— Je crains bien que Jim Monkman n'ait pas la moindre chance d'obtenir un poste administratif, ici ou ailleurs. C'est l'homme le plus fainéant du campus. C'est un ancien policier, vous voyez... (Il sourit pour montrer qu'il plaisantait.) Quoi qu'il en soit, ça ne trompe personne. Mais ce n'est pas une raison pour être dur avec lui : d'ailleurs, personne ne lui dit jamais la vérité en face. Quand il vient me voir à l'issue d'un processus de sélection et qu'il essaie de me soutirer des informations de la manière la plus pathétique et désespérée – à mon avis, il n'a pas dû exceller dans les interrogatoires, mais bon... –, je me rappelle qu'il est un être humain et je m'efforce de trouver une parole gentille pour le réconforter. Jim étant ce qu'il est, il est tout à fait capable d'interpréter mes propos de consolation comme un soutien solide. Ce que je vous dis, ce ne sont pas des conjectures : quelques personnes m'ont affirmé qu'il pensait avoir obtenu ma voix et celle d'un autre membre du comité. C'est plutôt gênant et difficile à contrer, parce que le scrutin est censé être secret. Cela dit, c'est bien inoffensif, parce que tous ceux qui s'intéressent au processus de nomination savent comment ça se passe avec Jim. Vous avez également parlé de Prince. A-t-il lui aussi l'impression qu'il existe un courant souterrain en sa faveur ?

— Moi, j'ai eu l'impression qu'il avait presque vu juste sur toute la ligne.

— Vraiment ? Je ne lui ai jamais parlé après la nomination de Lyall. Eh bien…

CHAPITRE 10

Salter avait beaucoup réfléchi aux commentaires que lui avait faits Annie au petit-déjeuner, à tel point qu'il avait fini par décider que cela ne servait à rien de rester veiller toute la nuit à l'hôpital. Après avoir soupé de bonne heure, il prévit de prendre la relève de May à l'hôpital mais de ne rester là-bas que jusqu'à ce que les urgences se soient calmées.

— Je vais t'accompagner et ramener May, proposa Annie. Ça ne te dérangerait pas de prendre le métro pour revenir? J'ai promis à May de l'emmener chez elle pour aller chercher quelques vêtements et après, j'ai envie d'aller au cinéma. J'ai besoin de me changer les idées.

— Je viens avec toi, papa, décréta Seth. Et pourquoi est-ce que je ne prendrais pas le volant à l'aller? Je resterai avec papa un moment et toi, tu pourrais ramener May.

Seth avait commencé à prendre des leçons de conduite.

— Génial, dit Annie. Je repasserai te prendre à l'hôpital après qu'on sera passées chez May.

— Il a beaucoup changé, tu sais, Seth, l'avertit Salter. Ne sois pas surpris de l'état dans lequel tu vas le trouver.

— J'imagine. Il a eu une attaque, il est tombé et il s'est fêlé le coco. Ça déglinguerait n'importe qui, répliqua

Seth avec entrain, balayant d'un revers de la main l'inquiétude de Salter. Ne t'inquiète pas, papa. Je suis un grand garçon, maintenant.

— Non, je veux dire… Oui, c'est vrai, physiquement, il est ratatiné et il a des bleus partout, mais mentalement… Il a des hallucinations. Il voit des personnes qui ne sont pas là, même si je crois qu'il voit aussi celles qui sont là, mais il les mélange avec ses… fantômes. C'est dur de savoir comment réagir quand il se met brusquement à parler à une personne imaginaire.

— Vraiment, ne t'inquiète pas, papa. J'aimerais simplement lui rendre visite à l'hôpital. OK ? (Il se leva de table.) Je vais chercher ma veste.

— C'est son idée, Charlie, fit remarquer Annie à Salter dès que Seth eut quitté la cuisine. Laisse-le tranquille.

— C'est trop pour toi, tout ça ? Tu me trouves difficile à supporter ?

— Quoi ? Oh, tu parles de ma soirée de détente ? Oh, non. C'est à cause de May : je n'ai pas envie de l'entendre encore me parler de lui toute la soirée. J'ai épuisé mon répertoire de réponses.

— Tu pourrais retourner au travail demain.

— Ou après-demain. Je verrai.

À l'hôpital, Salter envisagea un moment de mentir à May, mais il décida finalement de lui dire qu'il rentrerait à la maison lui-même un peu plus tard et qu'il reviendrait à l'hôpital le lendemain matin de bonne heure. Il s'était attendu à de l'opposition, mais son attitude ferme et résolue sembla soulager May – aussi patienta-t-elle sans causer d'esclandre. Salter laissa Seth dans la chambre et raccompagna la vieille dame.

Lorsqu'il revint auprès de son père, Seth y était toujours.

— J'ai encore une heure devant moi, papa, lui dit-il. Pourquoi n'irais-tu pas faire un tour ?

Plus tard, Salter s'installa dans la salle d'attente pour se remettre à son journal.

J'ai rencontré trois autres personnes aujourd'hui, commença-t-il. Jennifer Benson était l'autre candidate sérieuse : quoi qu'il arrive maintenant, même si une autre élection est organisée, elle devrait avoir une bonne chance d'obtenir le poste – le directeur général va en pisser dans son froc, et peut-être que Joan Dooley aussi.

Benson a l'air de bien s'amuser. Elle s'est présentée contre Maurice Lyall parce que personne d'autre ne voulait le faire, et elle est très sceptique quant aux motivations des autres candidats. C'est une gauchiste, bien sûr, mais elle est trop joviale pour être une fanatique. D'après Schreiber, elle aurait la dent dure, mais elle ne m'a pas donné cette impression-là du tout. Pour être acerbe, il faut prendre les choses personnellement, ce qui n'est pas son cas. En fait, je ne crois pas qu'elle veuille vraiment être doyenne et si elle obtient le poste, je doute qu'elle y reste plus de six mois. Elle est du genre à faire tout ce qu'elle estime juste, et elle le fera avec entrain. En théorie, elle présente de nombreux points communs avec Schreiber : en particulier, ils se définissent tous deux comme anarchistes. À mon avis, ils n'attachent pas la même signification à ce mot, même s'ils ne se font ni l'un ni l'autre beaucoup d'illusions sur leurs collègues et leurs patrons. Quelle est la différence, dans ce cas ? Moi, je préférerais travailler pour elle plutôt que pour lui. Enfin… peut-être que je travaillerais pour lui aussi, mais la question n'est pas là. Disons simplement qu'elle a l'air d'être sa propre maîtresse. Tout le processus est très flatteur, mais au final, il lui manquera toujours quelque chose : elle se sentira toujours inutile lorsqu'elle aura fait tout ce qu'elle avait à faire. Elle aime se battre, mais elle ignore quoi faire du territoire une fois qu'elle l'a

*conquis. Cela dit, elle prendrait soin de ses troupes,
elle – je ne suis pas sûr que Schreiber en ferait autant.*

*Après, j'ai rencontré un dénommé Monkman, un
autre des gars en lice : celui-là, il avait autant de
chances d'obtenir le poste que moi, de devenir chef de
la police. Aucune profondeur. Tout en surface.*

*Ensuite, j'ai parlé avec un type plutôt lisse, Prince.
Très jeune, mais plein de maturité. Ça ne fait qu'un an
qu'il est au collège, et il est très sûr de lui.*

Salter relut sa page d'écriture puis reposa son stylo,
satisfait. Il en arriverait peut-être bientôt à devoir garder
son journal sous clé. Il quitta la salle d'attente et alla
déambuler tranquillement dans le couloir : il s'arrêta
devant la chambre de son père, où il entendait la voix
de son fils. Il s'approcha de la porte et tendit l'oreille,
disposé à prêter main-forte à Seth en cas de besoin. Le
jeune homme était en train de lire à voix haute. Il pouvait maintenant se considérer comme un acteur professionnel, et il travaillait sa voix de lecture. Les mots
s'enchaînaient à un rythme solennel : « Une belle brise
soufflait, la blanche écume / Volait, à présent le sillage
librement / Se déroulait ; nous étions les premiers qui
eussent / Forcé l'accès de cette mer silencieuse[2]. »

Salter glissa un coup d'œil subreptice derrière le
rideau : Seth était totalement absorbé dans sa lecture.
Dans le lit, le vieil homme était couché sur le côté,
tout recroquevillé, les yeux fermés, et sur sa bouche
entrouverte se lisait un léger sourire.

Salter retourna dans la salle d'attente et se rassit.

Le Dit du vieux marin. Le seul poème que son père
respectait et dont il pouvait citer avec plus ou moins
d'exactitude de nombreuses strophes, telles qu'il les
avait apprises à l'école publique de Cabbagetown
soixante ans auparavant. Son unique patrimoine litté-
raire.

---

[2] NDLT : Samuel Taylor Coleridge, *Le Dit du vieux marin*, Corti, 1989,
traduit de l'anglais par Henri Parisot.

Au cours des derniers jours, Salter et May avaient essayé à tour de rôle de bavarder avec le vieil homme, lui racontant ce qu'ils avaient entendu à la télévision ou à la radio et ce qu'ils avaient lu dans le journal, s'efforçant de réagir lorsqu'un pan de mémoire revenait au malade. Mais il avait fallu que ce soit Seth qui comprenne que pour réconforter son grand-père, il suffisait de lui lire son poème préféré. Pourquoi Salter n'y avait-il pas pensé lui-même ?

◆

Le lendemain matin, avant de retourner au collège, Salter s'arrangea pour rencontrer la femme de ménage de Lyall au domicile de ce dernier. Bien que le dossier contînt une déclaration de sa part, Salter voulait l'entendre parler de son employeur – il savait d'expérience que personne n'est un héros aux yeux de sa femme de ménage.

Il guetta son arrivée sur le trottoir. Il fut surpris lorsqu'une Peugeot 504 s'arrêta à sa hauteur et que la vitre côté conducteur s'ouvrit :

— C'est vous, le policier ? l'interpella-t-elle. Je vais me stationner derrière la maison. Je vous retrouve là-bas.

Elle poursuivit son chemin, fit demi-tour, le dépassa et disparut dans l'allée. Salter se dirigea vers le côté de la maison, où il pouvait la voir s'approcher du portail qui donnait sur l'arrière.

C'était une femme séduisante d'une cinquantaine d'années, originaire du Portugal. Son visage ne demandait qu'à s'éclairer. Elle serra la main de Salter en lui adressant un large sourire pour lui montrer qu'il n'avait pas à lui présenter ses condoléances et le fit entrer dans la maison.

— Pauvre monsieur Lyall, soupira-t-elle une fois qu'ils furent assis dans la cuisine.

C'étaient les premières paroles de regret que Salter entendait depuis le début de son enquête.

. — Vous aimiez travailler pour lui ? s'enquit-il.

— Bien sûr. Il ne se formalisait pas si j'arrivais en retard ou si je ne venais pas pendant une semaine. C'était un homme sympathique. Pas compliqué.

— Vous l'aimiez bien, lui ?

— Nan, répliqua-t-elle en agitant la main. Il était correct. Il n'a jamais essayé de me tripoter, comme ça arrive avec certains hommes qui vivent seuls. Mais il ne disait pas grand-chose. Vous voyez ce que je veux dire ? J'étais une domestique. Mais, je vous le répète, il était correct : il me payait même pendant mes congés.

— Faites-moi visiter la maison, demanda Salter, feignant de ne pas connaître les lieux.

Ils commencèrent par le sous-sol.

— Décrivez-moi l'état dans lequel vous avez trouvé la maison lorsque vous êtes arrivée.

— Tout avait été éparpillé par terre. Tout le contenu des tiroirs et des armoires, tout ! J'ai tout remis en place, mais je n'ai pas eu le temps de nettoyer.

— Avez-vous été payée pour ça ?

— Non, je ne veux pas d'argent pour ça. Pourquoi me demandez-vous ça ? C'est vous qui allez me payer ?

Elle rit de bon cœur, montrant ainsi qu'elle plaisantait.

Ils montèrent au rez-de-chaussée puis à l'étage, et elle lui dépeignit les lieux tels qu'ils lui étaient apparus quand elle était venue le lendemain de la mort de Lyall.

— Vous avez déclaré à la police qu'il manquait un plateau d'argent ainsi qu'une montre. C'était tout ce qui manquait ?

— J'ai beau chercher, je ne vois rien d'autre.

Lorsqu'ils arrivèrent dans le cabinet de travail de Lyall, elle demanda :

— Vous avez trouvé l'argent qu'il cachait dans son bureau ?

Elle parlait du petit magot qu'avait évoqué Judy Kurelek.

— De l'argent comptant ?

— Oui, des billets. Il gardait beaucoup d'argent dans son tiroir. (Elle ouvrit le tiroir en question et fouilla dans son contenu.) Il a disparu, constata-t-elle en continuant son exploration. Il avait une grosse liasse de billets. Il avait fait une vente-débarras un mois auparavant et il m'a donné toutes les affaires invendues parce que je l'avais aidé. Après, il a rangé tout l'argent dans le tiroir. C'est avec cet argent-là qu'il me payait chaque semaine. Je lui ai dit que je n'aimais pas trop qu'il garde de l'argent comme ça, parce que s'il disparaissait, c'est moi qu'on accuserait. Il m'a répondu de ne pas m'inquiéter, qu'il avait confiance en moi. Je n'y ai jamais touché.

— J'imagine que quelqu'un l'a trouvé. Autre chose ?

— Je ne vois rien.

— Vous avez le temps de boire un café ? Il y a un endroit agréable dans Yonge Street, proposa Salter.

— Vous paierez ma contravention pour le stationnement, si l'employé municipal fait sa tournée ? (Elle gloussa joyeusement et consulta sa montre.) Je dois partir à deux heures moins le quart. OK ?

La salle du fond du *Petit Gourmet* était presque vide. Une fois qu'ils furent installés à une table, il alla commander une pointe de quiche pour lui et du café pour eux deux. Au moment où il quittait le comptoir, la femme de ménage le héla :

— J'aimerais bien un de ces petits biscuits au chocolat.

Elle gloussa en rougissant de sa propre hardiesse.

Tandis qu'ils attendaient le signal sonore indiquant que le four à micro-ondes avait terminé son office, Salter réfléchit à la meilleure tactique à adopter pour l'inciter à parler.

— Vous avez déjà trouvé qui a fait ça ? demanda-t-elle en secouant la tête, comme pour répondre à sa question. Il y a tant de mauvaises personnes ! L'autre soir – c'était la semaine dernière –, deux hommes ont essayé de dévaliser mon fils, juste devant notre maison.

— Comment cela s'est-il passé ?

— J'étais en train de rentrer à la maison quand je les ai vus. Je leur ai dit : « Hé, les gars, arrêtez ça tout de suite ! » Sur ce, madame Rogero est sortie de la maison d'à côté et elle leur a donné des coups de pied. On a réussi à les faire détaler.

Salter se mit à rire.

— Vous les avez méchamment blessés ?

— Oh que oui ! Je me suis servie de mon parapluie et madame Rogero, de ses pieds. (Elle rit à son tour.) Madame Rogero est plutôt grande et forte. Elle les injuriait en portugais tout en les battant. Elle portait des vieilles bottes de son mari. Ils ont osé faire ça juste devant ma maison, vous vous rendez compte ?

La quiche arriva et Salter trouva une ouverture :

— Il vous arrivait de cuisiner pour monsieur Lyall ?

— Un peu. Pas beaucoup. Je n'aime pas cuisiner. Moi, je fais le ménage.

— Avait-il une petite amie ?

— Bien sûr. Il en avait des tonnes. Il en avait une, en ce moment. Elle ne restait pas dormir chez lui : je ne l'ai jamais vue, mais je suis sûre qu'il en avait une. Parfois, je vois des choses. Des kleenex, du rouge à lèvres, ce genre de choses.

— Où ça ?

— Où, à votre avis ? En haut, évidemment. D'après moi, il la ramenait chez lui, mais elle ne passait pas la nuit ici. C'est OK : après tout, sa femme et lui étaient séparés. Mais je ne sais pas... Je ne sais pas pourquoi ils se sont séparés. Sa femme était bien gentille. Peut-être qu'elle ne l'était pas avec lui, hein ?

— Quand se sont-ils séparés ?

— Il y a dix ans. Je fais le ménage chez elle aussi. Elle est gentille, mais presque un peu trop, vous voyez ce que je veux dire ?

Elle réunit ses mains dans un geste de prière.

— Vous savez ce qui s'est passé entre eux ?

— Bien sûr : monsieur Lyall allait faire des galipettes avec d'autres femmes.

— Vous avez l'adresse de son ex-femme?

— Je ne voudrais pas lui causer des ennuis.

— Ne vous inquiétez pas, elle ne saura pas qui m'a donné ses coordonnées. En passant, vous allez devoir vous trouver un autre employeur, maintenant?

— Du boulot, j'en ai plus qu'il n'en faut. Toutes mes clientes ont des amies qui veulent que je vienne travailler chez elles. Mais vous savez, quand on arrive dans une nouvelle maison, on vous surveille tout le temps pour s'assurer que vous frottez bien comme il faut et que vous ne prenez rien. Bah! fit-elle avec un geste de dégoût. Je suis trop vieille pour ça. (Elle ramassa son sac à main.) Bon, il faut que j'y aille.

Salter nota son numéro de téléphone et la remercia.

— Vous avez besoin d'une femme de ménage?

— Je demanderai à ma femme.

— Pas la peine. Je pensais que vous viviez seul: les hommes seuls sont moins pointilleux.

CHAPITRE 11

— Charlie! appela Marinelli quand il vit Salter passer devant sa porte. Viens un peu par ici, j'ai du nouveau pour toi. Au fait, as-tu trouvé qui avait écrit les lettres anonymes?

Salter s'installa dans le fauteuil qui faisait face au bureau de Marinelli.

— J'ai éliminé un suspect, répondit-il. Mais laisse-moi te raconter un peu comment ça se passe dans ce collège.

Il se lança dans une description des professeurs et de l'administration de Bathurst College, en terminant par un portrait de Fred Leitch, le seul à l'égard de qui il n'avait aucun soupçon.

Marinelli rit de bon cœur.

— Et ton père, comment va-t-il?

— Il se maintient.

— Je n'en attendais pas moins de lui. Quant à toi, tu as l'air d'aller un peu mieux. Je voulais te dire qu'on avait fait une touche. (Il se pencha en avant, heureux d'avoir du nouveau.) Temperance Jewellers, dans Church Street. Je me demande où un prêteur sur gages peut bien être allé chercher un nom pareil… Bref, ces gens-là ont rapporté avoir reçu une montre de poignet portant le logo d'Al Andalus Express, comme nous l'avions mentionné dans notre communiqué de presse. J'ai envoyé des gars la chercher.

— Quand l'ont-ils reçue ?

— Vendredi dernier.

— Connaissent-ils l'identité du vendeur ?

— Ils l'ont filmé grâce à leur caméra de surveillance. Ils étaient soupçonneux, alors ils ont mis leur caméra en marche, et voilà !

— Qu'est-ce qui les a rendus soupçonneux ?

— Ils se sont demandé pourquoi un Amérindien serait allé se balader en Espagne ou, en tout état de cause, qui aurait donné à un mendiant une montre en parfait état de marche. Ils ont pensé que la montre avait été volée.

— Et ils ont aussitôt pris contact avec la police ?

— Ils avaient l'intention de le faire, d'après eux. Notre communiqué de presse leur a rafraîchi la mémoire.

— Où est l'Amérindien en question ?

— Quelque part au centre-ville, à flâner. On mettra la main dessus d'ici ce soir. J'imagine que l'affaire est bouclée et que c'est fini pour toi, hein, Charlie ?

— Nous ignorons toujours qui a envoyé les lettres anonymes, et pour quel motif.

— Ça n'a plus aucune importance maintenant, tu ne crois pas ? Comme tu l'as dit toi-même, ça doit être un fouteur de merde qui n'a pas grand-chose d'autre à foutre.

— Tu veux bien que j'aille parler à ce prêteur sur gages ?

Marinelli se recula dans son fauteuil.

— Nous l'avons déjà interrogé et nous nous sommes fait notre idée. Qu'as-tu derrière la tête, Charlie ?

— Je suis curieux, c'est tout.

— Tu n'as pas l'air satisfait, observa Marinelli en riant. Tu ne veux pas y croire, c'est ça ? Tu voudrais que ce soit un meurtre intelligent, digne de tous ces universitaires, hein ?

Salter s'efforça de ne pas trahir ses pensées.

— J'ai trouvé sept bons suspects. Je ne veux pas les gâcher. Tout ce que je souhaite, c'est trouver qui a écrit ces fameuses lettres.

— OK, fais comme chez toi. Mais je te répète que l'affaire sera bouclée d'ici ce soir.

Marinelli avait raison sur un point: Salter était déçu. L'enquête à Bathurst College était une distraction parfaite pour lui, et il avait espéré qu'elle durerait encore quelques jours. Ça l'aurait amusé d'aller au fond de « L'affaire de la nomination du doyen », comme il commençait à l'appeler en son for intérieur. Il aurait aimé découvrir ce qui se cachait derrière ces revirements de votes, mais si Marinelli avait un bon suspect, le directeur adjoint ne le laisserait pas perdre davantage de temps avec cette histoire. L'auteur des lettres anonymes devrait se trouver un autre destinataire et quant à Salter, il n'aurait plus qu'à se remettre à son rapport sur le jeu.

◆

Chez Temperance Jewellers, toutes les transactions avaient lieu en argent comptant, mais ils tenaient des registres.

— C'était un Indien, affirma le propriétaire en retrouvant la transaction dans son registre.

Ses lèvres faisaient une sorte de va-et-vient continuel, comme s'il s'apprêtait à donner un baiser. Salter avait l'impression d'avoir affaire à un poisson-lune.

— C'est ce que j'ai entendu dire, en effet. Comment le savez-vous?

Le propriétaire regarda Salter plus attentivement.

— OK. Il avait l'air du gars auquel on pense quand on dit de quelqu'un qu'il a l'air d'un Indien. C'est quoi, le problème, chef? C'est pas le bon mot? Je sais qu'on n'est plus supposés dire « Nègre » ou « Esquimau », mais je pensais qu'« Indien », c'était correct. Pour parler d'un Indien d'Amérique du Nord, bien sûr, pas d'une sorte d'hindou.

Il mit le bout de ses doigts sur sa bouche et poussa un cri de guerre.

— Comment pouvez-vous en être sûr ?

— Je ne sais pas, une sorte d'instinct profondément enraciné chez moi. Je les reconnais à tous les coups. Pourquoi me cuisinez-vous comme ça ? C'était un Indien, nom de Dieu ! Tout comme vous, vous êtes un Blanc et le type, là, dehors, un Asiatique – de je ne sais où, par contre. Il y a beaucoup d'Indiens par ici, vous savez.

Il se remit à fouiller dans son registre.

— Quand est-il venu ? lui demanda Salter.

— Vendredi matin, à neuf heures et demie. Il était assis sur le pas de la porte quand je suis arrivé pour ouvrir. Visiblement, il avait besoin de boire un coup.

— Combien lui avez-vous donné pour la montre ?

— Je lui ai prêté, je dis bien prêté, cinq dollars. C'était ma contribution au peuple autochtone. La montre vaut beaucoup plus, mais j'avais peur qu'elle me reste sur les bras.

— Avez-vous noté son nom ?

— Bien sûr. Et c'était son vrai nom.

— Comment le savez-vous ?

— Il m'a dit s'appeler Henry Littledeer : un nom pareil, ça ne s'invente pas, non ?

— La portait-il ?

— La montre ? Il la gardait sous sa chemise, enveloppée dans une guenille.

— Vous ne l'avez pas revu depuis ?

— Non, mais il dispose de trente jours pour me rembourser.

◆

Quel dommage ! écrivit Salter ce soir-là. *Ça commençait à devenir intéressant, sans compter que j'aimerais quand même connaître l'auteur de ces lettres anonymes. Probablement Gerald-la-Vertu. Il faudra désormais que je trouve autre chose pour m'occuper pendant ces heures d'attente.*

Alors comme ça, pour finir, le coupable était un Amérindien dénommé Henry Littledeer. J'espérais pouvoir mettre ça sur le dos du directeur général du collège.

Il reposa son stylo et sortit faire un tour dans le couloir. Comme il trouva son père endormi, il revint s'atteler à son récit. Car c'était bien un récit – embryonnaire, certes – qu'était devenu le journal qu'il écrivait tandis qu'il accomplissait son devoir auprès de son père.

Refusant d'abandonner tout espoir, il tenta de se faire l'avocat du diable.

Quel genre d'histoire va-t-il nous raconter, ce Littledeer ? Il admettra probablement avoir cambriolé la maison de Lyall, mais il nous dira qu'il n'y avait personne quand il a opéré. C'est ce que j'espère, en tout cas : ça me garderait occupé pendant quelques jours supplémentaires.

— L'arme ne portait pas ses empreintes, messieurs et mesdames les membres du jury.

— Manifestement, il portait des gants.

— Avec un temps pareil ? Personne n'a dit qu'il avait plu cette nuit-là. Dans toutes les déclarations que nous avons entendues sur la scène de crime, personne n'a mentionné la présence de boue. À mon avis, une petite vérification nous apprendrait que ce soir-là, il a fait un beau temps sec. Rappelez-vous : c'était le soir des feux d'artifice. Oui, merci monsieur : en effet, il ne pleuvait pas. Maintenant, vous rappelez-vous quelle température il faisait ? Demandez-vous, messieurs dames, combien d'itinérants – combien de personnes tout court – porteraient des gants avec une température pareille.

— Il a forcément essuyé l'arme.

— La défense a déjà convenu que monsieur Littledeer avait certainement bu ce soir-là, et c'est fortement probable. Et maintenant, on nous demande de croire que ce monsieur Littledeer qui, nous l'affirmons, n'a fait

que traîner dans la maison en quête d'alcool, aurait,
après avoir tué monsieur Lyall, soigneusement et mé-
thodiquement effacé les preuves ?

— Il était en possession de la montre.

— Il l'aura trouvée, ou bien on la lui aura donnée.

— Monsieur Salter, votre femme aimerait vous parler,
annonça une infirmière qui se tenait dans l'encadrement
de la porte.

Salter se dirigea vers le poste des infirmières et
s'empara du combiné téléphonique.

— Je rentre à la maison, Annie. Il est calme et son
état est… quel est le mot, déjà ? Stable. Son état physique, en tout cas, car il n'est toujours pas certain de
l'endroit où il est. Je serai là dans une heure. C'est ça, oui.

Il retourna dans la salle d'attente, où il ajouta deux
points dans son journal.

Faire un dernier interrogatoire de toute la bande
du collège.

Faire une petite enquête dans la rue.

◆

Le lendemain matin, il ne se présenta pas au bureau,
de peur qu'on ne lui demande quelles étaient ses activités du jour.

Il trouva Jennifer Benson entre deux cours et lui
expliqua sa démarche :

— Notre hypothèse du début semble se confirmer.
Il apparaît que Lyall aurait été tué par un cambrioleur.
Mais un bon avocat de la défense explorerait les autres
possibilités que nous aurions laissées de côté. Il découvrirait la même chose que moi : il ferait ainsi remarquer que bon nombre de personnes avaient des raisons
de ne pas aimer Lyall et qu'elles n'avaient pas fait
l'objet d'une enquête appropriée. C'est que, vous
voyez, la preuve que nous possédons contre l'homme
que nous avons arrêté est purement circonstancielle.
Personne ne l'a vu commettre le crime.

— Qu'attendez-vous de moi ?

— Une brève déclaration sur votre emploi du temps le soir du 24 mai ainsi que le nom des personnes qui peuvent le confirmer.

— J'étais à la maison. J'ai lu, puis je suis allée me coucher, seule. (Elle éclata bruyamment de rire.) Je dors toujours seule le lundi. C'est mon soir de congé. Donc, personne ne peut le confirmer et je vous suivrai sans faire d'histoires, plaisanta-t-elle en lui tendant les poignets pour qu'il lui passe les menottes. Non, en fait, j'avais invité une vingtaine de personnes à une petite fête chez moi. J'ai une grande maison à l'Annexe, et je loue des chambres. C'est un vrai petit village, ici, et le 24 mai au soir, nous faisions la fête. Deux de mes locataires sont des étudiants, et nous fêtions en quelque sorte leur fin de session. Quel genre de suspect avez-vous trouvé ?

— Nous pensons que c'est un Amérindien.

— Un... sans-abri ?

— Nous ne lui avons pas encore mis la main dessus.

— Pauvre type ! s'exclama Jennifer Benson sur un ton qui ne trahissait aucune inquiétude ni compassion.

Une fois encore, Salter fut déconcerté par son attitude : elle demeurait joyeuse et exempte de commisération. Elle ne s'illusionnait absolument pas sur les gens pour lesquels elle manifestait, mais leurs défauts individuels ne la faisaient jamais douter du camp dans lequel elle devait se battre.

Czerny-Smith déclara pour sa part qu'après s'être disputé avec sa femme, il était allé faire un tour en voiture. Lorsqu'il était revenu, après minuit, la maison était vide : sa femme était partie passer la nuit chez des amis. Elle était rentrée le lendemain afin de préparer son départ du domicile conjugal. Personne ne pouvait témoigner de sa petite escapade en auto, qui avait duré quelques heures. Son histoire était tellement faible que Salter fut enclin à y ajouter foi.

Le policier retourna dans Gibson Avenue et, pendant
deux heures, il fit du porte-à-porte. Les enquêteurs de
Marinelli étaient passés avant lui, mais Salter avait
une question plus précise à poser cette fois-ci. Sous
couvert de demander si quelqu'un avait remarqué la
présence d'un Amérindien dans le quartier aux alentours du 24 mai, Salter put établir que personne n'avait
vu d'inconnu d'aucune sorte le soir du meurtre, fût-il de
sexe masculin ou féminin, caucasien, noir ou autochtone. Une des voisines crut avoir aperçu un Amérindien
dans l'allée, derrière la maison de Lyall, le lendemain
matin. Cette présence parut avoir peu de chance d'être
liée à un assassinat commis dix ou douze heures plus
tôt, mais Salter en prit néanmoins bonne note.

Cette tournée ne fut guère concluante, évidemment.
La plupart des résidents du quartier étaient au travail,
leurs maison et enfants étant sous la garde de domes-
tiques philippines ou noires. Mais dans ce type d'enquête, les personnes interrogées mettaient un tel point
d'honneur à se rappeler les inconnus, surtout lorsqu'ils
appartenaient à d'autres ethnies ou classes sociales que
les leurs, que l'absence de souvenir de ce genre était
convaincante.

◆

— Ça y est, nous l'avons eu ! annonça Marinelli.
— Qui donc ?
— Littledeer. L'Amérindien qui a tué le professeur.
— Il est passé aux aveux ?
— Le type de Temperance Jewellers l'a identifié, et
Littledeer a admis avoir mis la montre au clou.
— Mais quelqu'un la lui a donnée, n'est-ce pas ?
— Il n'a même pas dit ça : il prétend juste qu'il ne
se rappelle pas où il l'a eue.
— Difficile d'aller au tribunal avec si peu d'éléments.

— C'est une histoire minable, en fait. Ses empreintes correspondent à certaines de celles que nous avons relevées au sous-sol.

— Dans ce cas, j'imagine que ça fera l'affaire. Il est quoi, au juste, un sans-abri ?

— Pourquoi demandes-tu ça ? Qu'est-ce qui t'arrive, Charlie ? Le directeur adjoint est content, alors c'est quoi, le problème ?

— Il se trouve que cette affaire m'intéresse.

— Cette histoire est claire comme de l'eau de roche.

— Sans doute… Dis-moi, tu ne verrais pas d'inconvénient à ce que j'aille parler à Littledeer dans sa cellule ?

— Pourquoi faire ?

— J'aimerais qu'il me raconte son histoire.

— Il n'en a pas, d'histoire !

— Je repasserai te voir avant de rentrer chez moi.

Marinelli haussa les épaules.

— OK, mais si tu découvres quoi que ce soit qui risque de m'inquiéter, je te serais reconnaissant de m'en faire part. Tu es censé être de notre côté, n'oublie pas.

— Puis-je avoir une copie du rapport ?

Marinelli fit apparaître la version électronique du document en question sur l'écran de son ordinateur et lança l'impression. Quelques secondes plus tard, la machine qui trônait à l'autre bout de la pièce cracha le rapport. Marinelli s'en empara, prit une photo dans une chemise cartonnée, l'agrafa au document et tendit le tout à Salter.

La photo montrait un visage familier – un visage comme il y en avait des centaines d'autres dans la rue : meurtri, balafré, un œil définitivement fermé, aucune dent en haut et seulement quelques chicots pourris en bas. Il avait de longs cheveux noirs qui lui tombaient sur les épaules et une moustache hirsute.

— On l'a ramassé la nuit dernière. Les gars ont dit qu'il n'était pas en très bon état.

— Que se passe-t-il maintenant ? Il a droit à l'aide juridique ?

— Nous avons un officier de liaison pour les Autochtones qui ont des problèmes. Il a informé le Centre pour Autochtones, qui va veiller à ce qu'on respecte ses droits.

— Vous pensez qu'il a cambriolé la maison avant ou après avoir tué Lyall ?

— Que suis-je censé répondre ? Toutes les preuves sont là.

— Peut-être qu'il me le dira, à moi. Je vais descendre lui parler.

— Mais pourquoi donc, Dieu du ciel ?

— Parce que j'ai du temps libre.

— D'accord, mais à une condition : si tu découvres quelque chose qui te chicote, parle-m'en en priorité.

— Cela va de soi. Mais pour commencer, je vais lire le rapport.

CHAPITRE 12

Salter lut intégralement le rapport de police puis, n'y trouvant rien qu'il ne sût déjà, partit en auto en direction du centre de détention pour jeter un coup d'œil à Littledeer.

L'Amérindien n'avait pas été en garde à vue assez longtemps pour avoir dégrisé, mais cela mis à part, sa photo était ressemblante. Il paraissait avoir une cinquantaine d'années, mais Salter jugea qu'il pouvait facilement avoir une dizaine d'années de moins – selon toute vraisemblance, le pauvre hère avait été victime d'agressions plus souvent qu'à son tour.

Le policier et le détenu prirent place de chaque côté de la table. Un gardien se tenait devant la porte, pas pour surveiller la conversation, mais pour intervenir au besoin.

Maintenant qu'il était là, Salter avait en fait très peu de questions à poser, mais il voulait tout repasser en revue. Il commença par établir que leur entretien n'était pas officiel et informa Littledeer qu'il pouvait y mettre fin à tout moment s'il le souhaitait.

— Vous êtes flic ? s'enquit le détenu.

Salter fit un signe de tête affirmatif.

— Vous êtes le grand patron ?

— En ce qui vous concerne, Henry, je ne suis personne, je vous l'ai dit.

Littledeer secoua la tête, incrédule.

— Nan, c'est vous le responsable.

— Je ne suis responsable de rien.

— Donnez-moi une cig'.

Salter fit une moue d'excuse et se tourna vers le gardien, qui lui donna une cigarette et des allumettes.

— Vous voyez ? fit Littledeer. J'ai demandé une cig' à ce gars toute la journée et dès que vous êtes là, j'en ai une. J'ai raison : vous êtes le grand patron.

— Je suis allé voir la maison où ce professeur vivait, dit Salter.

— Ah, ouais ? rétorqua Littledeer en détournant le regard. Et moi qui croyais que vous étiez simplement venu me faire une visite de courtoisie.

Chaque fois qu'il aspirait une bouffée, un tiers de la cigarette se consumait.

— Où avez-vous trouvé l'arme ?

— Dans la maison, j'imagine..

— Où, précisément ?

Littledeer s'arrangea pour tenir le dernier centimètre de la cigarette sans filtre entre son pouce et les deux premiers doigts, puis mit ses trois doigts dans la bouche et inhala profondément, consumant ce qui restait de son mégot. Il réduisit en poudre les fragments rougeoyants.

— Ça ne vous brûle pas ? s'étonna Salter.

— Non, pas si on mouille les doigts. Je ne me rappelle pas où j'ai trouvé l'arme. Sans doute à l'endroit où il la rangeait.

— Vous êtes entré dans toutes les pièces ?

— J'imagine que oui.

— Vous ne vous souvenez de rien ?

— Seigneur ! Les autres gars ont tout écrit. Je me suis réveillé vendredi matin dans une ruelle qui donne dans Church Street. Un salaud m'avait foutu une raclée et j'avais besoin d'un verre. J'avais pas d'argent mais j'avais cette montre, alors je l'ai mise au clou. Et plus tard, vos gars sont venus me ramasser.

— Vous ne vous rappelez pas où vous avez eu cette montre ?

— Donnez-moi une autre cig'.

Le gardien eut l'air contrarié, mais Salter lui lança un regard éloquent, aussi posa-t-il une poignée de cigarettes devant Littledeer, qui s'empressa de les mettre dans la poche de sa chemise.

— La dernière chose dont je me souvienne, c'est de m'être retrouvé dans une taverne. Mais peut-être que c'était il y a quelques jours. J'étais allé me paqueter la fraise.

— Où avez-vous eu l'argent pour ça ?

— J'avais de l'argent, ça oui. Des tonnes de billets. Mais il a filé.

— Vous rappelez-vous où vous étiez le soir de la fête de la Reine ?

— Hein ?

— Vous savez, le soir des feux d'artifice.

— J'ai vu les feux d'artifice, ça oui.

— Où ?

— Dans le ciel.

— Vous souvenez-vous d'avoir été dans la maison ? Est-ce que le gars gardait son arme dans sa chambre ? La lui avez-vous prise des mains ? Dormait-il ?

— J'me rappelle pas. (Littledeer alluma une autre cigarette et tapota sa poche de poitrine pour vérifier combien il lui en restait.) Mais c'est sa montre que j'avais, c'est bien ça ?

— D'après le prêteur sur gages, oui.

— Bon, ben c'est ça, oui.

— Vous rappelez-vous s'il y avait quelqu'un avec vous ? Étiez-vous deux ?

— J'me rappelle pas.

— Vous ne semblez pas très inquiet, Henry.

— J'ai déjà été en prison. C'est pas si pire. Là-bas, on me laisse tranquille. Que voulez-vous que je fasse ? Un Indien paqueté descend un type avec sa propre arme. C'était un accident.

— C'est ce que votre avocat vous a dit ?

— Ouais.

— Il veut que vous plaidiez coupable ?

— D'un accident. Ouais.

C'était probablement le plus simple. Négligence criminelle, homicide involontaire coupable, homicide délictuel : Salter ne connaissait pas par cœur la distinction entre ces infractions et devait toujours vérifier. Le jury aimerait sans doute le nom de l'accusé : Henry Littledeer, victime pathétique des politiques mises en place par l'homme blanc. Et c'était bien ce qu'il était, à titre personnel et en général. Salter entendait d'ici la plaidoirie de l'avocat : « Le résultat ici présent de ces politiques a pour origine une poignée de gentilshommes aventuriers, au XVIIe siècle. D'abord, il s'est fait voler ses terres, puis ses rivières et ses lacs ont été empoisonnés, son mode de vie a été détruit, et la négligence dont il fait aujourd'hui l'objet s'apparente à un génocide. » Il aurait pu élaborer lui-même la ligne de défense de Littledeer.

Salter avait passé un été dans la forêt du nord de l'Ontario, d'abord pour ce qui était à l'époque le Département des terres et forêts en tant que pompier, puis comme employé d'un gîte touristique du lac des Bois et, pour finir, pendant trois mois, à la fin de l'été et au début de l'automne, dans une pourvoirie située à quatre-vingts kilomètres au nord de Kenora. Cette dernière expérience était restée profondément ancrée en lui. Il avait travaillé avec de nombreux Amérindiens, et assez longtemps pour bien les connaître individuellement, de sorte que depuis lors, il était capable de résister à toute tentative de généralisation, fût-elle négative, condescendante ou, plus récemment, romanesque. Les Amérindiens avaient été persécutés à un point dont personne ne pouvait douter. La pourvoirie du nord de Kenora était maintenant fermée parce que toute la région, y compris certains lacs vierges des environs qui regorgeaient de poisson quand Salter y était, avait été polluée par le mercure utilisé dans le traitement de la pâte de bois. La plupart des Autochtones avec qui il avait travaillé avaient été réduits à l'état d'assistés sociaux, et leur seule échappatoire était désormais l'alcool.

Salter envisagea de demander au gardien de lui vendre toutes les cigarettes qui lui restaient afin de les donner à Littledeer, mais il s'abstint. De fait, il n'était pas sûr de devoir une fois encore chercher à illustrer son malaise. Lorsqu'il y repensa plus tard en s'efforçant de coucher tout cela dans son journal, il conclut que ce qui l'avait retenu de donner ces cigarettes à Littledeer, c'était le risque que ce dernier lui suggère de se les fourrer dans le cul.

— Depuis combien de temps êtes-vous dans la rue, Henry ?

— Chuis pas dans la rue. J'ai une job. J'ai été licencié pour quelques jours, mais j'ai une job, chuis pas dans la rue.

— Pour qui travaillez-vous ?

— Abe Cooper.

— Qui est-ce ?

— C'est le proprio.

— Proprio de quoi ?

— De la Blue Jay Company.

— Vous travaillez pour l'équipe des Blue Jays ? C'est vous, l'entraîneur des lanceurs ? plaisanta Salter.

Il se rappelait que l'humour des Amérindiens du nord-ouest de l'Ontario s'exprimait par des histoires à dormir debout, dont ils usaient largement pour taquiner les jeunes Blancs qui venaient travailler l'été.

— Nan, pas l'équipe de base-ball. L'entreprise de toiture.

— Quand avez-vous travaillé pour la dernière fois ?

— Il y a quelques semaines. Ça ne fait pas si longtemps. Regardez, dit-il en remontant sa jambe de pantalon pour lui montrer une petite tache rouge récemment cicatrisée sur son mollet. Une goutte de goudron chaud, expliqua-t-il.

— OK, Henry, dit Salter, se rendant immédiatement compte que sa façon d'utiliser si souvent le prénom de Littledeer était typique de la rhétorique condescendante.

Il se leva.

— Je reviendrai vous voir.

— Apportez-moi une chique.

— Du tabac à mâcher, expliqua le gardien.

— Je sais ce qu'est une chique, rétorqua Salter. Du Copenhagen ? demanda-t-il à Littledeer.

Qu'importaient les preuves : il était impossible d'attribuer ce crime à Henry Littledeer.

◆

En retournant au bureau, Salter s'arrêta à l'hôpital, où il trouva son père assis sur son lit tandis que May tricotait dans un fauteuil à côté de lui, prête à se mettre à sa disposition.

— Tu vas être occupé, lui annonça son père dès qu'il franchit la porte.

Salter attendit qu'il lui exposât le contexte.

— Après une nuit comme ça ! On aurait dit qu'il y avait la guerre, par ici. Seigneur ! Des armes à feu, des ambulances, des voitures de pompiers. Combien de morts ?

— Il est tout mêlé avec la télévision, expliqua May.

Le vieil homme la regarda pensivement.

— Ce n'était pas à la télévision. J'avais éteint le poste. C'était juste ici, dehors. Et d'ailleurs, tout ça, c'est permis, à la télévision ? ajouta-t-il avec un geste en direction de la porte.

— Il croit avoir encore entendu les docteurs et les infirmières qui... s'amusaient ensemble... dans le couloir, expliqua May.

— Ils baisaient comme des animaux. Avec des patients, aussi. Toute la nuit ! Toute la maudite équipe ! C'est dégoûtant.

— Tu rêvais, lui dit doucement May. C'étaient des fantasmes. Tu es seulement jaloux.

Salter était impressionné par la façon dont May trouvait instinctivement les paroles qui ne contrarieraient pas son père. De son côté, il tournait sa langue sept fois dans sa bouche avant de sortir la moindre phrase, de peur d'ouvrir une porte qu'il aurait mieux valu tenir fermée. C'était un peu comme parler avec Henry Littledeer.

— Ah bon, tu crois ? dit le vieillard avant de se tourner vers son fils. Allez, sortons d'ici. Va chercher papa. Rentrons à la maison.

— On rentrera dès que les docteurs le permettront.

— La nuit dernière, à un moment donné, je les ai entendus battre les autres patients. La cloche a sonné avant qu'ils ne s'en prennent à moi.

— C'est à cause des médicaments, expliqua posément May, le nez dans son tricot. L'infirmière a dit que ça aurait cet effet-là.

Un médecin apparut, accompagné de l'infirmière des urgences ; il regarda la fiche du vieil homme, ignorant la présence de Salter et de May. Lorsqu'ils quittèrent la chambre, Salter les rattrapa et les intercepta dans le couloir :

— Comment va-t-il ? demanda-t-il.

Le médecin lança un regard interrogateur à l'infirmière.

— Je suis son fils, précisa Salter.

— Il est stable.

— Il me donne l'impression de délirer. Son cerveau est-il endommagé ? Quel est le pronostic ? À quoi dois-je m'attendre ?

— Personne ne vous a donc parlé ?

— Pas dernièrement. Vous l'auriez remarqué…

Le docteur se tourna vers l'infirmière, qui haussa les épaules en se justifiant :

— Je viens juste de revenir après quatre jours de congé.

Le médecin prit Salter par le bras et le conduisit jusqu'à un recoin où se trouvaient deux chaises. Lorsqu'ils

furent assis, le docteur parcourut le rapport qu'il avait
pris des mains de l'infirmière.

— Votre père a fait une chute, et nous l'avons admis
avec des fractures et une attaque. Il semble avoir une
légère fêlure du crâne, mais je ne crois pas que ce soit
grave. Il se peut même qu'elle soit ancienne. Il y a des
signes indiquant qu'il a fait de nombreuses petites
attaques l'année dernière. Avez-vous remarqué un certain ralentissement, voire des trébuchements, lorsqu'il
est fatigué ? Aucun traitement n'est nécessaire, mais il
a besoin d'une présence permanente auprès de lui. Il
ne vit pas seul ? Non ? OK. Il recouvrera probablement
quatre-vingt-quinze pour cent de son état antérieur,
mais il a été salement secoué et il n'est plus tout jeune.

— Quels médicaments prend-il ?

Le médecin consulta le dossier.

— Un antalgique. Ah oui, et un tranquillisant, aussi.
Apparemment, il a des nuits agitées.

— Est-il vraiment nécessaire qu'il prenne tout ça ?
Je veux dire… Est-ce vraiment nécessaire à sa guéri-
son, comme… Seigneur, je ne sais pas, moi… comme
de la pénicilline ? Est-ce seulement pour qu'il reste
tranquille ?

— Ce n'est qu'un calmant : c'est juste pour qu'il se
sente mieux.

— Pourriez-vous le lui supprimer ?

— Ce n'est pas recommandé.

— Pourquoi ?

— Son état agité complique ses soins.

— Ça veut dire que vous lui donnez des calmants
pour améliorer le sort des infirmières, c'est ça ? Mais
ça lui cause des hallucinations. Arrêtez de lui en donner.
(Salter prit une profonde inspiration.) Arrêtez de lui en
donner. Je resterai auprès de lui toute la nuit, et il y a
quelqu'un qui reste avec lui toute la journée.

— Cette dame est-elle votre mère ?

— Non. C'est sa conjointe.

— Est-elle du même avis que vous ?

— Oui.

— Parfait. (Il fit un signe de tête à l'infirmière.) On va essayer de lui supprimer les calmants. Faites-moi savoir comment il réagit.

Salter traversa le couloir et alla rendre compte de son entretien à May.

— Dans ce cas, je vais rester ici jusqu'à ce que tu arrives ce soir, conclut-elle en se remettant à tricoter.

CHAPITRE 13

Le lendemain matin, Salter appela le patron de l'entreprise Blue Jay afin de lui demander un devis pour refaire sa toiture. Une petite tache était apparue six mois plus tôt dans un coin du plafond, au deuxième étage, et le moment serait idéal pour arranger cela.

Abel Cooper, propriétaire de Blue Jay, offrait aussi des services de charpenterie brute ; après avoir obtenu son devis pour le toit, Salter lui demanda donc son avis pour une nouvelle clôture ainsi que le coût éventuel d'un nouveau patio dans la cour arrière. Après quoi il lui offrit une bière et entra dans le vif du sujet.

Cooper sut immédiatement de qui Salter lui parlait : il venait tout juste d'avoir une conversation avec l'avocat de l'aide juridique qui défendait Littledeer. Il déclara bien connaître Henry, un Ojibwé qui faisait du bon boulot quand il était sobre. L'entreprise de Cooper subissait un fort renouvellement de main-d'œuvre, en partie parce qu'il proposait du travail demandant peu de qualifications et que la paie était modeste, en partie parce que Cooper ne pouvait pas garantir plus d'une semaine de travail à la fois – et, de l'avis de Salter, en partie parce que travailler aux côtés du patron d'une petite entreprise n'est pas une sinécure, surtout dans la construction. La plupart des ouvriers abandonnaient dès le premier jour, affirma Cooper, parfois même avant midi. Mais Henry Littledeer et son frère Billy étaient parmi ses meilleurs ouvriers : ils suivaient Cooper toute la journée sans rechigner et ils étaient partants pour continuer à travailler tant qu'il faisait jour. Mais ils avaient un jour décroché, Billy le premier. Ils avaient commencé à boire jusqu'à ce qu'ils soient à court d'argent, puis la femme de Henry était repartie avec leurs deux enfants à Parry Sound et Henry en avait été réduit à faire la manche et à vivre dans l'un des refuges de sans-abri du centre-ville. Ce genre de dégringolade peut être très rapide.

Un travailleur social qui était venu voir Cooper avait raconté à ce dernier les antécédents de Henry – celui-ci espérait que Cooper le reprendrait à son service. Il avait donc accepté de donner à l'Amérindien une dernière chance, bien qu'il l'eût laissé tomber en plein milieu d'un chantier la fois précédente. Mais Henry ne s'était jamais présenté, et lorsque Cooper s'était rendu au refuge – qui était sa seule adresse –, il avait trouvé un Henry tout contusionné, plein de coupures et tenant des propos incohérents à la suite d'une échauffourée qu'il avait eue la veille avec des ivrognes dans une ruelle. Il n'avait plus entendu parler de Littledeer, jusqu'à ce que l'avocat vienne lui demander de témoigner du bon caractère de Henry.

— Ce n'est pas difficile, lui assura Salter. Tout ce que vous avez à faire, c'est de vous lever et de déclarer qu'il travaillait fort pour vous, qu'il ne vous a rien volé et que vous n'avez jamais constaté de signes de violence chez lui. L'avocat vous guidera.

— Le problème, c'est que la dernière fois que je l'ai vu, il était en bien piteux état. Seigneur, il faisait pitié ! Il ne m'a même pas reconnu. J'ai l'impression qu'il a perdu toute sa cervelle, à force de boire de la lotion après-rasage et des trucs comme ça, vous voyez ? Cela dit, je ne vois vraiment pas comment il aurait pu pénétrer dans une maison par effraction, la fouiller, trouver une arme, la charger, tuer le propriétaire et sortir de là sans que personne ne le remarque. En tout cas, pas dans l'état dans lequel il était le mois dernier. J'ai entendu dire que la maison est située dans Gibson Avenue : j'ai travaillé dans cette rue. Si les résidents avaient seulement aperçu un gars comme Henry, ils auraient tout de suite appelé la police. Il doit toujours plus ou moins avoir du sang sur lui et il ne se rase pas souvent.

— Il y a des preuves, objecta Salter.

— J'ignore quel genre de preuve vous avez.

— Quand il est entré dans la maison, il était peut-être en meilleure forme que lorsque vous l'avez vu. D'après ce que vous m'avez dit, il a déjà été capable de s'abstenir de boire.

— En admettant que ce soit possible, il n'aurait certainement pas fait ça. Henry n'est pas un mauvais gars, il est juste au bout du rouleau. Les Amérindiens ne devraient pas boire, tout le monde le sait. Un type m'a dit un jour que c'est parce qu'il leur manquerait un gène ou je ne sais pas quoi. Mais quand ils sont sobres, ils peuvent être de maudits bons travailleurs.

Cooper rappelait à Salter les gars de la construction avec lesquels il avait travaillé trente ans auparavant et qui manifestaient exactement le même genre de racisme bienveillant que son père. Il comprit que le racisme de Cooper était une bonne raison de prendre au sérieux ses inquiétudes au sujet de Littledeer : en un sens, il évoquait les différences entre Henry Littledeer en particulier et les Amérindiens en général – selon la compréhension qu'il en avait.

— Pour résumer, dit Salter, soit il était saoul et il ne l'aurait pas fait, soit il était sobre et il ne l'aurait pas fait non plus.

— C'est à peu près ça.

— Vous allez témoigner en sa faveur ?

— Il faut que quelqu'un le fasse. Allez le voir : il est totalement pathétique.

— L'avocat arguera sans doute du fait qu'il est une victime et s'il se trouve un journaliste et un représentant du Conseil des Indiens dans la salle d'audience, le procureur sera certainement d'accord ; les deux parties s'entendront donc avec le juge pour voir comment il serait possible de minimiser les dégâts supplémentaires que ce procès pourrait causer sur Littledeer, même s'il a tué un de ses semblables. Tout le monde se sent coupable à tout propos, maintenant, surtout quand il s'agit d'Amérindiens. Il sera donc traité avec le plus d'égards possible. Mais il a tué un professeur et nous devons le mettre sous les verrous pendant un moment.

— Irez-vous le voir ? insista Cooper.

— Pourquoi ?

Il n'y avait aucun mal à laisser Cooper penser qu'il avait dû convaincre Salter.

— Parce que quelqu'un doit le faire.

— Pourquoi donc ? répéta Salter.

— Parce que je pense que vous autres, les flics, vous avez de la merde dans les yeux et qu'Henry Littledeer n'a tué personne.

— Du calme. D'accord, je vais aller le voir, et je vais essayer de vérifier ce qu'on a contre lui.

— Quand irez-vous ? Je peux vous appeler ?

— Non, désolé. Je n'ai pas de comptes à vous rendre. Vous vous êtes déchargé sur moi, et ça s'arrête là.

— C'est tout ?

— Si ça ne vous plaît pas, engagez vous-même un avocat pour Littledeer.

Cooper hocha la tête une dizaine de fois pour montrer qu'il réfléchissait, puis il se leva.

— OK, monsieur Salter. Nous commencerons à réparer votre toit dès vendredi prochain.

◆

Le lendemain matin, Barbara Czerny-Smith, la relationniste de Bathurst College, appela : elle demandait à

rencontrer Salter immédiatement. Le policier s'arrangea
pour l'attendre dans son bureau. Il évita Marinelli – il
était peu désireux de l'entendre annoncer la découverte
de la dernière preuve concluante qui indiquait qu'il
perdait son temps.

Barbara Czerny-Smith était si tendue qu'elle commença à parler avant même de s'asseoir.

— Je suis ici pour vous exprimer mon inquiétude à
propos de l'homme que vous avez arrêté pour le meurtre
de Maurice Lyall, déclara-t-elle d'emblée.

Salter se leva, la contourna pour aller fermer la porte
puis la guida vers un fauteuil. Il pensa un moment lui
révéler qu'elle se trompait d'interlocuteur, mais après
le temps qu'il avait passé à interroger les professeurs
du collège, elle était en droit de penser qu'il avait un
statut officiel quelconque dans l'affaire.

— Quelle est la nature de ces inquiétudes ? s'enquit-il.

— Dans l'esprit du public, cette affaire va être liée
à Bathurst College. Nous voulons donc nous assurer
que cet homme sera correctement représenté.

— Je vois. L'accusé est un Amérindien et vous vous
inquiétez pour l'image de votre collège.

Salter se promit d'avertir Marinelli.

— Nous sommes soucieux de voir préservée la réputation de notre collège.

— Cela fait deux soucis, un pour vous et un pour
lui. Je peux vous affirmer qu'il a déjà un avocat de
l'aide juridique. Je pourrai m'informer de son identité,
et si vous m'appelez cet après-midi, je vous communi-
querai son nom. Cela dit, vous pourriez aussi bien vous
informer vous-même. Passez quelques coups de fil ou
demandez à l'avocat du collège.

— Merci.

Dans l'esprit de Salter, il était clair que Barbara
Czerny-Smith avait obtenu le genre de réponse auquel
elle s'attendait – une réponse insatisfaisante – et que
Marinelli ou lui entendraient à nouveau parler d'elle.

— Vous devriez savoir que nous avons un officier
de liaison qui travaille sur des affaires comme celle-ci.

Si un Autochtone semble avoir un lien avec un crime, nous en informons cet officier, qui communique à son tour avec le Centre pour Autochtones, et nous prenons les choses en mains à ce moment-là. Ce gars n'est pas abandonné, croyez-moi.

— Merci, répéta-t-elle, cherchant une échappatoire. Nous lui offrirons toute l'aide qui est en notre pouvoir.

— Bien.

Dès qu'elle fut partie, Salter alla voir Marinelli, qui entra dans une colère noire.

— Qui donc est venu te voir? tonna-t-il. Je croyais que tous ces braves gens étaient directement orientés vers les Homicides!

— Mais de quoi parles-tu donc?

— Je parle de toutes ces bonnes âmes qui défilent chez nous pour essayer de faire sortir Littledeer de prison. Je parle de tous ces groupes de défense des droits de je ne sais qui de Toronto, principalement des droits des Autochtones. Je parle de cette maudite rumeur selon laquelle nous étions incapables de mettre la main sur l'assassin du professeur, de sorte que nous serions donc allés ramasser un pauvre Amérindien, que nous lui aurions collé des indices sur le dos et que nous l'aurions battu jusqu'à ce qu'il avoue.

Marinelli s'interrompit, son regard allant prestement de son bureau à Salter tout en inspectant la pièce comme s'il s'attendait à une attaque surprise.

— Pensent-ils vraiment qu'on ignore encore le sens du terme « minorité visible », nom de Dieu? Deux Vietnamiens ont fait feu dans un café tenu par un Chinois, et nous ne serions pas censés remarquer la couleur de leur peau?

— Tu as passé un mauvais quart d'heure, hein?

— Mauvais? Seigneur, encore heureux que j'aie vu tout ça venir et que j'aie enveloppé notre gars dans de la ouate.

— Tu l'as vu venir?

— J'ai entendu les vieux tam-tams, Charlie. On a cueilli Littledeer juste après ce bordel de Winnipeg. Tu en as entendu parler ? Ils ont traîné au tribunal un Amérindien qui était en prison le soir où il était censé commettre un assassinat. Ils ont obtenu ses aveux, mais ils avaient aussi ses empreintes digitales, sa photo, tout le kit, qui prouvaient qu'il était bel et bien dans sa cellule ce soir-là. Sachant cela, j'ai été très prudent, mais ces connards croient encore qu'on a monté cette affaire de toutes pièces. Je veux parler de deux conseillers municipaux et d'un éditorialiste. Ils n'aiment pas que les faits contredisent leurs convictions. Ils disent « connaître » nos modes opératoires.

— Je n'ai rien lu à ce propos.

Marinelli s'autorisa un très léger sourire – une infime vibration de la lèvre supérieure qui rejoignit presque la narine.

— Premièrement, tu ne liras rien là-dessus. Nous avons fait venir les médias pour leur montrer rapidement les preuves. Nous avons insisté sur le fait qu'un procès se devait d'être équitable, y compris à l'égard de la victime, et qu'une grosse campagne visant à discréditer l'enquête risquait de leur péter à la gueule. Bon. Raconte-moi : qui est venu te parler ?

— L'agente des relations communautaires de Bathurst College.

Marinelli eut un haussement d'épaules. Salter poursuivit :

— Et le gars qui va venir réparer mon toit ne croit pas que Littledeer soit capable d'avoir commis un crime.

— Tu essaies de m'inciter à poursuivre l'enquête ? Et c'est qui, le gars qui va s'occuper de ton toit ? Le père de Littledeer ?

— Un type pour lequel Littledeer a travaillé il y a quelque temps. C'était un bon ouvrier et Cooper, l'entrepreneur, m'a dit qu'il ne pensait pas que Littledeer avait l'étoffe d'un assassin.

— Même s'il avait bu ?

— Cooper pense que, paqueté ou pas, Littledeer serait incapable de violence.

— C'est merveilleux que Henry ait des amis si fi-
dèles. Car nous l'appelons Henry, Charlie. Je suis
d'accord avec ton couvreur : Henry est inoffensif. Mais
d'une façon ou d'une autre, il a cambriolé une maison
de Gibson Avenue le 24 mai au soir, et au cours de son
cambriolage, il a tué le propriétaire des lieux.

— Comment peux-tu en être sûr ? Désolé, ça ne me
regarde pas. Si tu es occupé, fais-le-moi savoir. Moi,
je suis assez libre, car je pense que mon père va mieux,
mais je n'ai toujours pas envie de me remettre à ce
satané rapport sur le jeu.

— Je suis heureux de l'entendre. Pour ton père, je
veux dire, précisa Marinelli.

— Allez, raconte-moi les détails du dossier.

— Nous avons relevé ses empreintes digitales sur
l'armoire à fusils du sous-sol. Que nous faudrait-il
d'autre ? (Marinelli scruta le visage de Salter.) C'est
assez bon pour toi ?

— J'imagine.

— Tu as l'air déçu. On dirait bien que tu vas quand
même devoir retourner à ton rapport sur le jeu.

— Je vais d'abord finir d'interroger les gens du
collège. Après quoi, c'est à toi que je remettrai mon
rapport.

— Tu as trouvé de nombreux suspects ? Sept, c'est
ça ? demanda Marinelli avec un sourire.

— Les habituels alibis faibles de citoyens innocents.
Ça ne me prendra pas longtemps pour y faire le ménage.

Soudain, une étincelle fugitive lui traversa l'esprit
tandis qu'il réfléchissait à l'affaire, et il se leva.

— Je viens te faire mon compte-rendu demain,
ajouta-t-il.

— Quand tu voudras. Le dossier est juste là, sur
mon bureau.

◆

Salter s'était brusquement rappelé que personne
n'avait pénétré par effraction dans la maison de Lyall.

Le tueur était entré sans heurt, en sachant que Lyall ne verrouillait jamais ses portes. Comment Littledeer l'aurait-il su ? Salter songea alors que Cooper ne lui avait peut-être pas tout dit ; il décida de lui téléphoner. L'entrepreneur admit aussitôt qu'il avait effectivement oublié de le mentionner, mais qu'il avait travaillé sur le toit de Lyall et que Littledeer le secondait à cette époque-là.

— J'ai beaucoup de chantiers dans ce quartier, se justifia-t-il. J'ai dû refaire trois toitures sur Gibson Avenue.

— Pourquoi ne me l'avez-vous pas dit ?

— Je reconnais que ça m'était sorti de l'esprit. Je ne cherchais pas à vous cacher quoi que ce soit.

Il ne restait à Salter rien d'autre à faire que de communiquer ce détail à Marinelli, qui observa :

— Eh bien, ça ne fait que confirmer notre histoire.

— Vous avez découvert autre chose ?

— Nous avons fait la tournée des bars et cela nous a permis de savoir que Littledeer se baladait avec un sacré beau paquet d'argent. Où aurait-il pu trouver ça, ailleurs que chez Lyall ? Quand on l'a cueilli, il venait de se faire tabasser. Pourquoi donc ? À cause d'une belle liasse que quelqu'un aurait vue sur lui ?

— Quand allez-vous porter l'affaire au tribunal ?

— On pourrait remettre ça indéfiniment, mais pourquoi attendre ?

— Son avocat a-t-il été convaincu par vos preuves ?

— Ouais. On passera un accord avant d'aller en cour. J'imagine qu'il va invoquer l'alcoolisme de son client. (Marinelli consulta l'écran de son ordinateur.) Syndrome d'alcoolisme fœtal. Il est atteint depuis sa naissance et il a de fréquentes pertes de mémoire. Maintenant, pour l'amour du ciel, Charlie, monsieur l'inspecteur d'état-major, tout ce que tu veux, je t'en prie, laisse tomber !

CHAPITRE 14

Lorsque Barbara Czerny-Smith appela cet après-midi-là, ce ne fut pas pour prendre des nouvelles de Littledeer, mais pour informer Salter qu'elle avait réuni un groupe d'étudiants afin d'aider la police dans son enquête.

— Vous avez vraiment fait ça ? Une minute…

Salter posa le combiné sur son bureau et bondit pour aller fermer la porte.

— En quoi cela va-t-il nous aider ? demanda-t-il une fois qu'il se fut rassis.

— Eh bien, ce sont des étudiants autochtones. Nous nous réunissons d'abord dans mon bureau à quinze heures.

— J'y serai. Ne faites rien de plus avant mon arrivée.

Il s'empara de son manteau et se dirigea vers le stationnement, en espérant qu'il ne soit pas trop tard pour tuer cette initiative dans l'œuf avant qu'elle ne parvienne aux oreilles de Marinelli.

◆

— J'ai réquisitionné les services de l'Association des étudiants autochtones, annonça Barbara Czerny-Smith lorsque Salter fut dans son bureau, vingt minutes plus tard.

La voix de la relationniste avait des sonorités nasillardes et il y avait un petit quelque chose de trop zélé dans la façon dont elle tournait la tête de droite et de gauche – tout cela mettait Salter bien plus à cran que s'il s'était trouvé face à un comité public de fouineurs, outre le fait qu'il avait le sentiment d'être, en un sens, à l'origine de son initiative.

— C'est quoi, l'Association des étudiants autochtones ? demanda-t-il.

Il eut la vision de centaines d'Inuits et d'Amérindiens massés dans une salle de classe pour recevoir des instructions avant de partir fouiller la ville à la recherche de… Comment s'appelait ce type, déjà ? Peter Lorre ? *M le maudit* ?

— Vous verrez. Ils ne vont pas tarder.

— Je n'aime pas trop le suspense. Dites-moi au moins combien ils sont.

— Deux cette année. Parfois plus. Nous en avons déjà eu cinq dans une même promotion.

— À quoi sert leur association ?

— C'est un groupe de soutien. Ils vont nous aider à trouver… Je veux dire : ils vont nous conseiller.

— À quel propos ?

— Ah ! Voici le premier.

Un jeune homme petit et grassouillet au visage orné d'une longue moustache franchit la porte en les regardant d'un air méfiant.

— Entrez, entrez.

Elle se précipita pour approcher une chaise de l'étudiant.

Tout le monde s'assit en silence tandis que la relationniste souriait au jeune homme.

— Nous attendons votre amie.

— Ma quoi ?

— Mary Thompson. La… jeune fille qui étudie en éducation des enfants.

— C'est mon amie ?

Le garçon regarda Salter, s'en remettant à ce dernier pour tirer tout ça au clair.

— Je m'appelle Salter. Je suis policier.

Le gamin hocha la tête.

— Et vous ?

— Vous voulez savoir mon nom ? s'étonna-t-il, se retournant vers Barbara Czerny-Smith. C'est vous qui m'avez demandé de venir ici : vous ne savez pas qui je suis ?

— Mais bien sûr. Vous devez être Matthew Chocolate. Matthew vient de Yellowknife. Il est étudiant en technologie radio. C'est bien cela, Matthew ? Depuis combien de temps êtes-vous ici ? lui demanda-t-elle en lui adressant un sourire épanoui.

Chocolate avait du mal à garder la tête droite. Il se tourna vers Salter, une esquisse de sourire sur les lèvres :

— Je ne suis arrivé qu'en septembre dernier, pour la rentrée. Maintenant, j'ai envie de rentrer à la maison. La glace vient tout juste de fondre.

— Pourquoi ne rentrez-vous pas ? Les cours sont terminés, non ?

— J'ai échoué à deux cours. Je n'ai pas envie de prendre du retard et de rester ici plus longtemps qu'il ne le faudrait. Je vais rentrer à la maison pour de bon en août. Que se passe-t-il ? On dirait que mon « amie » n'arrive pas.

— Je vais essayer de savoir où elle se trouve. En attendant, commençons sans elle. (Elle s'éclaircit la voix et évita le regard de Salter.) Matthew, vous savez peut-être que la police détient un homme, un... Autochtone, Henry Littledeer.

Elle expliqua à l'étudiant qu'au nom du collège, elle s'intéressait à l'affaire.

— C'est le gars dont on dit qu'il a tué un professeur d'ici ?

— L'homme qui est accusé de l'avoir tué, oui. Le collège aimerait lui venir en aide, et je vous demande de m'assister.

— De quelle façon ?

— Tout d'abord, en allant lui rendre visite. Il a besoin d'appuis.

— C'est que… J'ai déjà raté deux cours.

— Juste une fois ou deux. Connaissez-vous d'autres…
Autochtones à Toronto ?

Chocolate la regarda en fronçant les sourcils.

— Je vis dans un hôtel plein d'Amérindiens.

— Est-ce que les Amérindiens de Toronto se connaissent entre eux ?

— À votre avis, est-ce que les Chinois se connaissent
tous ?

— Eh bien, ils sont si nombreux…

— Il y a plein d'Amérindiens, aussi. Aux dernières
nouvelles, nous étions soixante mille. Toronto est la
plus grande réserve amérindienne du Canada. Alors il
est évident qu'on ne se connaît pas tous. Je connais les
gars de mon hôtel, quelques-uns au centre-ville et ceux
de mon équipe de hockey. Et c'est tout.

— Participez-vous à des réunions d'Autochtones ?

— Nous jouons au hockey le dimanche soir. À part ça,
nous faisons nos devoirs et regardons la télévision. Je ne
suis au courant d'aucune réunion d'Autochtones. Où
auraient-elles lieu ? Et en quoi consisteraient-elles donc ?
Vous voulez parler de ces potlatchs du Centre pour Autochtones ? Je n'y vais que quand on y sert du gibier.

Barbara Czerny-Smith reprit le fil :

— Cet homme dont nous nous préoccupons, Henry
Littledeer, est incapable de se souvenir de l'endroit où
il était après la mort de monsieur Lyall, et ce, jusqu'au
vendredi matin. (Elle se tourna vers Salter.) J'ai parlé
avec l'avocat de monsieur Littledeer. Toutes les preuves
sont circonstancielles. La police ne dispose d'aucun
témoin oculaire. Il est fort possible que les preuves
aient été fabriquées de toutes pièces. (Elle lui lança un
regard provocateur.) Peut-être que nous, nous pourrons
trouver un témoin qui certifiera avoir vu monsieur
Littledeer à des kilomètres de la scène de crime au
moment même ou il était censé commettre le meurtre
dont on l'accuse ?

— Veillez à ce que ce témoin soit fiable, lui suggéra
Salter. Ne l'inventez pas de toutes pièces.

— Il s'était probablement terré quelque part pour boire, intervint Chocolate. C'est un gros problème chez nous. (Son regard alla de l'un à l'autre.) Informez-vous auprès de mon «amie», dit-il à la relationniste.

— Ce que je me demandais, c'est si quelqu'un avait pu le voir.

— Pas moi.

— Je m'en doute, mais peut-être que vous pourriez interroger un peu les gens autour de vous.

— Où ça?

— Je pensais que vous connaîtriez sans doute les endroits où il était le plus susceptible d'aller.

— À Yellowknife, je le saurais, mais pas ici.

— Croyez-vous que vous pourriez le découvrir?

— Vous êtes plutôt têtue, non? Vous êtes comme ma grand-mère! Je vous l'ai dit, je ne fréquente pas ces quartiers-là. Bon. Où se trouve la prison? C'est OK, j'irai le voir. Mais vous savez, madame, il pourrait aussi bien me dire d'aller... me faire foutre, vous comprenez?

— Dans ce cas, vous aurez quand même fait de votre mieux. Et nous ferons nous aussi le maximum. Mais peut-être aussi qu'il vous donnera une indication, vous ne croyez pas?

— Une indication sur quoi?

— Sur n'importe quoi, répondit-elle, acculée.

Du regard, Chocolate implora le soutien de Salter.

— Apportez-lui des cigarettes, lui conseilla le policier.

Les yeux de Chocolate se reportèrent sur Barbara Czerny-Smith.

— Qu'est-ce que je vais bien pouvoir lui raconter? (Il plissa les yeux.) Je sais: je vais lui dire que l'Association des étudiants autochtones est sur le sentier de la guerre. Je vais avoir besoin d'argent, ajouta-t-il.

— Voici vingt dollars, dit-elle. Allez-y en taxi. C'est un quartier un peu... agité.

— Il n'y a aucun problème quand on est trois ou quatre. Il y a des gens qui y vivent: mon père, par exemple, rétorqua Salter.

Elle rougit.

— Je croyais que les lieux étaient peu sécuritaires. Je ne connais pas bien ce quartier, en fait.

Salter l'ignora.

— Relaxe-toi, Matthew. Reste le dos au mur, re-commanda-t-il au jeune homme.

— Je vous rappellerai, promit Chocolate à Barbara Czerny-Smith.

— Pourriez-vous passer ici demain matin pour nous dire ce que vous aurez découvert ? lui demanda-t-elle.

— Entendu. À quelle heure ?

— À dix heures.

◆

Lorsque Salter arriva le lendemain matin au collège, il faillit heurter Barbara Czerny-Smith sur les marches de l'entrée principale du bâtiment. Matthew Chocolate attendait la relationniste devant la porte de son bureau. Elle les fit entrer tous deux et s'affaira pour préparer du café.

— Comment l'avez-vous trouvé ? demanda Salter au jeune homme tandis qu'ils attendaient.

— C'est un endroit merdique pour passer le temps.

— La prison ?

Chocolate hocha la tête et prit une profonde inspiration.

— Un endroit merdique à éviter, je veux dire. (Il sourit.) Hé, vous savez ce que le gardien a dit ? « Vous les gars, ne vous avisez pas de parler en indien : parlez en anglais. »

— C'est grotesque ! s'insurgea Barbara Czerny-Smith. Et si vous aviez été des Autochtones francophones ?

Elle se tourna vers Salter, qui leva les mains en guise de bouclier.

— Je ne suis pas chargé de l'administration des prisons. Il y a un ministère pour ça.

Mais son interlocutrice n'admit aucune contradiction.

— Il est proprement incroyable que l'on puisse incarcérer un homme innocent et l'empêcher ensuite de parler dans sa langue maternelle.

— Peut-être que ce gardien plaisantait, glissa Salter, qui avait intercepté le regard de Chocolate.

— Oui, en fait, c'était le cas, confirma ce dernier. Il n'a pas insisté : il essayait seulement de nous mettre à l'aise.

— Eh bien, c'était vraiment de mauvais goût. Vous auriez dû parler… dans votre langue afin de lui clouer le bec.

— Henry est Ojibwé et moi, je suis de la tribu des Dénés, répliqua Chocolate. Nous ne parlons pas la même langue.

Salter eut pitié de Barbara Czerny-Smith, aussi intervint-il :

— Alors, comment était-il ?

— Visiblement, il n'avait pas fini de cuver. Il avait dû se prendre une sacrée cuite !

— Vous a-t-il parlé ?

— Il ne se rappelle pas où il a été pendant trois jours. Nous avons parlé d'un tas de trucs et, à mon avis, il a compris que j'étais de son côté, mais il ne se souvient tout simplement de rien. Il ne va vraiment pas fort. Mais j'ai repensé à ça et je me suis dit que s'il avait cambriolé la maison et tué le type, il n'était sans doute pas seul. Il ne serait jamais parvenu à faire tout ça seul, sauf si le gars avait été en fauteuil roulant. Qu'est-ce qu'il est allé foutre là-bas ? Pourquoi cette maison et pas une autre ? Comment a-t-il pu entrer sans que le gars l'entende ? Il devait vraiment avoir quelqu'un avec lui.

— Nous avons de bonnes réponses à toutes ces questions, Matthew, répondit Salter.

— Ah oui ? Quel genre de réponses ? rétorqua Barbara Czerny-Smith.

Salter ignora son intervention.

— Vous pensez qu'il a des amis dans le coin ? demanda-t-elle à Chocolate.

— À la prison, vous voulez dire ?

— Non, là où il va d'habitude, près du refuge pour hommes, au coin de Queen Street et de Sherbourne Street, précisa-t-elle, fière d'avoir pu situer le quartier en question.

Chocolate regarda Salter de biais avant de répondre.

— On va essayer de le savoir et peut-être trouver l'autre gars.

— Qui ça, « on » ? s'enquit Barbara Czerny-Smith, tout excitée.

— Quelques copains de l'hôtel. Ils suivent une formation de charpentier dans un autre collège. Ils viennent d'une réserve située près de Timmins. Henry m'a dit où il traînait d'habitude, alors on a prévu d'aller y faire un tour pour voir si on pourrait trouver quelqu'un qui le connaît.

Salter l'interrompit brusquement.

— Si vous recueillez ne serait-ce qu'une allusion à la présence d'un autre gars, vous venez tout de suite me voir. Vous laisserez tomber, d'accord ?

— C'est certainement ce que les policiers ont fait quand ils étaient à la recherche de Littledeer, commenta la relationniste.

Salter détourna le regard.

— On s'est dit qu'aucun de ces gars n'aurait parlé aux flics ni avoué qu'il était avec Henry. Mais à nous, peut-être qu'ils parleraient. Mes copains pensent que ça vaut la peine d'essayer.

— Ça aide, de parler la langue ! lâcha triomphalement Barbara Czerny-Smith.

— Je vous l'ai déjà dit, on n'est pas de la même tribu. Moi, je parle le dogrib, mais mes deux copains, ils viennent de l'Ontario, comme Henry, et ils parlent la langue saulteuse, eux aussi. Entre nous, on parle anglais, comme les Blancs. Ouais, au fait, j'aurais besoin d'encore un peu d'argent, pour offrir une bière aux gars.

Il adressa un sourire à Salter. La relationniste eut l'air d'hésiter, comme si elle s'en remettait au policier. Ce dernier donna vingt dollars au jeune homme.

— Et voici une photo de Littledeer, ajouta-t-il en lui tendant un cliché.

Après le départ de Chocolate, il se tourna vers Barbara Czerny-Smith.

— Je vais en informer l'inspecteur Marinelli. Mais ça ne va pas lui plaire.

◆

— C'est quoi, cette histoire ? rugit Marinelli. « Une armée d'amateurs est disséminée dans toute la ville, déterminée à mener à bien ce que la police a été incapable de faire », ajouta-t-il sur un ton de présentateur des nouvelles. Hé, Charlie, fiche-moi un peu la paix.

— Ils ne sont que trois, trois jeunes. J'ai dit au meneur que tu n'y verrais pas d'inconvénient. En passant, l'un d'eux pense que si Littledeer a fait le coup, il avait certainement un complice.

— Et toi, tu te demandes s'il n'y aurait pas quelque chose à creuser dans cette direction ? Et si j'y avais déjà pensé, moi ? On en a déjà parlé, tu te rappelles ? Question numéro dix-neuf au premier tour d'interrogatoire : « Qui d'autre était présent sur les lieux ? Donne-nous le nom de ton complice et on relâche la pression sur toi. » Tu devrais regarder davantage la télévision. Tu sais ce qu'il nous a répondu ?

Salter hocha la tête.

— Oui, je le sais, répondit-il. « J'me rappelle pas. » Mais peut-être que leur petite tournée permettra de résoudre un point qui me chicote, un truc dont ce gamin a parlé d'une manière générale. Après avoir fouillé la maison, étudié les photos et lu le rapport, on a l'impression que Littledeer est allé dans toutes les pièces et qu'il a ouvert tous les tiroirs. Mais Lyall a été abattu dans la chambre du premier étage. Alors, si c'est bel et bien Littledeer le coupable, a-t-il d'abord fouillé la maison avant d'aller dans la chambre, armé d'une arme qu'il avait trouvée au sous-sol ? Ça n'a aucun sens. Lyall l'a certainement surpris dans la chambre. Dans ce cas, quand Littledeer a-t-il saccagé le deuxième étage? Quel genre de voleur resterait sur les lieux pour fouiller dans tous les autres tiroirs après avoir tué le propriétaire? D'après ce que j'en ai vu, certainement pas Littledeer. Il se serait enfui tout de suite. Mais s'ils étaient deux, l'un pourrait avoir fouillé la maison pendant que l'autre s'occupait de Lyall. Peut-être que celui-ci a essayé de lui sauter dessus, peut-être que l'autre l'a tué pour que Lyall ne puisse pas les identifier. Mais on ne dirait vraiment pas qu'il y a eu lutte.

Marinelli attendit, au cas où Salter aurait la solution de l'énigme. Comme rien ne venait, il lui demanda:

— Comment va ton père?

— Il semble se remettre. Il semble aussi avoir vieilli. C'est un homme solide, mais il est faible, maintenant, et il a perdu la vision du relief. Il ne perçoit plus très bien la distance à laquelle sont les objets qu'il souhaite attraper.

— On va continuer de croiser les doigts, dit Marinelli.

Au moment de franchir la porte, Salter lança:

— Tu me tiens au courant, hein?

— Tu sais, ces gamins feront plus probablement leur rapport à toi qu'à moi, répliqua l'inspecteur des Homicides. Au fait, c'est qui, cette femme? Qu'est-ce qui la motive à agir ainsi?

— Elle semble estimer que le collège a un devoir envers Littledeer. Je crois qu'au début, elle a commencé par s'assurer qu'il avait un avocat.

— J'ai l'impression qu'elle se soucie davantage des pauvres Amérindiens que des doyens assassinés. Surveille-la de près, veux-tu, Charlie? Je n'ai pas envie de voir un groupe d'Autochtones barrer l'accès à la salle d'audience.

CHAPITRE 15

Deux jours plus tard, Salter se retrouva dans le bureau de Barbara Czerny-Smith à écouter le récit des trois jeunes Amérindiens.

— On a réussi à savoir ce qu'il a fait depuis le mardi matin, annonça Matthew Chocolate. C'est bien ça, Ivan ?

Ivan, un garçon mince à l'air sérieux et aux cheveux hérissés sur le crâne, confirma :

— On sait où il était du mardi midi au vendredi soir.

— Où ça ?

— Il a passé son temps à boire. D'abord dans quelques bars vers Sherbourne Street et Queen Street, puis, le mercredi, du côté du magasin d'alcools de Front Street, près du marché. Il a passé un moment dans les toilettes du marché, puis dans une baraque de chantier, derrière un magasin. Les flics les ont délogés deux fois, lui et ceux qui étaient avec lui.

— Les policiers n'ont pas fait de rapport là-dessus ? demanda Barbara Czerny-Smith.

— Qu'y a-t-il à rapporter, là-dedans ? rétorqua Salter.

— Oui, mais quand vous avez su que vous recherchiez un Amérindien ? insista-t-elle.

— Nous n'avons pas su que nous recherchions un Amérindien avant vendredi dernier, quand Henry s'est pointé chez le prêteur sur gages. Vous voulez dire que l'un des flics aurait dû rapporter la présence d'un ivrogne aux abords du marché ? Si on le faisait chaque fois, il nous faudrait non pas un, mais deux blocs-notes. Allez vous balader du côté du marché le dimanche matin, très tôt. Et en passant, on ne fait pas de distinction entre les alcoolos : qu'ils soient Blancs, Noirs, Amérindiens ou Asiatiques, pour nous, c'est pareil.

Le troisième garçon écarta le rideau de longs cheveux noirs brillants qui pendait de chaque côté de son visage, regarda Salter en souriant puis se tourna vers ses comparses.

— Il nous raconte des conneries.

Oui, et je ne suis peut-être pas le seul, songea Salter.

Il se rappela avoir un jour entendu dans une épicerie de Kenora un Amérindien qui, lorsque le gérant lui avait annoncé qu'il y avait une promotion sur les pièces de bœuf, avait déclaré d'un air songeur qu'aucun des membres de son troupeau n'avait besoin de réparations.

— Racontez-moi les détails.

Chocolate fit un signe de tête au gamin aux cheveux hérissés.

— C'est toi qui les as trouvés, Ivan.

Ledit Ivan s'éclaircit la voix.

— La plupart du temps, il traînait avec deux autres gars, des Indiens citadins. Tous les trois, ils ont acheté de l'alcool le mercredi matin dans Front Street. Henry a essayé d'en racheter l'après-midi, mais on n'a pas voulu le servir.

— Il était trop saoul ?

Ivan fit un signe de tête affirmatif.

— Les trous de culs ! commenta le garçon aux cheveux longs.

Barbara Czerny-Smith le considéra d'un air intéressé. Tout le monde attendit que le jeune homme élaborât. Ce qu'il fit :

— Ben ouais, si on ne peut pas acheter d'alcool, on ne va pas rentrer chez soi pour boire un verre de lait. (Sa voix monta d'un cran.) Eh non ! On boit de la lotion après-rasage, de l'alcool à friction, du vin de cuisine chinois et toutes les merdes qu'on peut trouver. Quand on ne peut pas trouver de la bonne marchandise, on achète de la mauvaise et c'est la mort assurée.

— C'est ça qu'ils ont fait?

— Non, reprit Ivan. Henry avait plein d'argent sur lui, alors il pouvait payer quelqu'un pour aller lui acheter de l'alcool. C'est ce qu'on m'a dit.

— À votre avis, « plein d'argent », ça voulait dire combien?

— Un sacré paquet, à ce qu'ils m'ont dit.

— Où était-il mardi matin?

— On n'a trouvé personne qui l'ait vu avant midi le mardi, intervint Chocolate. À ce moment-là, il était au Dover Tavern avec un autre gars. C'est Henry qui payait pour eux deux.

— Savez-vous qui était l'autre type?

— Un Amérindien. Il a passé la nuit au refuge, après quoi il a traîné un peu dans Jarvis Street. Il essayait de trouver de quoi se payer une bière quand il est tombé sur Henry. Il le connaissait parce qu'ils s'étaient déjà saoulés ensemble. Henry l'a donc emmené au Dover, où il lui a offert quelques bières. Henry était déjà très paqueté, alors le patron du bar les a jetés dehors. Le gars n'a plus vu Henry à partir de ce moment-là. Donc, Henry a disparu de la circulation mardi soir, mais on a retrouvé sa trace le mercredi, avec les deux autres. On ne sait pas où il était mercredi soir et après ça, vendredi, il est allé mettre la montre au clou.

— Il a déclaré qu'il s'était réveillé dans une ruelle. Vous pensez que les deux autres l'ont dévalisé?

Ivan secoua la tête.

— Il s'est fait dévaliser, c'est sûr, mais pas par eux. Ils m'ont dit qu'ils étaient retournés au magasin d'alcools situé près du marché le jeudi pour voir si Henry était toujours dans le coin, mais ils ne l'ont pas trouvé. Je pense qu'ils disaient la vérité.

— C'étaient qui, ces deux hommes? demanda Salter.

— En fait, il y avait un homme et une femme.

— Des Amérindiens ?

— Ouais.

— Accepteraient-ils de me parler ?

— Pas s'ils comprennent que vous enquêtez sur Henry. Et de toute façon, je n'ai aucun nom à vous donner.

— Et le serveur du bar ? Il se souvient de lui ?

— Il a refusé de me parler.

— Il n'était pas au courant de cette histoire d'Amérindien accusé de meurtre ? s'enquit Barbara Czerny-Smith.

— S'il l'était, c'est probablement pour ça qu'il n'a pas voulu me parler.

— Bien, conclut Salter en se levant. Où se trouve ce bar ?

— Vers Dundas Street.

Chocolate se racla la gorge en jetant un coup d'œil à ses deux copains.

— C'est que… On a eu des dépenses, dit-il. Deux flasques de rye et deux sous-marins pour eux, trois hamburgers et trois Coke pour nous.

— Ça fait combien en tout ?

— Trente-huit dollars et soixante-dix cents.

— Plus nos honoraires, ajouta Ivan.

Matthew s'esclaffa.

Salter ajouta un billet de dix dollars – il avait la très légère impression de se faire rouler, mais ça en valait la peine.

— Merci, dit-il. Vous n'avez trouvé aucun autre témoin qui aurait été avec Henry avant qu'il ne retrouve son copain dans Jarvis Street ?

— Nan. Vous voulez qu'on essaie encore de découvrir où il était mardi matin et vendredi soir, et peut-être même lundi soir ? On pourrait le faire, moyennant une petite rallonge… ajouta Chocolate en souriant à ses deux comparses.

— Si j'ai besoin d'aide supplémentaire, je reprendrai contact avec vous par l'intermédiaire de madame Czerny-Smith.

— À votre disposition, répondit le jeune étudiant, qui consulta du regard ses deux copains avant d'ajouter : c'est une expérience vraiment intéressante.

— Ouais, confirma Ivan.

— Une vraie merde, renchérit le troisième larron.

◆

À l'hôpital, Salter découvrit que son père était retourné aux soins intensifs. Il s'était réveillé dans la nuit, s'était démené pour sortir de son lit et il était tombé par terre. Salter jeta un coup d'œil dans le lit où le vieil homme reposait : il semblait à peine vivant.

— Il a l'air gravement atteint, mais ses signes vitaux sont bons, le rassura l'infirmière.

— Que s'est-il passé ?

— Je pense qu'il s'est réveillé effrayé. Il est agité depuis qu'on lui a supprimé les tranquillisants.

J'imagine que c'est donc ma faute, en déduisit mentalement Salter.

— Il est stable, dites-moi ?

Il était anéanti par la colère, mais pas contre l'infirmière. Contre Dieu, peut-être.

Dans le couloir, il s'efforça de réconforter May. Dès qu'il la toucha, elle éclata en sanglots ; il la garda contre lui pendant un moment, jusqu'à ce qu'elle se calme, puis il la fit asseoir et appela Annie, qui lui promit de venir sur-le-champ. Il ne savait pas comment alléger la tristesse de May ; aussi, pour éviter d'avoir à s'en charger, alla-t-il lui chercher une tasse de thé à l'échoppe qui se trouvait de l'autre côté de la rue – mission dont il s'acquitta en prenant tout son temps. Quand il revint, Annie était là. Elle lui prit la tasse des mains et lui fit signe de partir.

— Je vais m'occuper d'elle, le rassura-t-elle. Va travailler.

◆

Le Dover Tavern était le vestige d'une ère passée où les hommes se rassemblaient dans des tavernes pourvues de tables en formica couvertes de verres de bière à dix cents pour passer la soirée à se crier dessus. Lorsque Salter entra, à quatorze heures environ, le niveau sonore était loin d'atteindre celui qui sévirait huit heures plus tard, mais il donna néanmoins envie au policier de tirer un coup de feu en l'air pour attirer l'attention. Il dégota un serveur, auquel il montra son badge. L'homme avait l'air plutôt patibulaire.

— Un abruti de gamin est déjà venu m'emmerder. Il m'a dit qu'il était à la recherche de son père, explosa-t-il. Vous avez des Indiens qui travaillent pour vous, maintenant ?

— Il se contentait d'apporter son concours dans une enquête de police, exactement comme vous vous apprêtez à le faire.

En voyant l'expression de Salter, le serveur se calma.

— OK. Qu'attendez-vous de moi ? Oui, je pense que ce gars-là était ici avec un autre Indien. C'était un matin, mais je ne me rappelle plus quand.

— De quoi avait-il l'air ?

— Exactement comme sur la photo. Je l'avais déjà vu auparavant.

— Était-il saoul ?

— Pas quand il est arrivé, sinon je ne l'aurais pas servi, vous ne croyez pas ?

— Je vais reformuler ma question : avait-il déjà bu quand il est entré ici ? Je ne tiens pas à avoir un cours accéléré sur le métier de barman.

— Comme je vous l'ai dit, il était complètement sobre.

— Était-il sale ? Avait-il l'air d'avoir dormi dehors ?

— Évidemment ! N'est-ce pas le cas de tous ces Indiens ? On aurait dit qu'en prime, il s'était battu.

— Comment ça ? Il avait des bleus ? Il était couvert de sang ?

— Nan, pas ce jour-là. Mais il avait un gros pansement sur le côté de la tête.

— Montrez-moi où, exactement. Gros comment ?

— Grand comme ma main. (Le serveur mit sa main en coupe sur sa tempe.) Comme ça.

— Le pansement avait-il l'air récent ?

— Comment diable le saurais-je ? Qu'est-ce que je vous sers ? cria-t-il en s'éloignant pour aller servir un client au comptoir.

Salter le retint en pinçant sa manche de chemise entre deux doigts, ce qui eut le même effet que s'il lui avait plaqué les deux mains sur le col.

— J'ai repéré les deux putes qui attendent le client. Vous voulez que je vous envoie l'escouade des mœurs ? Je répète ma question : le pansement était-il propre ?

— Ouais.

— Très propre ? On le voyait bien dans la pénombre ?

— Super propre.

— Le type aurait-il pu avoir passé la nuit avec dans la rue ?

— Son pansement avait l'air tout récent : du matin même, je dirais.

— Et donc, ils sont restés là, son copain et lui, jusqu'à ce que vous les fichiez dehors.

— Ouais. Son copain avait l'air d'être sur le point de vomir.

— Avez-vous remarqué son argent ?

— Non, et il agissait discrètement. Il sortait furtivement des billets de cinq dollars de sa poche intérieure. Il semblait en avoir une bonne liasse.

— C'est lui qui a payé toutes les bières ?

— Si ma mémoire est bonne, oui.

— Et quand il est parti, avez-vous informé quelqu'un d'autre de la quantité d'argent qu'il paraissait avoir sur lui ?

— Pas de ça avec moi, rétorqua le serveur en arrachant sa manche de la prise de Salter. Si quelqu'un lui a vidé les poches, c'est sans doute son copain.

Salter hocha la tête.

— Probablement. Juste après avoir vomi, sans doute.

◆

Salter disposait maintenant d'un minuscule élément d'identification. Tous les Amérindiens ne se ressemblent pas : l'un d'entre eux avait un pansement sur la tempe.

Il commença sa petite tournée par les hommes de la division chargée du centre-ville de Toronto. Il n'y avait aucun rapport concernant un Amérindien portant un pansement qui aurait été arrêté dans la nuit du 24 mai, et personne ne se rappelait avoir eu affaire à ce genre d'individu.

— Essayez la patrouille de rue, lui suggéra l'inspecteur de service.

— C'est quoi, exactement ?

— Cette patrouille dépend du Centre de santé communautaire Anishnawbe, là où se trouvent les Affaires autochtones. Le centre a organisé une patrouille nocturne afin d'essayer d'intercepter les sans-abri qui ont besoin d'assistance. Les gens du centre se font davantage de souci l'hiver : ils empêchent les itinérants de mourir de froid dans la rue en leur distribuant des vivres, des couvertures et tout ça. Même à cette époque de l'année, avec toute cette pluie, c'est dur pour ceux qui vivent dehors.

— On peut la trouver où, cette patrouille ?

— Elle travaille devant un bâtiment situé près du refuge, dans Queen Street.

Le responsable de la patrouille était parti, mais Salter trouva deux chauffeurs dans une salle du premier étage, à boire du café. L'un des deux hommes extirpa une pile de feuilles jaunes d'un tiroir et entreprit de les parcourir jusqu'à ce qu'il mette la main sur le compte-rendu des activités de la nuit en question.

— À vingt-trois heures, annonça-t-il. Trois Autochtones.

— Vous ramassez… les autres aussi ?

— Nous sommes là pour aider les gens, répondit le chauffeur. Les deux tiers environ de ceux qu'on trouve sont des Blancs. (Il se tourna vers son collègue.) Dis-moi, Thomas, tu étais de patrouille, cette nuit-là, non ? Tu as repéré des types qui correspondent à la description de l'inspecteur ?

— Des tonnes. Mais je n'ai remarqué personne qui avait un pansement. Vous dites que le bandage était récent ?

— C'est ce qu'on m'a dit, répondit Salter.

Le deuxième chauffeur se pencha pour parler à travers un guichet qui donnait dans la pièce voisine.

— Tu es là, Betty ?

— Oui, je t'entends.

— A-t-on fait un pansement à quelqu'un cette nuit-là ?

— Pas que je me souvienne. Avez-vous essayé les hôpitaux ?

Et là, pendant qu'il les entendait qui faisaient leur possible pour lui venir en aide, un souvenir surgit de sa mémoire – celui d'un homme qui était entré dans le fossé avec son camion parce qu'il conduisait avec ses genoux, un homme qui était resté à l'hôpital toute la nuit et dans les yeux duquel on avait braqué une lampe toutes les heures.

— Si une ambulance ramassait un type dans la rue par ici, où le conduirait-elle ? en supposant qu'elle réponde à un appel au 911 ?

— Ça pourrait être n'importe où. St. Mike est l'hôpital le plus proche, mais il était sans doute plein ce soir-là.

— Dans ce cas, les ambulanciers devraient chercher un autre hôpital qui aurait encore de la place, c'est bien ça ?

— Attendez une minute. (Le deuxième chauffeur composa un numéro de téléphone.) J'appelle le service des ambulances.

Il écouta pendant quelques instants, puis remercia son interlocuteur et raccrocha.

— C'est bien ce que je pensais. Ils tiennent à jour un Registre central des ressources. Tous les hôpitaux

signalent leurs disponibilités, de sorte que les ambulanciers savent en tout temps lequel a des lits dispo-
nibles. Ça pourrait donc être n'importe quel hôpital,
conclut-il, triomphant.

— Rappelez-les. Non: je vais le faire, moi. Quel
est le numéro?

Salter prit le téléphone que lui tendait le chauffeur.

— Bien sûr que nous tenons un registre, lui confirma
le standardiste du service d'ambulances. Quel nom
cherchez-vous? Non. Personne de ce nom-là n'est enregistré pour cette nuit-là. Attendez... Un Amérindien?
Ça y est. Il a été pris en charge dans une ruelle, derrière
Sam the Recordman, qui est dans Yonge Street. Aucune
pièce d'identité sur lui. Il avait probablement été dévalisé. Il était à demi conscient. Une coupure à la tête. Il
a été emmené à l'hôpital Mount Sinaï.

À l'hôpital Mount Sinaï, la chance ne quitta pas
Salter: l'interne qui avait été de service le lundi soir
était disponible. Il se souvenait d'Henry Littledeer.

— Il nous a dit qu'il avait été frappé par une porte.
Il avait une grosse contusion à la tempe et une coupure
importante. Il a subi des évaluations toute la nuit, mais
il était incapable de se souvenir de l'endroit où il
s'était blessé et il était très confus. Ça nous a pris du
temps avant d'obtenir son nom. Il avait commencé par
nous déclarer qu'il s'appelait Joe Starling ou quelque
chose d'approchant, puis il est passé à Littledeer. Je
l'ai gardé aux urgences toute la nuit parce qu'il y avait
un risque de commotion.

— Vous êtes sûr que c'était ce nom-là?

— Une fois qu'il a prononcé le nom de Littledeer,
il l'a répété chaque heure pendant toute la nuit quand
on l'a réveillé. Difficile d'oublier, dans ces conditions,
vous ne croyez pas?

— Vous êtes certain qu'il est resté ici toute la nuit?

— Même s'il s'était éclipsé pendant quelques minutes, il n'était pas en état d'aller très loin, mais je vais
vérifier.

Il se dirigea vers un bureau et pianota sur un clavier d'ordinateur, puis aperçut une infirmière qui entrait dans la pièce.

— Debbie, vous étiez de service la nuit où l'Amérindien a été admis chez nous : vous vous rappelez, Littledeer, le risque de commotion ? Pouvez-vous confirmer qu'il est resté ici toute la nuit ?

— Je suis allé le voir toutes les heures. Vous aussi, d'ailleurs.

— C'est bien lui ? demanda Salter en leur montrant la photo.

Il ne voulait pas apprendre plus tard qu'en fait, l'homme qui avait été hospitalisé était celui avec lequel le vrai Henry s'était battu, Joe Starling ou un autre, qui se serait fait passer pour Littledeer. Il était trop près du but pour courir un tel risque.

— Oui, c'est bien lui.

— À quelle heure est-il parti ?

— À sept heures. Nous lui avons servi un petit-déjeuner et il a pris le large.

CHAPITRE 16

Marinelli fut d'abord en colère, puis il se résigna.

— OK, j'imagine donc que ce n'est pas lui le coupable. Maintenant, il ne nous reste plus qu'à expliquer la présence de ses empreintes digitales et le fait qu'il ait été en possession de la montre.

— On va peut-être devoir attendre que Littledeer retrouve la mémoire. Il a d'abord été complètement saoul, probablement, puis il a eu une commotion. Je vais tenter quelques trucs.

— Je suppose que je devrais t'être reconnaissant. Ce que je veux dire, c'est qu'il vaut mieux que ce soit toi qui découvres ça plutôt que son avocat ou une bande d'Amérindiens partis sur le sentier de la guerre. Et le plus tôt est le mieux. Dieu merci, on ne l'a pas encore officiellement accusé. Eh bien, il va falloir que tu me déniches un autre suspect. Tu n'as pas encore trouvé le gars qui était avec lui ?

— Je vais voir ce que je peux faire.

— C'est-à-dire ?

— Je vais commencer par demander à Mackenzie si je peux rester sur l'affaire.

— Tu n'as donc rien d'autre à faire ?

— Ce que j'ai d'autre à faire nécessite d'avoir l'esprit en paix, ce que je suis loin d'avoir en ce moment.

— Je croyais que ton père était rentré à la maison.

— Il a essayé de sortir de son lit hier et il a fait une chute. Il s'est cogné la tête par terre. Ils l'ont de nouveau branché à toutes leurs saletés de machines et ils lui ont fait un scanner : ils n'ont rien trouvé, mis à part une petite bosse sur sa tête, à l'endroit où il s'est cogné. Et maintenant, on le bourre encore de médicaments et il doit rester à l'hôpital jusqu'à ce qu'il soit entièrement remis pour que tous les jeunes médecins soient sûrs que je ne pourrai pas les poursuivre pour négligence professionnelle. Et que va-t-il se passer après ? Ce n'est peut-être pas juste de laisser sa compagne s'occuper de lui, même si elle y est farouchement déterminée, et je me demande si je ne devrais pas chercher une maison de retraite pour lui. Je ne sais pas par où commencer. Ma première femme a travaillé à la mairie : elle l'aurait su, elle, mais elle a quitté son emploi.

— Tu as essayé les Pages Jaunes ?

— Pour trouver une maison de retraite ? (Salter attrapa un annuaire et le feuilleta.) Tu as raison. Il y en a des dizaines. Merci. Ça me donnera une mission, mais je vais tout de même continuer à suivre le dossier Lyall, si tu veux bien.

— Simplement pour te changer les idées ?

— Non. J'aimerais comprendre le lien entre Littledeer et l'affaire. Nous savons qu'il n'a pas pu tuer Lyall, mais où a-t-il eu la montre ?

— Tu as de la compassion pour lui ?

— Joe, tout ce que tu as contre lui, c'est qu'il est le détenteur illégitime d'un bien. Je te promets que je veillerai à ce qu'il ne s'échappe pas, mais j'aimerais l'emmener faire un tour.

— Où ça ?

— Dans quelques endroits dont il pourrait se souvenir.

Marinelli se carra dans son fauteuil.

— De la compassion, répéta-t-il. C'est contraire au règlement. Tu es sûr que tu n'es pas seulement bouleversé par ce qui arrive à ton père ? Tu dois être très fatigué.

Salter se pencha par-dessus le bureau.

— Je vais te dire la vérité, Joe. Une fois, notre fils cadet a été très malade avant d'avoir atteint sa première année. Il y avait de bonnes chances pour qu'il reste handicapé à vie. Mais ça n'a pas été le cas, parce que nous avons été chanceux et qu'Annie a réagi rapidement. Tu vois, notre pédiatre était très jeune et consciencieux : il avait obtenu son diplôme depuis assez peu de temps pour penser aux maladies les pires et les plus intéressantes, de sorte que c'est ce qu'il a diagnostiqué chez Seth. Il avait attrapé une grippe de la hanche ou un truc comme ça, et ça avait été pris à temps. Douze heures de plus, et il aurait été trop tard. Bref : Seth a été hospitalisé pendant une semaine, branché à plein de tubes et tout malheureux, et Annie est restée tout ce temps à son chevet. Quand elle est rentrée à la maison, elle a récuré la maison de fond en comble et s'est mise à cuisiner, à cultiver des légumes et tout ça, parce qu'elle pensait que c'était peut-être de sa faute, même si c'est elle qui avait remarqué que Seth avait mal chaque fois qu'elle le posait quelque part et qu'elle avait agi pour y remédier. Moi, je lui aurais donné une aspirine et j'aurais attendu un ou deux jours. Alors tu vois, bien qu'elle ne croie pas à Dieu, elle pensait que s'Il existait, peut-être qu'Il lui pardonnerait si elle se montrait… comment dire… pénitente. C'est ce qu'elle a fait, et Il a rempli sa part du marché. Bon. Je viens tout juste d'éviter à Henry d'être accusé de meurtre, tu me suis ? Alors peut-être que mon vieux père va se remettre sur pied. J'aimerais donc te donner un coup de main.

— À mon avis, tu devrais prendre quelques jours de congé.

— C'est la dernière chose dont j'aie envie.

— C'est ce que je dirai au directeur adjoint.

◆

— J'ai découvert où vous étiez lundi soir quand le professeur a été tué. Ils vont laisser tomber l'accusation, annonça Salter à Littledeer.

— Je peux m'en aller ? demanda ce dernier, incrédule.

— Vous êtes toujours accusé de détention illégitime, pour la montre et l'argent.

— Quel argent ?

— Des témoins vous ont vu avec beaucoup d'argent sur vous, mardi et mercredi.

— Quels témoins ?

— Quelques personnes.

— Ça devait être mes économies.

— Et la montre ?

— Quelqu'un a dû me la donner.

— J'aimerais bien tirer ça au clair. Je voudrais que vous veniez faire un tour avec moi.

— Où ?

— Ici et là. J'aimerais essayer de stimuler votre mémoire.

— Chuis obligé de venir ?

— Non, vous pouvez rester ici.

— Vous avez des cigs' ?

Salter lui tendit le paquet de cigarettes dont il avait eu la précaution de se prémunir. Littledeer commença par en tirer une poignée.

— Vous pouvez le prendre au complet, lui proposa Salter.

Littledeer empocha promptement les cigarettes et en alluma une, en réfléchissant aux options qui s'offraient à lui.

— OK. Ce sera toujours mieux que de rester assis ici avec tous ces hommes blancs.

On lui rendit ses lacets et sa ceinture et, quelques minutes plus tard, les deux hommes roulaient dans Jarvis Street en direction de Front Street. Salter relata à Littledeer ce qu'il savait de son emploi du temps.

— Mercredi, vous avez acheté de l'alcool ici. Vous étiez avec un homme et une femme. Des Amérindiens.

— C'était peut-être Mary la Colère. (Littledeer secoua la tête, découragé.) De toute façon, vous pourriez me raconter n'importe quoi.

Salter fit demi-tour et prit la direction du Dover Tavern.

— Allons boire une bière, dit-il.

Littledeer eut un sourire.

— C'est vous qui payez?

— Oui, une seule.

Henry but sa bière doucement, avec les égards dus au médicament qu'elle était. Salter entrevit une lueur d'espoir lorsque l'Autochtone fixa le serveur de droite.

— Le fils de pute! s'exclama Littledeer.

— Vous le connaissez?

— Il m'a foutu dehors deux ou trois fois. Il n'aime pas les Amérindiens.

— Il vous a viré jeudi soir. Vous étiez avec un copain qui avait l'air malade.

— Me rappelle pas.

Après le Dover, ils remontèrent en voiture et traversèrent toute la ville pour se rendre à l'hôpital du Mont Sinaï, où Salter arrêta l'auto à l'arrière, devant les urgences.

— Vous êtes sorti d'ici mardi matin.

Littledeer secoua de nouveau la tête.

— Non, non. Je suis sorti de l'autre côté, par la porte qui donne sur la rue.

— Vous vous en souvenez?

— Allez vers l'entrée principale.

Lorsqu'ils furent devant l'hôpital, Littledeer regarda à droite puis à gauche dans University Street, puis affirma:

— J'ai pris le métro. On m'avait donné un ticket de métro pour aller au refuge, mais je suis parti de l'autre côté. (Il sourit.) C'est comme dans les films, quand on fait suivre une piste à un chien, c'est ça? Le plus drôle, c'est que je suis à la fois le chien et la piste.

— À quelle station êtes-vous sorti du métro?

— Me rappelle pas.

— Pourquoi l'avez-vous pris?

— Pour aller au travail. C'est tout. Avec le couvreur. J'ai quêté une pièce de vingt-cinq cents pour l'appeler, mais toute l'équipe était déjà partie au boulot, alors je suis allé à sa rencontre. Je me souvenais qu'il avait quelques chantiers sur St Clair. Oui, c'est ça : je suis sorti à St Clair. Après, j'ai marché vers le sud en cherchant son camion. Ouais. Après ça, j'ai quêté un peu de monnaie pour m'acheter un café et un beigne et je suis allé m'asseoir au cimetière pour manger.

— Et après ?

— Après, j'ai dû marcher dans le coin pour chercher le couvreur.

— Allons jeter un coup d'œil.

Salter commença par St Clair, qu'il parcourut deux fois entre Avenue Road et Yonge Street avant de prendre la direction de Gibson Avenue. À la moitié de la rue où habitait Lyall, Littledeer lui agrippa le bras.

— Je mettrais ma main à couper que je suis venu par ici, lui dit-il en pointant le doigt en direction de l'allée qui menait au parc, vers l'arrière des maisons.

Salter stoppa son auto le long du trottoir et les deux hommes se rendirent à pied dans la ruelle qui longeait les maisons. Littledeer marchait en tête : il conduisit le policier vers une cachette située au pied d'un arbre.

— Regardez, ici, dit-il.

Salter se pencha et aperçut un trou caché par un enchevêtrement de grosses racines. Il ôta les feuilles mortes qui camouflaient le tout, passa la main et extirpa un porte-documents en cuir jaune qui avait l'air neuf. À l'intérieur se trouvaient un plateau d'argent ancien et un stylo Montblanc.

— J'avais l'intention de revenir les chercher, expliqua Littledeer.

— Où les avez-vous trouvés ?

— À l'endroit où ils étaient cachés. J'ai vu un truc jaune quand je me suis assis juste là. Je ne me sentais pas encore très bien.

Salter suivit Littledeer dans la ruelle ; l'Amérindien s'arrêta devant la cour arrière de la maison de Lyall.

— On a réparé ce toit, se souvint-il.

— Vous êtes déjà entré dans la maison ?

— Ouais, pour aller pisser. Y a des toilettes au sous-sol.

— C'est la maison du type qui s'est fait tuer, l'informa Salter.

— Je m'en suis douté quand je vous l'ai montrée, nota Littledeer en hochant la tête. C'est une bonne chose que vous ayez découvert que j'étais à l'hôpital. Hé, je me rappelle, maintenant : je ne me suis pas battu, je me suis cogné dans une porte. Quelqu'un m'a balancé une de ces portes lourdes dans la gueule. C'est sans doute après ça qu'on m'a vidé les poches. Je ne me rappelle toujours pas bien l'hôpital, mais je me souviens que je suis venu ici et que j'ai trouvé l'argent et les trucs. Après, je suis allé dans le coin où je me tiens le plus souvent et je suis tombé sur Andy Mackenzie. C'est bien lui que vous avez trouvé, c'est ça ?

— Il n'a pas voulu me dire son nom.

— Sacré Andy ! s'exclama chaleureusement Littledeer. En tout cas, je me rappelle rien jusqu'à ce que les gars de la police viennent me ramasser.

— Qui est Joe Starling ?

— C'est juste un gars que je connais.

— Vous avez d'abord reçu une commotion et, après une nuit à l'hôpital, vous êtes venu ici et vous avez trouvé l'argent, après quoi vous n'avez pas dessaoulé pendant deux jours, de sorte que vous vous êtes encore fait assommer et dévaliser, par-dessus le marché.

— Ouais, j'imagine.

— Allons jeter un coup d'œil dans le sous-sol.

Salter ouvrit la marche : les deux hommes pénétrèrent par la porte arrière et descendirent l'escalier.

— Où sont les toilettes ? demanda-t-il à Littledeer.

L'Amérindien lui indiqua l'endroit, qui se trouvait au fond du sous-sol, et marqua un arrêt devant l'armoire à fusils.

— Tiens, le cadenas a disparu, observa-t-il.

— Avez-vous essayé d'ouvrir cette armoire quand vous travailliez ici ?

— J'avais seulement remarqué qu'il y avait un cadenas. C'est là qu'il rangeait son arme?

— C'est ce que nous pensons.

— C'est bien ce que je croyais, dit Littledeer en hochant la tête.

Il désigna un tiroir de l'établi.

— C'est là qu'il gardait ses cartouches.

— Qu'avez-vous découvert d'autre?

— Je ne les ai pas prises, se récria Littledeer. J'ai juste regardé un peu partout.

C'était logique: Henry n'était pas un ange, et il avait eu le libre accès au sous-sol. Il avait donc probablement fouillé à la recherche d'un objet de petite taille et ayant une certaine valeur qu'il aurait pu voler, et sa curiosité avait été piquée par une armoire verrouillée. Pas étonnant qu'on ait trouvé ses empreintes à plusieurs endroits du sous-sol, l'armoire à fusils comprise.

— Allez, on retourne au centre de détention. Désolé, Henry, mais vous devez encore faire face à quelques accusations.

— J'écoperai d'une soixantaine de jours de prison, peut-être? trois mois, au maximum?

— Vous avez un casier?

— Juste pour quelques bagarres, ivresse sur la voie publique, des trucs comme ça. Rien de sérieux.

— Mais la liste est longue, n'est-ce pas?

— Ouais.

Pendant le trajet, Littledeer poursuivit:

— Peut-être que vous pourriez accélérer un peu les choses: il y a des prisons plus confortables que celle-là.

— Je vais voir ce que je peux faire, mais je ne vous promets rien.

◆

Le lendemain matin à la première heure, Salter et Marinelli allèrent parler au directeur adjoint.

— Il reste toujours la possibilité qu'un type comme Henry Littledeer, un cambrioleur occasionnel, ait fait le coup, mais ça ressemble de plus en plus à un camouflage. Quelqu'un a tué Lyall, accidentellement ou intentionnellement, et a essayé de faire passer ça pour une effraction.

— Pourquoi ?

— Cette personne a planqué le porte-documents contenant l'argent et deux ou trois babioles. Qui ferait une chose pareille ? L'argent était impossible à retrouver et entrait parfaitement dans une poche, comme Littledeer s'en est aperçu. En outre, Lyall a été abattu dans sa chambre, mais toute la maison était sens dessus dessous. Il est difficile d'imaginer un enchaînement des événements qui se tienne. C'est possible, mais difficile. Il est donc bien plus probable qu'une personne ait tué Lyall puis ait essayé de faire en sorte que ça ressemble à un cambriolage.

— Vous voulez rester sur le dossier ? demanda le directeur adjoint.

— Oui, j'aimerais ça. (Salter regarda Marinelli.) J'ai déjà effectué beaucoup de travail de terrain sur cette affaire, et si le coupable est quelqu'un du collège, j'aimerais savoir s'il aurait laissé Littledeer écoper à sa place.

Le directeur adjoint regarda Salter avec intensité.

— Ceci n'est pas une simple demande, Salter. Contentez-vous de trouver le meurtrier. (Il se tourna vers Marinelli.) Je sais que vous êtes dans le jus, Joe. Saurez-vous faire bon usage de ce renfort ?

Marinelli hocha la tête – avec réticence, sembla-t-il à Salter.

— Votre théorie me paraît un peu farfelue, dit le directeur adjoint à Salter. Je vous crois quand vous dites que cet Amérindien est innocent, mais ne l'écartez pas trop vite. C'est peut-être un de ses copains qui a commis le meurtre. Allez frapper aux portes et découvrir qui traînait dans le coin. Je sais que nous l'avons déjà fait, mais ce Littledeer a surgi plutôt vite : il faut recommencer. C'était quel jour, déjà ? Le soir de la fête de la Reine ? Tout le monde était dehors pour voir les feux d'artifice. Y a-t-il eu un feu de joie dans la rue? Avez-vous parlé à tous les gens présents? Qu'ont-ils tous fait ensuite? Que faites-vous d'habitude après les feux d'artifice, Joe? Vous buvez un coup avec vos voisins? Les résidents de Gibson Street font-ils ce genre de chose et si oui, où le font-ils? Chez qui? Vous voyez ce que je veux dire?

Mackenzie se cala dans son fauteuil, satisfait d'avoir montré un esprit incisif et enclin à envisager toutes les facettes d'un problème. Puis une idée importante lui traversa l'esprit.

— Bon, Salter, retournez au collège. Allez voir s'il n'y aurait pas quelqu'un qui pourrait nous aider à progresser dans notre enquête. Au minimum, ça permettra à tout ce beau monde de savoir qu'on ne lâche pas le morceau et ça les empêchera d'aller raconter le contraire aux journalistes. Cette bonne femme des relations publiques, elle va être très contente d'elle à l'idée qu'elle a pu aider ce pauvre Autochtone. Elle s'imaginera sans doute que ça ferait une belle histoire pour le journal du collège. Allez lui parler en premier, ainsi qu'au directeur général. Laissez-les conjecturer sur les pistes que nous devrions explorer s'il ne s'agit pas d'un cambrioleur occasionnel. Et renseignez-vous sur ce Lyall: était-il populaire? Les étudiants sont-ils peinés de sa mort? Vous voyez où je veux en venir? Si on finit par être réduits à classer le dossier, autant prouver qu'on aura tout essayé. OK?

◆

Salter retourna donc voir Barbara Czerny-Smith.

— Je dois vous remercier d'avoir mis sur pied cette petite escouade de gamins, dit-il en préambule. Nous avons pu établir que Henry Littledeer n'était pas sur les lieux cette nuit-là.

— Et maintenant, je suppose que vous allez dénicher un autre pauvre diable pour pouvoir lui coller ça sur le dos.

— En fait, en disculpant Henry Littledeer, j'ai été conduit à penser qu'il s'agissait d'une mise en scène.

— C'est ridicule. Comment quelqu'un aurait-il su que Maurice se trouvait chez lui ce soir-là?

— Cette personne l'ignorait.

La relationniste eut l'air déconcertée, mais elle se reprit vite.

— C'est exactement ce que je voulais dire! Quoi qu'il en soit, vous allez devoir trouver un autre suspect.

— Je dois maintenant envisager l'hypothèse que le meurtrier soit un proche de Lyall.

— Pure conjecture. Vous avancez à l'aveuglette.

Une métaphore vint à l'esprit de Salter.

— Peut-être, mais à force de tâter le terrain avec ma canne blanche, je vais peut-être finir par lever un lièvre ou deux. En passant, aucune accusation n'a encore été portée contre Littledeer: il serait probablement dans son intérêt que vous gardiez cette histoire pour vous. Autant que possible, laissez-le, lui et le collège, à l'écart de la presse.

Salter alla ensuite revoir Schreiber. Il avait la certitude que celui-ci était heureux d'avoir l'impression que le policier l'avait pris pour confident, simplement parce qu'il l'avait consulté quelques fois. Il était également sûr que Schreiber ne résisterait pas à la tentation de faire savoir combien il était proche du pouvoir. Salter décida donc de débusquer quelques lièvres en annonçant à Schreiber que la police avait restreint ses recherches au campus de Bathurst College.

— J'essaie toujours de découvrir quel genre de réputation Lyall avait dans l'établissement. Vous m'avez dit qu'il avait une petite amie: il en avait peut-être plus qu'une? demanda Salter.

— Je croyais que l'affaire était résolue. J'avais cru comprendre qu'il avait été tué par un vagabond.

— Nous avons la preuve que l'homme que nous avions arrêté n'a pas commis ce meurtre.

— J'imagine que Lyall a trouvé de la compagnie féminine, dit Schreiber. Je suppose qu'il n'était pas célibataire, mais j'ignore avec qui il sortait, cependant. Je vous l'ai déjà précisé.

— Vous voulez dire que ce n'était pas une de vos collègues ?

— Je veux simplement dire que j'ignore qui c'est.

— À votre avis, qui est au courant ?

Schreiber haussa les épaules et resta muré dans son silence.

Toi, tu sais quelque chose, songea Salter. *Mais tu as l'air nerveux à l'idée que je raconte à droite et à gauche que c'est toi qui me l'as révélé.*

Cela dit, il était également plausible que Schreiber en sût autant que le policier, c'est-à-dire que la maîtresse de Lyall était Judy Kurelek, mais qu'il pensât que Salter l'ignorait.

— Devrais-je aller demander aux membres de la direction ? Les administrateurs sont généralement bien renseignés.

— Cela signifie-t-il que vous pensez que le meurtrier vient de Bathurst College ?

— On m'a demandé de commencer mon enquête par le collège. Je ne vous ai pas dit qu'on avait reçu des lettres anonymes ?

— Ah oui, c'est vrai, il y a ce scribouillard anonyme. Je crois bien que vous y avez déjà fait allusion. Vous en avez reçu d'autres ?

— Pas récemment.

— Vous avez une idée de l'auteur de ces trois lettres ?

Salter eut un sourire.

— Je sais qui les a écrites. J'essaie juste de connaître son mobile. Bon. Pouvons-nous en revenir à la vie amoureuse de Lyall ?

— À votre place, je suivrais le plan de match que vous avez suggéré. Commencez par notre directrice adjointe puis descendez dans la hiérarchie.

CHAPITRE 17

Mais lorsque Salter se présenta pour rencontrer Joan Dooley, la directrice adjointe avait un message à lui transmettre :

— Le directeur général aimerait vous rencontrer, lui annonça-t-elle. Il s'est libéré en espérant que vous pourrez passer le voir.

— Chuis convoqué chez le directeur ? Nom de Dieu ! s'exclama Salter, jouant au péquenaud. Je ferais mieux d'y aller, vous ne croyez pas ?

Il était surpris du changement d'attitude de Joan Dooley en si peu de temps : depuis la dernière fois qu'il l'avait vue, elle semblait avoir perdu tout son entrain.

— Ça va ? lui demanda-t-il.

Elle fit un signe de tête affirmatif tout en haussant les épaules et s'empara d'une feuille de papier. Salter se demanda ce que le directeur général pouvait bien avoir à lui dire. La directrice adjointe lui avait certainement annoncé que Henry Littledeer avait été mis hors de cause – ce qui était largement suffisant pour faire comprendre à toute la communauté de Bathurst College que l'enquête sur le campus reprendrait. Sans doute le directeur général le prierait-il instamment de mener ses investigations le plus discrètement possible afin de minimiser les retombées sur son établissement lorsque la police découvrirait que le meurtrier n'était qu'un autre vagabond. C'était assez évident. Le téléphone sonna : Joan Dooley se précipita pour décrocher, écouta très brièvement puis raccrocha et hocha la tête pour signifier à Salter que celui-ci pouvait traverser le couloir pour aller rencontrer le directeur général.

Le bureau de Wade Jones, le directeur général, était situé presque à l'opposé de la porte d'accès principale du bâtiment de l'administration. La secrétaire indiqua à Salter d'un geste de la main l'endroit où le directeur général attendait sa visite.

— Merci de m'avoir placé en tête de liste, dit d'emblée Jones en contournant son bureau pour inviter Salter à prendre place sur un divan. Vous voulez du café ? Oui ? Madame Wilkinson, apportez-nous du café, s'il vous plaît. (Il s'installa à côté de Salter.) Alors, cette enquête, ça avance ? Je suppose que je ne devrais pas vous poser cette question. Je suis désolé de ne pas avoir pu vous rencontrer plus tôt, mais c'est une période plutôt chargée, avec la collation des grades et tout ça.

Jones était un homme imposant au visage taillé à coups de serpe, débordant de jovialité et qui se maintenait apparemment en bonne forme. Salter attendit qu'il en vînt au fait.

— Vous avez parlé à Joan, ma directrice adjointe, poursuivit Jones. Elle est venue m'en rendre compte, et nous avons tous deux convenu qu'elle a été plus discrète qu'elle ne l'aurait dû étant donné les circonstances. Elle n'a pas voulu colporter de rumeurs, aussi n'a-t-elle rien dit, mais nous avons décidé que certains faits devaient être portés à votre connaissance et comme je voulais de toute façon avoir un entretien avec vous, je vais m'en charger.

Le café arriva – Salter en avala quelques gorgées sans réagir, dans l'expectative de la révélation annoncée.

— Joan ne vous a pas parlé, j'imagine, d'une visite que nous a rendue Maurice Lyall il y a environ un mois ?

(Il attendit que Salter fît un signe de dénégation.) Il y a une chance sur un million pour que cela présente un intérêt quelconque, mais après tout, c'est à vous d'en juger, n'est-ce pas ?

— En effet.

— En résumé, donc, Lyall est venu me voir parce qu'il avait entendu que ses chances d'obtenir le poste de doyen étaient peut-être compromises par une relation qu'il entretenait à l'époque avec une dame.

— Qui donc ?

— Je vous demanderais de garder cela pour vous, lui intima Jones sur un ton qu'il trouvait manifestement apte à exprimer sa profonde préoccupation pour le respect de la vie privée.

— Dans ce cas, vous devriez peut-être ne pas me le révéler.

C'est signé Schreiber, se dit Salter. *Schreiber l'a certainement appelé juste après que j'ai quitté son bureau.* Il était satisfait d'avoir bien cerné le politologue.

— Comment ? s'étonna Jones.

— De qui vous souciez-vous le plus ? De Lyall ou de la dame en question ? rétorqua Salter.

— Eh bien, des deux, je suppose.

— Pourquoi m'en parlez-vous ? Parce que je devrais en être informé, au cas où ce serait important, c'est bien ça ? Dans ce cas, dites-moi donc qui est cette femme.

— La dame en question est madame Judy Kurelek.

— Je suis déjà au courant pour elle. Il y en a d'autres ?

— Vous lui avez parlé de… ça ? A-t-elle mentionné quoi que ce soit sur… sur la manière dont…

Jones ne parvenait pas à trouver ses mots.

— Oui, nous avons parlé. Quel est le problème ? De quoi s'inquiétait Lyall, au juste ? Madame Kurelek et lui étaient amants, et il pensait que ça aurait pu vous contrarier : c'est exact ?

— Pas le moins du monde, répliqua vigoureusement Jones.

— Bien. Vous le lui avez donc dit et ça s'est arrêté là.

— Eh bien, non. Ce n'est pas ça qui le préoccupait, en fait. Laissez-moi vous révéler ce qu'il m'a dit : quelqu'un l'avait informé sous le manteau qu'un membre du conseil d'administration avait entendu parler de sa liaison avec Judy et pensait que c'était une mauvaise idée qu'un doyen ait une maîtresse sur le campus, dans le même département que lui, une femme mariée, de surcroît. C'est tout.

— Et c'est vrai ? Je n'aurais jamais cru qu'on se souciait encore de ce genre d'histoire.

— Bien sûr qu'on ne s'en soucie pas ! Je lui ai assuré que madame Dooley et moi n'y voyions aucun inconvénient. Cela dit, le conseil d'administration pouvait opposer un veto à sa nomination, aussi n'étais-je pas en mesure de lui certifier que l'avertissement qu'il avait reçu était dénué de fondement.

— Que lui avez-vous conseillé ?

— Je lui ai promis que je le soutiendrais, quelle que soit sa décision. S'il voulait assumer publiquement sa liaison, soit. Je le laissais entièrement libre de son choix.

— Mais il resterait toujours dans l'incertitude, je me trompe ? En fait, le conseil d'administration pouvait simplement décider qu'il n'était pas qualifié pour le poste. Les membres du conseil n'ont pas à s'expliquer pour ce genre de décision.

— C'est drôle que vous disiez cela. Il y a quelques pressions pour que le corps professoral comprenne un certain nombre de titulaires de doctorats, et Maurice avait justement abandonné son doctorat. Oui, j'imagine qu'ils auraient pu ne jamais donner la vraie raison de leur *veto*, le cas échéant. Vous comprenez bien que tout ceci est purement hypothétique. Peut-être cette histoire était-elle tout simplement un canular, une mauvaise plaisanterie.

— Pourquoi n'avez-vous rien fait pour le savoir ?

— Comment cela?

— En posant la question aux membres du conseil d'administration. Je le ferai, moi. Leurs noms? demanda Salter en ouvrant son bloc-notes.

Jones eut l'air embarrassé et légèrement en colère.

— Non, non. C'est impossible, dit-il en balayant cette idée d'un revers de main.

— Que s'est-il passé, alors?

— Je crois qu'il a rompu avec sa maîtresse. En réalité, j'en suis certain. Il est venu environ une semaine plus tard pour me l'annoncer.

— Et ainsi, il a eu le poste.

— Je suis persuadé qu'il l'aurait obtenu de toute façon.

— Peut-être, mais ce qui nous intéresse ici est le fait que Judy Kurelek pourrait avoir mal pris la rupture, et lorsque Lyall a obtenu le poste, elle l'a peut-être assassiné. C'est bien ça le problème, non? (Salter marqua une pause: le silence de Jones lui confirma que c'était précisément ce que le directeur général redoutait.) Et quand je me suis mis à sa recherche, elle aurait pu m'expliquer son geste. (Il s'arrêta pour juger de l'effet de sa dernière réplique.) Je vous aurais alors demandé, à madame Dooley ou à vous, pourquoi vous ne m'aviez pas parlé spontanément de Judy Kurelek afin que je l'appréhende sans être obligé de me creuser les méninges avec une enquête compliquée. Ce n'était pas très coopératif de votre part, vous savez. Je comprends votre point de vue et je comprends pourquoi vous avez fini par m'en parler, et je vous remercie de vous y être résolu.

Jones s'appuya contre le dossier du divan et regarda ailleurs. Sa tête commençait à éclater sous la pression, tant il s'efforçait de paraître détaché dans une situation somme toute périlleuse.

— J'estimais que la vie privée de Maurice Lyall et de Judy Kurelek ne regardait qu'eux et que Maurice Lyall avait droit à son intimité, même après son décès.

(Il commença à bafouiller.) Je ne savais absolument pas si la police menait des entretiens confidentiels, et je voulais épargner à madame Kurelek des désagréments inutiles. Je pensais par ailleurs que vous aviez attrapé le criminel, mais j'apprends à présent que ce n'est pas le cas. Madame Dooley m'a convaincu que votre enquête dépassait les simples questions de vie privée.

— C'est une bonne manière d'expliquer les choses. En effet, lorsque nous recherchons un meurtrier, nous avons tendance à mettre de côté toute considération relative à la vie privée. Vous pensez que madame Kurelek aurait pu tuer Lyall ?

— Bien sûr que non ! Eh bien, je vous ai maintenant révélé tout ce que j'avais à vous dire et j'espère que vous ne commettrez pas de dégâts inutiles.

— Merci, monsieur Jones. Si vous entendez parler d'autre chose ou si un autre détail vous revenait à l'esprit, faites-le-moi savoir immédiatement. C'est en évitant de perdre du temps que l'on minimisera les dégâts.

Après avoir quitté le directeur général, Salter passa la tête dans l'entrebâillement de la porte du bureau de Joan Dooley.

— Merci, lui dit-il.

Elle secoua la tête, pressée de le voir partir. Salter songea qu'il n'avait jamais vu une femme qui ait l'air aussi malheureuse, et il pensa en connaître la raison. Elle avait traversé une petite tourmente politique et elle redoutait d'être mouillée. Cette crainte confirma l'opinion qu'il avait d'elle : ce n'était pas une mauvaise personne – le fait qu'elle n'eût pas le cuir assez épais pour le type de poste qu'elle occupait était plutôt bon signe.

◆

Salter appela l'hôpital et demanda à parler à Annie, qui lui annonça que son père était endormi, que May et elle allaient sortir manger un morceau et que sa présence n'était pas indispensable. Il alla donc dans un café de Bathurst Street où il lut le journal pendant une heure avant de retourner voir Schreiber.

— Bingo! clama-t-il. Nous avions raison: toutes les rumeurs finissent par atteindre les hauts lieux. Chic type, votre directeur général.

— Oh, c'est exact, embraya Schreiber, mordant à l'hameçon sans hésitation. Notre cher Wade veut demeurer en poste jusqu'à sa retraite. On l'appelle Jones-pas-de-vagues. Il a dû avoir des sueurs froides, j'imagine, quand Jennifer Benson a paru sur le point d'être doyenne, mais après, tout est rentré dans l'ordre. Et maintenant, notre pauvre Wade doit encore passer à travers tout le processus!

— On dirait qu'il est toujours sur la corde raide, entre le corps professoral et le conseil d'administration. D'après ce que j'ai entendu, le conseil d'administration serait plus vieux jeu que lui, confia Salter avec un sourire complice.

Schreiber éclata de rire.

— Ah ça, c'est notre Wade tout craché! Le vieux truc de Dickens. Ça marche à tous les coups.

— Comment ça?

— Le partenaire silencieux. «Si ce n'était que de moi, rien ne me ferait davantage plaisir, mais mon partenaire ne me le permettra pas.» En réalité, le conseil d'administration fait exactement ce que Jones lui dit de faire, mais si Jones ne veut pas faire quelque chose, il fait porter le chapeau au conseil d'administration.

— C'est Dickens qui a inventé ce petit jeu?

— Plus ou moins.

— Quel est le cursus de Jones?

— Il a une maîtrise en économie. Il a fait carrière dans la fonction publique avant d'atterrir à Bathurst College. Je pense que le point culminant de sa carrière a été sa nomination au poste de Haut-Commissaire de l'Ontario au pays de Galles ou je ne sais quoi. Quand son mandat a pris fin, on lui a trouvé une commission royale quelconque qui l'a tenu occupé pendant deux ou trois ans, après quoi il s'est retrouvé sans poste. Il n'y avait tout simplement pas assez de postes vacants, pas même au conseil d'administration d'Air Canada. C'était Bathurst College ou rien. C'est comme ça qu'on en a hérité.

— A-t-il une expérience dans l'enseignement ?

— Vous voulez savoir s'il est qualifié pour ce poste ? Il a été à Oxford pendant une session : il a donc un vernis. Le conseil d'administration est très soucieux de tout ce qui peut contribuer à redorer notre blason, et Jones y excelle. Je doute qu'il ait tué Maurice. Ils s'entendaient très bien.

— Merci. Je pense avoir trouvé des réponses à mes questions.

Salter se leva, hocha la tête avec amabilité et partit, laissant Schreiber sur sa faim.

◆

Jones, le directeur général, couvre manifestement ses arrières, écrivit Salter ce soir-là. Quelqu'un lui a parlé de la petite amie de Lyall et il voulait que le nouveau doyen ait une réputation irréprochable. Il ne se rend pas service en inventant des histoires, comme le fait que Lyall soit venu le voir pour ça. Avec un peu de chance, il pourra s'en tirer en toute impunité. Apparemment, Lyall n'a pas évoqué auprès de Kurelek sa petite conversation avec le directeur général. Sans doute qu'à un moment donné, cependant, Schreiber laissera filtrer quelque chose, juste pour faire savoir à Kurelek qu'il était dans le secret des dieux. Quelle bande de tordus ! Pour qui se prend-il, Schreiber ? Machiavel ? Je dois maintenant revoir Kurelek et découvrir quelles questions j'aurais dû poser avant l'irruption de Littledeer dans cette histoire.

◆

— Votre mari n'était pas au courant de votre liaison avec Lyall ? demanda Salter à Judy Kurelek le lendemain matin.

Il l'observa tandis qu'elle envisageait probablement de mentir, pesant le pour et le contre.

— Il était au courant, en effet. C'était l'un des facteurs qui m'avaient dicté ma décision. Il avait reçu une lettre anonyme. J'ai tout nié, bien sûr, mais il croyait ce que racontait cette lettre et m'a affirmé qu'il avait l'intention de découvrir l'identité de mon amant. Mais Maurice et moi avons rompu avant qu'il ne puisse le faire. C'est la raison pour laquelle j'estimais que c'était moi qui avais pris la direction des événements. Je n'étais pas vraiment amoureuse de Maurice, pas davantage que lui de moi, et il a semblé naturel de mettre fin à notre aventure quand tout est devenu trop compliqué. Mais maintenant, je me rappelle que c'est lui qui avait pris l'initiative notre dernière conversation. Le salaud !

— On dirait que vous ou Lyall aviez un ennemi. Je vais devoir parler à votre mari. Vivez-vous toujours ensemble ?

— À quel propos voulez-vous lui parler ? Il n'était pas à Toronto le soir où Maurice a été tué.

L'idée qu'il pût avoir affaire à un mari cocu n'avait jamais traversé l'esprit de Salter.

— Ce n'est pas de ça que je voudrais lui parler. J'aimerais lui poser des questions sur cette fameuse lettre anonyme : l'a-t-il conservée ?

Judy Kurelek eut l'air perplexe et contrariée.

— Probablement. Il sera à la maison à dix-sept heures. Voici notre adresse.

Elle l'écrivit sur un bout de papier qu'elle tendit ensuite au policier.

— Pears Avenue, lut-il.

Bien qu'il fût passé dans cette rue des milliers de fois, il la confondait toujours avec Cottingham Street. Les deux donnaient sur des espaces verts.

— C'est une rue perpendiculaire à Avenue Road, juste au nord de Davenport Road.

— C'est la rue au coin de laquelle se situe le marché où on trouve des sapins de Noël ?

— Oui, c'est bien ça. Notre maison est tout au bout de la rue.

Elle tourna les talons. Salter se demanda ce qu'il pouvait bien y avoir de si embarrassant ou de si irritant dans sa seule adresse.

CHAPITRE 18

Salter admira la maison depuis un banc qui jouxtait les terrains de tennis de Ramsden Park, où deux hommes d'âge moyen disputaient âprement la fin d'un match. Il comprenait ce qui avait gêné Judy Kurelek : le parc s'étendait précisément entre Pears Avenue et Gibson Avenue. Quoi de plus naturel que d'aller se balader dans les espaces verts qui la séparaient de son amant ?

Peu après dix-sept heures apparut un quinquagénaire blond et mince portant la tenue classique des universitaires – veston de tweed gris, pantalon de toile beige, chemise blanche à col boutonné et cravate rayée –, qui entra dans la maison. Salter alla sonner à la porte dix minutes plus tard : l'homme, qui de toute évidence s'apprêtait à ressortir, ouvrit la porte immédiatement. Le policier lui montra son badge.

— Que voulez-vous ? lui demanda Kurelek comme s'il s'adressait à un importun récidiviste.

— Vous parler cinq minutes.

— À quel sujet ?

— Votre femme ne vous a pas averti ?

— Cela fait trois semaines que je ne lui ai pas parlé. Je vous le redemande donc : que voulez-vous ?

Salter fut tenté de lui proposer de deviner l'objet de sa visite – Kurelek l'aurait d'ailleurs certainement subodoré tout de suite.

— J'enquête sur le meurtre de Maurice Lyall, et j'aimerais vous poser quelques questions. Auriez-vous l'obligeance de me suivre à mon bureau ?

— Ne pourrait-on pas parler ici ?

La voix de Kurelek avait grimpé dans les aigus : il avait presque crié, d'une manière disproportionnée étant donné la situation.

— Entendu, mais pas sur le pas de la porte.

Salter commença de s'avancer en direction des deux joueurs de tennis qui avaient fini leur partie et se tenaient maintenant debout près d'une auto stationnée dans la rue. Kurelek l'interpella. Avec réticence, il s'effaça pour faire entrer Salter, qu'il laissa refermer la porte derrière lui.

Le policier le suivit dans une pièce remplie de meubles et d'objets qui avaient visiblement été acquis un à la fois, choisis pour leur intérêt ou leur charme intrinsèques et non pour leur éventuelle adéquation au rôle de mobilier de salon. Un divan – ou sofa – placé le long d'un mur provenait fort probablement du Moyen-Orient : il était en bois sombre sculpté et l'assise n'était qu'à une dizaine de centimètres du sol. Même avec une bonne épaisseur de coussins, seuls les nains devaient pouvoir s'y sentir à l'aise. La table basse de fer forgé peint aurait été davantage à sa place dans un jardin, entre deux statues. Salter s'assit dans un énorme fauteuil pliant de toile et de bois pourvu de petits accoudoirs en bois. Après un moment, Kurelek s'enfonça dans le sofa et considéra Salter par-dessus ses genoux.

— Je n'ai jamais rencontré ce Lyall, confia-t-il. Il baisait ma femme : c'est à elle que vous devriez parler.

Il avait prononcé le mot vulgaire en détachant soigneusement les syllabes : il était évident que ce genre d'obscénité n'entrait pas dans son vocabulaire habituel.

— C'est déjà fait.

Salter avait capté chez Kurelek tous les signes d'un léger déséquilibre et en avait déduit que l'homme était imprévisible. S'il avait appartenu à une autre classe sociale, le policier aurait estimé que Kurelek était dangereusement ivre – même si c'était indécelable – ou sous l'effet d'une drogue, et aurait redouté à tout moment qu'il ne sorte un couteau.

— Dans ce cas, vous savez tout de moi, conclut Kurelek.

— Je suis venu vous voir à propos du petit mot.

— Lequel ?

— Je ne suis au courant que pour un. En avez-vous reçu plusieurs ?

— Je pense que nous ne parlons pas de la même chose : je croyais que vous faisiez référence au mode de communication que j'utilise avec ma femme.

Salter ne comprit pas immédiatement.

— Vous vous écrivez des petits mots ?

Il pensait avoir enfin mis la main sur son épistolier de l'ombre.

— Non, pas elle. Juste moi. Je vous l'ai dit, je ne lui ai pas parlé depuis trois semaines.

Salter hocha la tête : il saisissait tout. *Il est fou*, se dit-il. *Fêlé, au minimum.*

— Je ne m'intéresse qu'à la lettre anonyme que vous avez reçue. L'avez-vous gardée ?

— Vous parlez de celle qui m'informait que ma femme… ?

— Oui.

Salter l'avait interrompu : il avait reconnu chez Kurelek le besoin morbide de recourir à un vocabulaire qui lui permettait d'exorciser ses sentiments, comme si seuls des mots ignobles pouvaient décrire des actes ignobles.

Kurelek ouvrit son portefeuille et en sortit une feuille de papier qui avait sans doute été souvent manipulée. « Êtes-vous conscient que vous partagez actuellement les charmes de Judy avec un autre ? » lut Salter.

— L'auteur s'est plutôt appliqué, n'est-ce pas ? nota-t-il.

— Nous ignorons le sexe de notre mystérieux informateur, commenta Kurelek.

— Puis-je la conserver? (Salter rangea la note dans son propre portefeuille.) Vous aurez sans doute compris qu'étant donné cet élément, j'ai besoin d'une brève déclaration de votre part.

— À quel propos?

— Où étiez-vous quand Lyall a été tué?

— Allez vous faire foutre!

Kurelek étendit les bras qu'il posa sur le dossier du sofa et croisa les jambes. Il darda sur Salter un regard arrogant pour s'assurer que le message était bien passé.

Salter soupira:

— Vous voulez passer la nuit à répondre à mes questions au poste?

Kurelek se reprit.

— D'accord. Je vous prie de m'excuser. Mais c'est déjà assez dur comme ça de savoir qu'on est cocu, trompé, bafoué, sans qu'en plus un gros épais de policier ne vienne m'accuser de meurtre.

— Hé, je ne pèse que soixante-dix-sept kilos pour un mètre quatre-vingts. Alors, vous étiez où quand Lyall a été tué?

— Avec des amis, près de Peterborough, pendant toute la fin de semaine. C'était un long week-end et je ne supportais pas l'idée de rester seul, alors un ami qui enseigne à Trent University m'a invité. Je suis rentré mardi matin.

— Il me faut le nom et les coordonnées de vos amis.

Kurelek s'exécuta, puis ajouta:

— Quand vous aurez attrapé le meurtrier, prévenez-moi, d'accord? J'aimerais le féliciter.

Le bruit d'une clé dans la serrure se fit entendre. Judy Kurelek apparut, tout essoufflée, contrariée de voir que Salter l'avait devancée.

— Je t'ai appelé pour te prévenir, Lou, dit-elle. Tu n'aurais pas dû débrancher le téléphone.

Kurelek se leva et passa devant elle pour se rendre à la cuisine. Il en revint avec une note qu'il tenait entre deux doigts.

— Vous en avez terminé ? demanda-t-il à Salter.

— Pour le moment, oui.

— Dans ce cas, je vais vous laisser avec mon épouse.

Kurelek balança le bout de papier à sa femme et se dirigea vers la porte d'entrée sans se retourner.

Judy Kurelek lut le papier et le tendit à Salter : « Tu n'auras plus à me supporter très longtemps. Ce sera de ta faute », avait écrit Kurelek.

Salter leva les yeux vers elle, alarmé.

— C'est une note de suicide !

— Une des nombreuses qu'il m'a écrites, parfois deux ou trois par jour. (Elle froissa le papier et le jeta sur la table basse.) Ainsi, vous pouvez constater que notre mariage n'est pas vraiment ouvert.

— Vous vous sentez en sécurité quand il est dans les parages ?

— Je me suis renseignée : apparemment, il cherche à me punir avec ces petits mots, mais il n'est pas suicidaire. J'ai vu un avocat, aussi. Dès que je le pourrai, j'obtiendrai tous les papiers et le reste, et je demanderai le divorce. Mais je ne veux pas le pousser à bout. Si je sais que ma vie pourra retrouver un semblant de normalité, je suis capable d'endurer la situation. Je peux bien supporter quelques petits mots.

On ne saurait guère en supporter davantage, songea Salter.

— Qui d'autre était au courant de votre liaison avec Lyall ?

— Maintenant, probablement beaucoup de monde, je pense, mais personne ne m'en parle. Ils ne font qu'en parler entre eux. Shirley Marconi était ma seule confidente. On a toujours besoin de se confier à quelqu'un, n'est-ce pas ?

— Cela explique pourquoi elle n'a pas voté pour lui.

Un sourire apparut derrière le voile de tristesse.

— Vraisemblablement. Je lui ai pourtant affirmé que la rupture était mutuelle, mais elle ne m'a pas crue. Comme je vous l'ai dit, elle était persuadée que Maurice

m'avait laissée tomber parce que j'entravais sa carrière.
D'après ce que vous m'en avez révélé, elle avait sans
doute raison.

Salter se leva.

— J'étais simplement venu recueillir la déposition
de votre mari.

— Vous avez été plus chanceux que moi ces dernières semaines.

Dans la rue, il passa devant une Volkswagen noire
d'un modèle récent ornée d'un autocollant de Bathurst
College. Judy Kurelek avait déclaré avoir changé un
pneu à Honey Harbour à sept heures le mardi matin.
C'était facile à vérifier et donc, probablement vrai. Il
jeta un coup d'œil à l'intérieur du véhicule pour s'assurer que ce n'était pas la voiture du mari – il n'avait
pas vérifié si les Kurelek travaillaient dans le même
établissement –, mais le foulard et le parapluie qui
traînaient sous la lunette arrière confirmèrent sa première idée.

— Si tu penses que tu tiens quelque chose, Charlie,
tu ferais mieux de nous refiler l'affaire, dit Marinelli
le lendemain matin.

— Je vais vérifier toutes ces histoires, en particulier
celle des Kurelek, et après ça, je te passe la main.

— Et ton père, ça va ?

— Son état est de nouveau stable. Il est toujours
confus – c'est le mot qu'utilisent les docteurs pour
« mêlé » –, mais il fait quelques progrès. Il sait qu'il
est à l'hôpital et il n'a pas d'hallucinations violentes,
mais il croit toujours que je suis son frère. May, sa
conjointe, pense qu'elle pourra le ramener à la maison
bientôt. Annie va essayer de trouver une place dans une
maison de convalescence, au moins pour les premières
semaines.

— C'est génial. Les choses s'arrangent, on dirait.

◆

Le mari de Judy Kurelek avait sans doute effectivement passé la nuit à Peterborough. Et avant de passer la suite à Marinelli, Salter allait se rendre à Honey Harbour pour vérifier l'histoire de Judy. Un coup de fil aurait pu suffire, mais il se réjouissait à l'idée d'une petite escapade en auto. Et il y avait encore une personne à qui il souhaitait parler – de Czerny-Smith, cette fois.

CHAPITRE 19

L'ex-madame Lyall vivait dans une minuscule maison sise dans Roehampton Avenue. Elle avait demandé à Salter de passer après neuf heures du matin, moment à partir duquel elle était seule.

Dans le vestibule, les vêtements accrochés au portemanteau mural trahissaient la présence d'une famille avec au moins deux enfants.

— Je me suis remariée et nous avons deux filles. Elles sont parties à l'école et quant à mon mari, il est au bureau. Il est rédacteur en chef d'un journal paroissial.

Son élocution comme ses gestes étaient un tantinet plus lents que la normale – comme une personne évoluant dans un rêve –, et un infime rayonnement émanait de sa présence, comme si elle était en permanence sous l'effet d'une bonne nouvelle. Son style regorgeait de superlatifs et elle accentuait légèrement et avec soin certaines syllabes – « âââbsolument » – prononcées avec chaleur et sans fausse note. Au cours de leur conversation, Salter l'entendit se focaliser sur les choses positives, sur les personnes aptes à susciter son enthousiasme. Elle savait dénicher le bien qui se cachait en presque chacun et quand elle n'y parvenait pas, elle éludait – ce qui, comprit bientôt Salter, était plutôt mauvais signe.

Il lui présenta ses condoléances. Elle secoua la tête avec détermination, insistant pour être honnête :

— Oh, ce n'est pas la peine. Cela faisait des années que je n'avais pas parlé à Maurice. C'est terrible, bien sûr, et je plains sincèrement sa... Au fait, avait-il une compagne?

— Je crois savoir qu'il n'en avait plus depuis quelques semaines.

— Ah.

Elle observa quelques secondes de silence, puis s'ébroua et posa les mains sur ses cuisses en adressant à Salter un sourire de convenance.

— Que puis-je faire pour vous?

— Je viens solliciter vos souvenirs. Il est possible que ce qui est arrivé à monsieur Lyall trouve son origine dans une ancienne relation du collège. Notre entretien est strictement confidentiel, madame...

— Gough, compléta-t-elle. Hum. C'est que mon mari et moi nous disons tout...

— Ce que je veux dire, c'est que moi, je respecterai la confidentialité de ce que vous me confierez. Vous êtes libre de révéler ce que vous voudrez à votre mari. Moi, je resterai discret.

— Ah, je comprends. Mais que se produirait-il si un fait dont je me souviendrais faisait de moi un élément important?

— Comme témoin possible, vous voulez dire? Dans ce cas, je pourrais être amené à vous demander une déclaration officielle. Mais pour l'instant, je veux des commérages.

— De quel genre?

— Pourquoi avez-vous quitté votre mari?

— Nous étions en désaccord sur certaines choses en rapport avec la morale.

Un coureur de jupons, donc, en déduisit mentalement Salter.

— Il y avait d'autres femmes?

— Oui, ça aussi.

— Quoi d'autre?

— En quoi des faits remontant à onze ans seraient-ils pertinents pour votre enquête?

— Si j'arrive à cerner quel genre d'homme il était, ça pourrait être utile.

— Je ne veux pas le condââââmner. Mon mari affirme que certaines personnes sont nées avec de bons instincts, tandis que d'autres doivent les acquérir. Le problème, c'est que beaucoup de gens ne le font pas.

Salter abandonna tout espoir de voir madame Gough se mettre à bavarder sur les habitudes sexuelles de son premier mari, aussi se concentra-t-il sur ce qui lui permettrait de découvrir ses autres travers.

— Connaissiez-vous Jennifer Benson? demanda-t-il, désireux de masquer ce qui l'intéressait vraiment en posant des questions générales.

— Oh, oui! Une fille formidââââble. Maurice et elle avaient œuvré ensemble à la création du syndicat des professeurs, il y a bien longtemps. Pourquoi me parlez-vous d'elle?

— Elle s'était présentée contre Maurice pour le poste de doyen.

— Je pense que Maurice était devenu le genre de personnes contre lesquelles Jennifer s'est toujours battue. Les gens changent. (Elle sourit.) Mais Jennifer, elle, n'aurait pas changé à ce point. Elle n'est pas d'un tempérament coléreux, vous voyez. Beaucoup de personnes qui se préoccupent de justice sociale sont en colère, mais on en trouve parfois qui embrassent de justes causes sans sombrer, émotionnellement parlant. À mon avis, ces personnes savent qu'elles sont appelées à perdre leurs combats à long terme, mais elles les mènent quand même. Mon mari est de ceux-là. Il ne désespère jamais, parce que ses espérances sont limitées. Jennifer est comme ça, elle aussi.

— Elle n'a perdu qu'à une voix près, nota Salter.

— Eh bien, elle considère sans doute cela comme une victoire.

— Erroll Czerny-Smith est l'un de ceux qui ont voté pour Lyall: le connaissez-vous?

— Oh, oui! J'ai toujours aimé Erroll. Maurice et lui étaient de grands amis, autrefois, mais ça n'a pas duré. Je suis surprise qu'Erroll ait voté pour lui, contre Jennifer. J'aurais pensé…

— Que s'est-il passé entre votre ex-mari et Czerny-Smith ?

— Ils se sont peu à peu éloignés l'un de l'autre. Erroll se cramponnait à ses principes tandis que Maurice commençait à avoir soif de pouvoir.

Salter grinça des dents en songeant à tous les clichés qu'on pouvait débiter pour expliquer l'altération des relations humaines, fussent-elles sexuelles, sociales, commerciales, paternelles, maternelles ou politiques. Lors de son bref passage à l'université, il avait appris que toute activité humaine tirait son origine des parties intimes, l'anus y compris. Freud était l'oracle. Il se demanda qui était le « gourou » en matière de pouvoir et se promit de poser la question à Annie.

— Vous voulez dire que Maurice était gauchiste jusqu'à ce qu'il se découvre ambitieux et qu'il devienne un syndicaliste en mal de poste au gouvernement ?

— Plus ou moins.

— Et c'est tout ce qui les a séparés ? insista Salter en scrutant le visage de madame Gough afin d'y déceler les signes avant-coureurs de la révélation de faits, d'un incident réel.

— Oui. Une pensée terrible m'a traversé l'esprit, mais si Erroll a soutenu Maurice, alors je…

Elle s'interrompit.

— Madame Gough, je dois être informé de tout ce qui pourrait avoir un lien avec Maurice Lyall ou toute personne qui a travaillé avec lui.

— Vous m'avez promis que ce que je vous dirais resterait confidentiel si ce n'était pas pertinent pour votre enquête, lui rappela-t-elle. Je vais vous révéler un fait que vous pourriez trouver en feuilletant les vieux agendas de Maurice : mon ex-mari a eu une liaison avec Barbara Czerny-Smith il y a environ dix ans, juste avant que je ne le quitte. Parfois, ce genre de choses reviennent longtemps après que vous les croyez enterrées.

Mais si Erroll a voté en faveur de Maurice, alors de toute évidence, ce vieil incident n'a rien à voir dans tout ça.

— C'est pour ça que vous l'avez quitté? demanda Salter comme à lui-même.

— Non, vous m'avez mal comprise : je ne suis pas une puritaine. Je pense même que nous aurions pu passer à travers cet écart. Je me souciais davantage de ses principes sociaux que du reste : il semblait les perdre.

— C'est ce fameux truc du pouvoir?

— Oui.

— Cela dit, cette vieille liaison paraît être une sacrée bonne raison pour que Czerny-Smith se querelle avec lui.

Elle secoua la tête.

— Erroll ne l'a pas su à l'époque. Barbara m'avait demandé de ne rien lui en dire, et comme j'avais décidé de quitter Maurice de toute façon, je voulais lui laisser une chance de surmonter tout ça. Erroll était très vulnérable. Il vénérait Barbara, et ça aurait causé beaucoup de dégâts.

— C'était très... (Salter voulut dire « vertueux », mais l'adjectif avait une petite connotation péjorative, qui expliquait d'ailleurs probablement pourquoi ce mot lui était venu à l'esprit face à cette manifestation presque inhumaine de charité.) ... généreux de votre part. Ainsi, cette histoire n'avait aucun lien avec la fin de leur amitié.

Elle hésita un long moment avant de reprendre la parole.

— Erroll a pris ses distances avec Maurice pour les mêmes raisons que moi, mais cela peut avoir été précipité par le fait que nous avions cessé de nous fréquenter. Maurice en connaissait la raison, mais j'ignore ce qu'Erroll a bien pu en penser. Je soupçonne Barbara d'avoir su trouver les mots justes pour renforcer ses doutes récents quant à l'éthique de Maurice.

— Combien de temps cette liaison a-t-elle duré?

— Quelques semaines. J'imagine qu'elle a voulu qu'il me quitte, alors il a préféré la quitter, elle.

C'était une histoire intéressante, mais assez ancienne pour ne présenter aucun intérêt pour l'enquête.

— Wilfred Schreiber a voté contre Lyall, lui aussi. Le connaissiez-vous ?

Elle fit non de la tête.

— Je sais qu'il était au collège, mais nous n'avons jamais eu grand-chose en commun.

Elle élude, on dirait, nota intérieurement Salter.

— Et Shirley Marconi ?

— Je ne connais même pas ce nom.

— Judy Kurelek ?

— Je ne la connaissais pas à l'époque, mais je l'ai rencontrée depuis. Elle est bénévole en alphabétisation. C'est une personne géniâââle ! Était-elle membre du comité ?

Salter secoua la tête et s'efforça de trouver un moyen d'atténuer sa maladresse : il aurait dû introduire de manière plus élégante le nom de Kurelek.

— Non, pas du tout. Non. Je ne fais que passer en revue les collègues de Lyall.

— Je vois. Mais elle n'était pas vraiment une collègue, non ? (Puis elle ajouta avec une certaine froideur, son éclat légèrement terni :) Je vois. Elle est mariée, elle aussi, je me trompe ?

Salter choisit d'esquiver.

— Il y avait un autre candidat que vous auriez pu connaître : Monkman.

Il fut heureux de l'entendre éclater de rire. L'atmosphère s'en trouva allégée et rendit madame Gough un peu plus humaine.

— Il devrait laisser tomber, dit-elle. Jim est un bon garçon : il ne ferait pas de mal à une mouche. Mais il n'a strictement aucune idée de ses limites. (Elle posa ses deux mains sur ses genoux et fixa ses pieds.) Je comprends ce que vous essayez de faire, inspecteur. Vous voulez savoir s'il y aurait des traîtres dont vous n'auriez pas entendu parler. Je ne suis au courant de rien ! Mis à part les maris des dames qu'il a honorées – il y en a probablement eu quelques-unes au fil des années –, je ne vois pas qui aurait pu lui en vouloir.

Salter estima que le moment était venu de revenir sur une de ses réponses précédentes :

— Quand Erroll Czerny-Smith a-t-il tout découvert ?

— Je vous demande pardon ?

— Vous avez dit que Czerny-Smith n'avait pas su à l'époque que sa femme avait une liaison avec Lyall. Alors quand l'a-t-il appris ?

Elle contempla ses genoux tristement.

— Je n'en suis pas sûre.

— Un an plus tard ?

— Non. Récemment.

— Quand ?

— Juste avant que tout cela ne se produise.

— Combien de temps avant ?

Salter se disait qu'au final, il serait peut-être plus facile qu'elle profère des mensonges qu'il pourrait utiliser, mais la méthode qu'il choisissait, quoique plus lente, le conduirait au même résultat.

— La fin de semaine même. Il est venu me voir le samedi matin, très bouleversé : il voulait savoir si Barbara et Maurice avaient été amants à ce moment-là. Je peux vous affirmer que je me suis sentie très mal à l'aise. Même au cours de leurs querelles les plus violentes, Barbara ne l'aurait jamais blessé de la sorte en lui avouant tout, alors je lui ai demandé si c'était Maurice qui lui en avait parlé. J'aurais mieux fait de me taire ! En fait, Maurice ne lui avait rien dit. Erroll avait juste ruminé, additionné deux et deux après tout ce temps, et il avait soudain compris ce qui s'était passé et pourquoi Barbara avait voulu cesser de nous fréquenter.

— Deux et deux ? Comment ça ?

— Là, je crains de ne pas pouvoir vous aider. Barbara doit avoir dit quelque chose à propos de cette époque-là et Maurice doit avoir commis un lapsus : Erroll a additionné tout ça, et voilà. Ça ne vous est jamais arrivé de comprendre la signification d'un fait bien longtemps après ? En tout cas, il était très bouleversé. (Elle leva la tête pour le regarder bien en face.) Mais pas au point de commettre l'irréparable. Je suis certaine qu'il n'a rien fait d'affreux.

Salter fut trahi par le scepticisme qui se peignit sur son visage.

— Je lui ai posé la question, précisa-t-elle. Il m'a assuré qu'il n'y était pour rien.

— Quand le lui avez-vous demandé ?

— Le lendemain de la mort de Maurice.

— Et vous l'avez cru ?

— Il disait la vérité.

Sa foi aveugle en Czerny-Smith et son insistance à témoigner de son honnêteté imposaient le respect à Salter, même s'ils n'avaient en soi aucune valeur.

— Quand il est venu vous voir ce jour-là, avez-vous deviné ce qui était arrivé ? Pas à Lyall, je veux dire : aux Czerny-Smith.

— J'aurais dû, mais j'ai pensé qu'ils pouvaient absorber le choc. Ils ont rompu, non ? Il faut que j'appelle Barbara.

— Vous seriez gentille d'attendre quelques jours.

— Expliquez-moi encore pourquoi l'administration gagne toujours, demanda Salter.

Schreiber et lui buvaient un café, à la suggestion de Schreiber, au Lisboa, un café situé dans Dundas Street, où ils avaient échoué après avoir en vain cherché un endroit tranquille à l'École des études générales. Salter voulait poser une question sans éveiller l'intérêt de Schreiber. Ce dernier se rengorgea avant de se lancer dans son monologue familier puis de conclure :

— Rappelez-vous que le président du comité est la même personne qui approuve leurs demandes de congés sabbatiques. Personne ne veut se le ou la mettre à dos. Fondamentalement, un président de comité solide et intelligent qui est aussi le patron peut faire ce qu'il veut.

— Mais cette fois-ci, avec tous ces retournements, les choses auraient pu mal se passer.

— En effet.

— Est-il possible que Czerny-Smith ait tout simplement changé d'opinion sur les candidats ?

Une étincelle s'alluma dans les yeux de Schreiber.

— Nous allons devoir attendre pour voir ce qui se passe. En d'autres circonstances, j'aurais soupçonné que Czerny-Smith était sur le point d'être nommé directeur du département. Mais je sais maintenant qu'en dépit de l'insistance de ses collègues, il refuse de se présenter comme directeur. Dans ce cas, qu'avait-il à gagner ? Vous pensez qu'il a juste changé d'avis ? qu'il a voté pour celui qu'il estimait être le meilleur candidat ? Je ne crois pas que ce soit le cas. Tout le monde savait qu'il était hostile à Lyall, qu'il surnommait le pasteur de Bray. Non, non : je crois que nous devons chercher quel marché il avait conclu. Si Lyall était encore de ce monde, on aurait probablement entendu parler d'un nouveau poste de directeur des cours du soir, un boulot qui est à la discrétion de la directrice adjointe, qui ne nécessite pas de vraie recherche parce qu'il n'aurait pas été censé être un poste académique mais administratif. Aucun professeur en titre n'enseigne à temps plein le soir, vous voyez, mais seulement en fin de journée au plus tard, mais l'idée pourrait être lancée pour des raisons de rentabilité. Pas tout de suite, bien sûr, mais une année, c'est très court dans le monde où nous vivons.

◆

Pas une promesse, pas un marché, écrivit Salter dans son journal. *Jennifer Benson pensait la même chose que Schreiber, mais Czerny-Smith est trop pur pour ça. Une menace, peut-être. Il s'est passé quelque chose entre ces deux gars-là. Ça sent le chantage. Comment vais-je pouvoir le découvrir ? Lyall faisait*

chanter Czerny-Smith, qui s'y soumettait, et puis un
jour, la moutarde lui est montée au nez et il s'est mis
assez en colère pour tuer Lyall. Pourquoi ? Comme la
plupart des innocents, Czerny-Smith a un alibi peu
solide. Jusqu'où sont-ils remontés pour en arriver là ?
Ils sont entrés à Bathurst College la même année, ils
ont été copains pendant dix ans puis se sont disputés.
Pas à cause de Barbara, d'après l'ex-femme de Lyall,
parce que Czerny-Smith n'avait jamais été au courant
de la liaison. Oui, mais il venait de la découvrir.
Barbara lui aurait-elle révélé cette vieille histoire, ce
qui l'aurait mis hors de lui ? Ou bien est-ce Lyall qui
lui en aurait parlé en le menaçant de jeter ça sur la
place publique, de sorte que si Czerny-Smith ne votait
pas pour lui, cela passerait pour une vengeance mes-
quine de sa part ? Difficile à croire. Mais Lyall aurait-
il pu invoquer le vice de procédure – ou je ne sais quel
terme on utilise pour ça – en arguant l'existence d'un
conflit d'intérêts dû au fait qu'un membre du comité
était venu à apprendre qu'il avait baisé avec sa femme ?
Non. Laissons madame Czerny-Smith de côté. Trou-
vons un autre scénario. Peut-être que Czerny-Smith a
modifié son intention de vote non pas pour soutenir
Lyall, mais contre Benson. Après tout, le problème ne
pourrait-il pas venir d'elle ?

Je sais pourquoi la première femme de Lyall l'a
quitté, et je dirais qu'il était plutôt content qu'elle parte.
Son échelle de jugement des gens va de « merveilleux »
à… mettons… « a besoin d'aide », mais il n'en demeure
pas moins qu'elle porte des jugements, comme tout le
monde. Le résultat est le même – la seule différence
réside dans ce nuage de charité qu'elle vaporise dans
l'atmosphère. Elle m'a quand même révélé que Lyall
était un pourri et un obsédé sexuel, que je ne devrais
pas faire confiance à Schreiber et que Czerny-Smith
était une couille molle – mais tout ça, je le savais déjà.

CHAPITRE 20

Salter rendit une nouvelle visite à Joan Dooley afin de jeter un coup d'œil supplémentaire aux dossiers du personnel, à commencer par ceux de Maurice Lyall et de Jennifer Benson. Cette fois-ci, la directrice adjointe ne lui rappela même pas qu'il s'agissait d'informations confidentielles : au contraire, elle sembla soucieuse de lui apporter la plus grande aide possible.

— Y a-t-il dans ces dossiers des documents auxquels les membres du comité n'ont pas eu accès ?

— Dans ce cas, aucun. Normalement, nous enlevons des dossiers toute information jugée non pertinente et qui semble de nature très confidentielle.

— Par exemple ?

— Laissez-moi y réfléchir. Seigneur, je ne suis vraiment pas très douée pour trouver des exemples, mais vous voyez où je veux en venir ?

— OK, mais ces dossiers-ci sont complets, c'est ça ?

Il les glissa sous son bras.

— Désolée, mais vous ne pouvez pas les sortir de mon bureau, dit la directrice adjointe d'une voix lasse mais ferme. Ces dossiers sont sous ma responsabilité. Je ne permettrais pas même à un membre du conseil d'administration de partir avec un de ces dossiers personnels. Jamais de la vie.

Salter eut pitié d'elle.

— Je pourrais les lire dans votre bureau, suggéra-t-il.

— Oh, Seigneur, j'aimerais tellement qu'on me dise quoi faire ! Oh, et puis, très bien. Je vais prier Melissa de s'éclipser pendant une heure, comme ça vous serez tranquille. Attendez une minute.

Elle attrapa son téléphone et composa un numéro, puis exposa au directeur général le souhait de Salter. Quand elle raccrocha, elle afficha un air contrarié.

— Il m'a dit de vous laisser les consulter si moi, je pensais que c'était approprié. Alors allez-y. Melissa ! cria-t-elle en direction de la porte. Allez magasiner pendant une heure, d'accord ? Et donnez la clé de votre bureau à l'inspecteur.

Salter s'absorba dans la consultation des dossiers pendant trois quarts d'heure, en mettant de côté les deux candidats marginaux. Il s'efforça de voir si les dossiers de Lyall et de Jennifer Benson comportaient quoi que ce fût de problématique. Dans le dossier de Benson, il trouva la trace de trois importants contentieux qui l'avaient opposée à l'administration : des litiges salariaux, son droit aux congés et sa demande insistante pour avoir accès à son bureau le dimanche. Rien d'autre.

En relisant le dossier de Lyall, Salter remarqua que l'un des premiers rapports d'inspection était signé par Czerny-Smith, qui avait accordé à Lyall la mention « excellent ». Il se pencha ensuite sur les dossiers des membres du comité et découvrit immédiatement que le dossier de Czerny-Smith manquait à l'appel, ce qu'il fit remarquer à Joan Dooley.

— Pourquoi voulez-vous son dossier ? Il était dans le comité. Oh, Seigneur, je ne sais pas… Attendez le retour de Melissa.

Lorsque la secrétaire revint, elle cligna des yeux sous l'effet de la surprise.

— Je vous assure que je l'ai bien rangé à sa place.

— Je n'en doute pas une seconde, Melissa, mais qu'a-t-il pu se produire ?

— Quelqu'un a sans doute pris ce dossier.

Ce fut au tour de Joan Dooley d'avoir l'air affolée.

— Je suis certaine que personne ne toucherait à ces dossiers. (Elle se tourna vers Salter.) Melissa est très fière de son système de classement, mais je suis sûre que ce dossier est égaré quelque part.

— Quelqu'un l'a certainement pris, répéta Melissa. Et je ne suis pas « fière », comme vous dites, de mon système de classement. Je connais tout simplement le contenu du classeur et je sais quand j'en extrais un dossier.

Elle s'assit lourdement à son bureau et ralluma son ordinateur.

Salter comprit que Joan Dooley s'efforçait d'ignorer un incident potentiellement désagréable.

— Qui d'autre aurait pu consulter ces dossiers ? demanda-t-il. Qui aurait pu avoir besoin de le faire ?

— Seulement des membres de la haute administration, et avec mon approbation. Ils pourraient vouloir y avoir accès pour calculer des droits à pension, par exemple. Parfois, nous étudions ces dossiers pour rédiger un éloge quand nous honorons un professeur retraité. (Elle avait l'air abattue.) À une époque, la GRC a enquêté sur un professeur.

— Melissa et vous êtes souvent absentes simultanément de vos bureaux, que vous quitteriez sans les verrouiller ?

— C'est assez fréquent. J'aime travailler la porte ouverte.

— Et le classeur qui contient les dossiers personnels n'est pas fermé à clé, de sorte que n'importe qui peut être venu pour y jeter un coup d'œil.

— C'est sûrement le cas, insista Melissa.

— Melissa, vous n'en avez aucune preuve ! cria Joan Dooley.

— Je crois que quelqu'un a sorti ce dossier, a été interrompu et l'a emporté. Moi, je ne perds pas mes dossiers.

— Vous pensez à quelqu'un en particulier? demanda Salter prudemment.

Mais la seule chose qui intéressait Melissa, c'était de se disculper d'une accusation de négligence.

— Ça pourrait être n'importe qui, rétorqua-t-elle en se tournant vers son écran d'ordinateur.

Ils furent interrompus par un appel de Marinelli.

— Nous avons un témoin oculaire, annonça-t-il. Un gamin de Gibson Avenue a vu une femme dans le jardin de Lyall ce soir-là. Il est chez lui présentement, ajouta Marinelli en donnant le numéro de son adresse à Salter.

Mais avant qu'il ne parte, une autre révélation l'attendait.

— Inspecteur, lança Joan Dooley au moment où il s'apprêtait à franchir la porte du bureau de la directrice adjointe. Auriez-vous encore un moment à m'accorder?

Sa voix était empreinte de tristesse.

Lorsque Salter se retourna, il vit qu'elle pleurait : une larme coulait sur sa joue tandis qu'elle fouillait son sac à main à la recherche d'un mouchoir. Le policier ferma la porte de communication avec le secrétariat et attendit.

— Je ne sais pas comment vous le dire, mais on s'est bien fait avoir, vous et moi, lui confia-t-elle.

— De quelle manière?

— Pauvre Maurice, poursuivit-elle. Ce n'est pas juste! Il n'est jamais venu nous voir pour nous dire qu'un membre du conseil d'administration lui avait conseillé de mettre un terme à sa... liaison. C'est le directeur général lui-même qui l'a averti!

— Mais vous étiez de mèche avec ce dernier, riposta Salter.

— Non!!! Je n'étais même pas au courant! Le directeur général m'a raconté la même chose qu'à vous, c'est-à-dire que le conseil d'administration lui avait demandé de parler à Maurice. Et puis ce matin, il a changé son fusil d'épaule pour le cas où vous auriez découvert la vérité : c'est là qu'il m'a demandé de confirmer sa version si vous me posiez la question.

Mais maintenant que j'y pense, cette histoire pourrait bien être la raison pour laquelle…

Elle se tamponna les yeux avec son kleenex, considérant Salter d'un regard pitoyable.

— Si cela peut vous réconforter, madame Dooley, j'avais ma propre idée de la question dès le début, alors vos petits jeux ne m'ont pas vraiment dérangé. Mais vous, qu'allez-vous faire de tout ça?

— Moi? Je vais retourner à l'enseignement, que je n'aurais jamais dû quitter. Je ne suis vraiment pas faite pour ce genre de situation, ajouta-t-elle en dodelinant de la tête.

◆

La famille Trevor vivait à deux maisons de celle de Lyall. Adam Trevor était assis bien raide sur une chaise à dossier droit, sa mère à ses côtés. Il semblait très posé pour un enfant de dix ans qui s'adressait à un policier.

— Adam était malade le soir de… l'incident, expliqua la mère. Il était alité dans sa chambre. Et depuis, il était à Québec pour un échange.

— En fait, intervint le garçon, j'étais à côté de Québec, mais j'ai quand même visité la ville.

— Ce matin, au petit-déjeuner, reprit madame Trevor, nous parlions tous de ce qui était arrivé à monsieur Lyall et de votre récente visite dans le quartier, et Adam nous a dit… Allez, raconte-lui, Adam.

— Quand j'ai regardé les feux d'artifice, j'ai vu une madame qui traversait la cour arrière. Elle avait un imperméable blanc, des souliers à talons hauts, un foulard sur la tête et des lunettes de soleil.

— Tu lis des histoires de détectives, mon garçon?

— Je les regarde à la télévision.

— Et il en écrit, ajouta la mère, mi-songeuse, mi-fière.

— Juste des petites, précisa Adam. Je vous les montrerai. J'en ai écrit des centaines!

— Plus tard, peut-être. Pourrais-je voir sa chambre ? demanda-t-il à madame Trevor.

Le gamin bondit hors de sa chaise.

— Je vais lui montrer, maman !

Salter suivit le petit garçon au premier étage, jusqu'à une chambrette qui donnait sur l'arrière de la maison. Le lit était juste au-dessous de la fenêtre.

— Étais-tu dans ton lit quand tu as vu cette dame ?

— Ben oui, j'avais presque quarante de fièvre, répondit le garçon.

— Étais-tu allongé ?

— Pas vraiment.

En guise d'explication, le garçonnet grimpa sur son lit et lui montra la position dans laquelle il se trouvait, les jambes allongées mais le haut du corps relevé par deux oreillers lui permettant de voir par la fenêtre.

— Je peux prendre ta place ? demanda Salter.

Il monta précautionneusement sur le petit lit et adopta la même position que le jeune Adam, ses deux jambes dépassant du pied du lit.

— D'ici, tu ne peux pas voir tout le jardin, lui fit-il remarquer. Dans quelle direction marchait-elle ?

L'arbre qui se trouvait dans la ruelle était hors de son champ de vision.

— Je l'ai bien vue. Elle est sortie de l'arrière de la maison et est allée vers le portail, et après, elle a comme couru dans la ruelle. Je ne l'ai pas lâchée des yeux.

— As-tu remarqué autre chose ? Tu as une idée de son âge, par exemple ?

— Elle était assez vieille, comme maman. D'ailleurs, au début, j'ai cru que c'était maman.

Bref, elle avait entre trente et cinquante ans, compléta mentalement Salter.

— Et c'est tout ce que tu as vu ? insista-t-il.

— Oui, mais je l'ai bien vue, vous savez.

— Je te crois, mon garçon, et ton témoignage est très utile. Mais tu n'as rien vu d'autre après ça ? Pendant combien de temps as-tu regardé les feux d'artifice ?

— Pas très longtemps. Je me suis endormi. J'avais de la fièvre, vous savez. Presque quarante.

— Tu es un bon témoin, le félicita Salter.

Adam parut heureux du compliment. Ils redescendirent et Salter remercia madame Trevor d'avoir appelé la police aussi rapidement.

— J'ai été formée à bonne école, répondit-elle en désignant Adam.

— Comment vous appelez-vous ? demanda le petit garçon à Salter. C'est juste au cas où je me souviendrais d'autre chose.

Salter lui donna une carte de visite.

— Inspecteur d'état-major, c'est comme inspecteur en chef ?

— En quelque sorte.

— Est-ce que je pourrai vous regarder travailler, un jour ?

— Tu sais, la plupart du temps, je reste assis dans un bureau : ce n'est pas très spectaculaire. Mais appelle-moi dans quelques semaines et je te ferai visiter le musée de la police.

— Je préférerais voir l'ordinateur du fichier central.

— Eh bien, je te montrerai l'ordinateur, si tu veux.

En quittant les Trevor, Salter se dirigea vers la maison de Lyall. Il alla directement dans le cabinet de travail, où il ouvrit le tiroir du bureau dans lequel Lyall conservait ses dossiers personnels. Il ne trouva rien. Il se dit alors que ce qu'il cherchait était très confidentiel, voire secret : ce n'était pas le genre de document qu'on laisserait à un endroit où une femme de ménage ou une maîtresse pourraient le trouver. Tout en s'efforçant de ne pas chercher midi à quatorze heures, Salter fouilla alors dans les endroits évidents, puis se concentra sur les tiroirs où Lyall rangeait ses notes de cours. Il se rappelait qu'une fois, il avait acheté des boucles d'oreilles à sa femme pour Noël, mais il s'y était pris tellement à l'avance et les avait si bien cachées qu'il n'avait pas pu remettre la main dessus quand était venu le moment de les lui offrir. De temps à autre, tandis qu'il rêvassait, il croyait brusquement se rappeler sa cachette : il montait l'escalier quatre à quatre et dépliait l'épaisse paire de bas qu'il portait pour pêcher en automne ou vidait l'étui de ses jumelles, mais les boucles d'oreilles demeuraient introuvables. Maintenant, en se demandant quel serait le meilleur endroit pour cacher un dossier dont la seule possession pouvait entraîner sa perte, Salter passa en revue toutes les cachettes possibles et imagina toutes les urgences – incendie ou cambriolage – qui pourraient mettre le document au jour. Au final, s'en tenant à un principe élémentaire, il décida que le meilleur endroit serait parmi tous les documents universitaires, parmi une foule d'autres dossiers.

Il avait quatre tiroirs à inspecter, mais les dossiers personnels de l'administration étaient orange tandis que ceux de Lyall étaient beiges ; en outre, les premiers étaient simples alors que les seconds étaient des dossiers suspendus. Ainsi, en ôtant de chaque tiroir une pile de dossiers de notes de cours, Salter put libérer assez de place pour faire coulisser rapidement le reste du contenu afin de chercher l'intrus. Il dénicha le dossier personnel de Czerny-Smith dans le deuxième tiroir où Lyall, désireux sans doute de ne pas devoir compter exclusivement sur sa mémoire, l'avait classé dans l'ordre alphabétique, entre « Confédération » et « Élections ». Il l'éplucha rapidement en espérant y trouver des révélations extraordinaires. N'en trouvant aucune, il glissa le dossier dans une grande enveloppe qu'il prit sur le bureau de Lyall et se promit de le lire à tête reposée pendant sa veille à l'hôpital. Il consulta sa montre : il était trop tard pour aller à Honey Harbour, aussi décida-t-il de s'y rendre à la première heure le lendemain matin.

CHAPITRE 21

Honey Harbour est situé dans la région de chalets du vieil Ontario. Dans cette partie de la baie Georgienne, les chalets sont plutôt bien tenus et dispendieux, à des lieues des cabanes de pêche situées à une soixantaine de kilomètres au nord que Salter utilisait à l'occasion. Il trouva sans difficulté la station-service de l'autoroute 69. Pendant qu'on lui faisait le plein, il réfléchit à son scénario. Un homme qui semblait être le propriétaire de la station se tenait sur le pas de la porte de l'aire de service. Salter alla stationner son auto devant le café-restaurant puis s'approcha de lui.

— J'essaie de retrouver une de mes amies, prétendit-il. Elle séjourne dans un chalet appartenant à une certaine famille Pride. Elle a laissé ici un pneu à réparer après la longue fin de semaine de la fête de la Reine.

— C'est toujours ici.

— Le pneu ?

— Toute la roue. Au fond de l'atelier, précisa-t-il en pointant le menton par-dessus son épaule. Daryl ! aboya-t-il. La bonne femme est-elle venue chercher sa roue ? Tu sais, le pneu crevé ?

— Il est ici, au fond ! hurla Daryl en retour.

— C'est ça, au fond, répéta le propriétaire à l'intention de Salter.

— Il est réparé ?

— J'peux pas réparer un truc comme ça. Faut remplacer le pneu.

— Il est si endommagé que ça ?

— Une grosse entaille. Maudits gamins indiens !

— Je peux jeter un coup d'œil ?

— Vous voulez voir le pneu neuf ? J'ai mis le vieux aux poubelles. Elle me doit cent vingt dollars, votre amie. Daryl ! Amène-moi la roue, OK ? Vous voulez l'emporter ? Vous allez la payer ? Elle m'a appelé pour me prévenir qu'elle ne reviendrait dans le coin que quand les mouches noires seraient parties. Je m'apprêtais à aller le lui déposer quand j'irais en ville. Vous voulez le prendre, alors ? C'est cent vingt dollars plus la taxe.

Daryl apparut ; il poussait la roue.

Salter sortit sa carte de crédit.

— OK.

Il se pencha pour examiner la roue, passa le doigt sur le bord de la jante. Il se releva et signa le reçu tandis que Daryl allait mettre la roue dans le coffre de son auto.

— Combien de temps s'apprêtait-elle à rouler sans roue de secours ? demanda-t-il d'un ton désapprobateur. Elle vous l'a laissé dans la matinée, c'est bien ça ? Après la fin de semaine ?

— Ouaip. Les Pride étaient partis la veille au soir, mais elle était restée seule jusqu'au lendemain matin. Ces maudits jeunes Indiens ont sans doute pensé que le chalet était vide et qu'ils pourraient le cambrioler. Quand ils ont constaté qu'elle était encore là, ça les a fait chier et ils se sont vengés en crevant son pneu.

— J'imagine qu'elle a pensé qu'elle pouvait se débrouiller. Son auto est presque neuve.

— La Volvo ? Pas si neuve que ça, mais ça tient le coup longtemps, ces autos-là ! Daryl ! À la pompe !

De retour à Toronto, Salter appela Marinelli pour le tenir informé de ses dernières découvertes.

— Si tu veux l'arrêter, emmène un gars avec toi, c'est le règlement.

— Je t'appellerai si j'ai besoin de renforts. D'abord, j'ai envie de fouiner encore un peu.

Il se rendit à Bathurst College, où il constata que les professeurs stationnaient tous leur auto sur l'un des deux stationnements. Les barrières, qui étaient actionnées par des cartes magnétiques, n'étaient pas surveillées. Dans le premier stationnement se trouvaient trois Volvo, qu'il examina minutieusement. Le deuxième stationnement n'en comptait qu'une. Il releva les numéros des plaques et alla demander le nom des propriétaires des véhicules. Une fois qu'il les eut obtenus, il commença à avoir une idée de l'enchaînement des événements.

Il alla ensuite se stationner dans Pears Avenue, derrière la voiture de Judy Kurelek, dont il inspecta soigneusement les pneus. Puis il alla frapper à la porte.

— Je suis venu vous rapporter votre roue, annonça-t-il. Puis-je la placer dans votre coffre ?

Elle ouvrit la bouche pour parler, puis se ravisa et se recula. Salter la suivit dans la maison et referma la porte derrière lui.

— Votre mari est à la maison ?

Elle secoua négativement la tête et s'effondra sur le sofa de nain. Salter s'installa dans le fauteuil qui y faisait face et entreprit de sortir ostensiblement son bloc-notes et de se carrer confortablement.

— Comment avez-vous su où trouver ma roue ? s'enquit-elle d'une voix presque inaudible.

— C'est vous qui m'avez dit où elle était, rappelez-vous. Vous m'aviez parlé de la station-service située juste avant la route de Honey Harbour où vous l'aviez laissée ce fameux mardi matin.

Elle reprit le dessus, espérant qu'elle n'avait pas de quoi s'inquiéter.

— Vous passiez dans le coin par hasard ?

— Oh, non ! J'étais allé là-bas juste pour ça. Pour voir la roue.

— Et… ?

— Et j'ai découvert que vous aviez menti.

— Mais de quoi parlez-vous ? Vous n'avez pas demandé au garagiste ? J'ai déposé ma roue à sept heures du matin.

— Je le sais. Quand vous êtes-vous rendu compte que votre pneu était à plat ?

Elle fit semblant de réfléchir.

— Voyons… Dès que j'ai quitté le chalet. Mon auto était chargée à bloc, et dès que je me suis assise au volant, j'ai compris que quelque chose clochait.

— Mais vous avez quand même démarré et roulé environ huit kilomètres jusqu'à la station-service ?

— J'ai changé ma roue avant de partir, évidemment.

Salter lui avait soutiré le mensonge élémentaire qu'il attendait.

— Rien n'indique qu'une roue a été changée sur votre voiture. C'est le pneu d'une roue de rechange qui a été crevé : il y a encore la poussière d'origine dessus. Je crois que c'est vous qui avez lacéré votre pneu quand vous êtes revenue à Honey Harbour en pleine nuit pour vous donner un alibi. Apparemment, vous manquez d'expérience en matière d'alibis : les meilleurs sont ceux qu'on ne peut pas vérifier.

— C'est grotesque !

— Vraiment ? À côté de chez Maurice Lyall vit un garçon de dix ans. Ce soir-là, il a regardé les feux d'artifice depuis la fenêtre de sa chambre. C'est un enfant très observateur, et il a vu une femme quitter la maison de Lyall et traverser le jardin en direction de la ruelle. Comme je vous l'ai dit, c'est un excellent témoin et il pourrait effectuer une très bonne identification. C'est ce qu'il a fait, d'ailleurs.

Salter retint son souffle. Toute sa tirade était vraie, en théorie, mais le résultat de son stratagème dépendait de son intuition sur ce qui avait conduit Judy Kurelek à se bâtir un faux alibi après coup.

— Je ne vois toujours pas de quoi vous voulez parler, s'entêta-t-elle.

— À qui avez-vous emprunté une auto ?

Elle se mura dans le silence.

— La roue que j'ai rapportée de Honey Harbour appartient à une Volvo et vous, vous avez une Volkswagen. Je savais que vous mentiez avant même de venir vous voir parce que votre auto est dépourvue de roue de rechange, elle n'a qu'une petite roue de secours tout juste bonne à vous permettre de rallier le garage le plus proche. Alors je vous le redemande : à qui appartient l'auto que vous avez empruntée, et pourquoi l'avez-vous empruntée ? Allons, allons.

Il lui parlait comme si elle était une enfant qu'il aurait prise en flagrant délit de mensonge.

Elle ne dit toujours rien.

— Quel est le numéro de téléphone de Shirley Marconi ? demanda Salter en se levant.

— Elle n'a rien à voir là-dedans.

— Dans quoi ? Quel est son numéro ? Elle doit savoir pourquoi vous êtes retournée à Honey Harbour à trois heures du matin et pour quelle raison vous avez monté l'alibi du pneu. C'est sa voiture que vous avez utilisée. Que lui avez-vous raconté ?

— Elle essayait seulement de m'aider.

— Allez, dites-moi tout, maintenant.

Les yeux de Judy Kurelek suivirent un insecte invisible qui voletait dans la pièce, passant sur Salter sans le voir.

— Je n'ai pas tué Maurice, lâcha-t-elle enfin. Et Lou non plus.

— Alors, qu'avez-vous donc fait cette nuit-là ? Quant à votre mari, je sais où il était.

Elle chercha des réponses dans les plis de sa jupe tandis qu'elle lissait celle-ci sur ses genoux serrés.

— J'avais décidé de passer la soirée de lundi seule au chalet. Mes hôtes étaient déjà partis mais je ne voulais pas me retrouver prise dans la circulation sur l'autoroute 69, qui est toujours congestionnée après les longues fins de semaine comme celle-ci.

— Et puis vous avez changé d'idée.

Elle hocha la tête lentement, comme sous la contrainte.

— J'avais peur de ce qu'il pourrait faire.

— Lyall ?

— Non, Lou, mon mari. Je ne savais pas qu'il était parti pour la fin de semaine. Il m'avait remis une autre note avant mon départ, et j'en étais venue à me demander ce qui se produirait s'il avait été sérieux cette fois-là et que je sois partie pour la fin de semaine sans m'en préoccuper.

— Il avait encore menacé de se suicider ?

— Oui.

Elle sembla estimer qu'elle en avait terminé. Salter l'aiguillonna davantage :

— À quelle heure êtes-vous arrivée en ville ?

— À vingt-deux heures trente environ, le lundi soir. J'ai trouvé une autre note sur le comptoir de la cuisine, mais aucune trace de Lou.

— L'avez-vous gardée ?

Elle fit non de la tête.

— Que disait ce message ?

— « Tu as détruit ma vie et maintenant, je vais détruire la sienne. » Je suis partie là-bas immédiatement.

— Combien de notes vous écrivait-il ?

— Au moins une par jour. Il m'en envoyait même par la poste, adressées à la maison – sa propre maison. J'en ai trouvé une dans mon sac à main, et même dans le pot à café.

— Toutes avec le même message ?

— Au début, il se plaignait de la façon dont je le tuais, puis il a commencé à parler de vengeance. Alors quand j'ai vu celle de ce lundi soir…

Elle s'interrompit.

— Vous avez pensé qu'il était allé tuer Lyall ? compléta Salter.

Elle opina du chef.

Salter attendit.

— Que devrais-je vous dire d'autre ? demanda-t-elle alors, d'une voix qui commençait à se briser.

— Dites-moi comment vous l'avez trouvé.

— Il était sur le plancher, à côté du lit. (Elle émit une sorte de hoquet convulsif.) Il était tout emmêlé dans les draps. Son visage était intact, mais... il avait reçu une balle dans le corps, en plein milieu. Il y avait une odeur épouvantable dans la pièce.

— C'est toujours le cas dans ce genre de circonstances. L'avez-vous touché ?

— Non, non. (Elle semblait revivre la scène.) Il avait les yeux ouverts.

— Où était l'arme ?

— Par terre, au milieu de la chambre.

— L'y avez-vous laissée ?

— Non, murmura-t-elle. Je l'ai essuyée avec une serviette en papier que j'avais prise dans la salle de bains et que j'ai jetée dans les toilettes, et je l'ai remise près de lui. Je l'ai jetée, en fait, parce que je ne voulais pas me tacher avec du sang.

— Pourquoi avez-vous fait cela ?

Salter haussait le ton afin de l'inciter à continuer de parler.

— Je me disais que ça pourrait laisser penser qu'il s'était tué lui-même.

— Avez-vous quitté les lieux à ce moment-là ?

— Non. Je me suis rendu compte qu'il n'y avait aucune empreinte sur l'arme, pas même celles de Maurice, et j'ai songé à presser ses doigts sur la crosse, mais j'étais incapable de le toucher.

— De toute façon, vous n'auriez pas pu les imprimer comme il aurait fallu. Et ensuite ?

— Eh bien, je me suis dit que je pouvais toujours faire passer ça pour un cambriolage. Je suis donc allée dans les autres pièces pour vider tous les tiroirs. Je lui ai enlevé sa montre et je l'ai emportée, ainsi que l'argent et le plateau en argent. Je les ai mis dans son porte-documents et je suis allée cacher tout ça sous un arbre, dans la ruelle. J'ai caché le porte-document avec des feuilles, et j'imagine qu'il est toujours là.

— Vous êtes au courant qu'on a accusé un homme de cet homicide, n'est-ce pas ? Un Amérindien ?

— J'en ai fait des cauchemars. Mais vous l'avez finalement relâché, non ?

— Je crois que lui aussi, il a passé quelques mauvaises nuits. Vous rappelez-vous comment vous avez quitté la maison de Lyall ? Êtes-vous allée directement vers l'arbre ?

— Je crois que oui.

— Ce n'est pas le genre de chose qu'on oublie, madame Kurelek. Vous n'auriez pas une grande feuille sur laquelle on peut dessiner ?

Elle se leva et partit d'une démarche hésitante en direction de la cuisine, d'où elle revint avec un papier de la grandeur d'un napperon et un stylo qu'elle lui tendit avant de s'écrouler sur le sofa.

Salter fit un plan sommaire de l'arrière de la maison de Lyall, du jardin et de l'arbre.

— Maintenant, tracez en pointillé le trajet que vous avez parcouru en sortant de la maison.

Elle réfléchit un moment tout en attrapant le stylo puis fit une ligne de points entre la maison et l'arbre. Salter empocha le croquis.

— Et ensuite ?

— Ensuite, j'ai traversé le parc.

— Et… ?

— J'ai attendu jusqu'à une heure du matin, environ. À ce moment-là, j'ai commencé à passer des coups de téléphone pour essayer de trouver Lou. J'ai appelé la police, quelques hôpitaux, puis les deux ou trois personnes chez qui il était susceptible d'être. Quand j'ai appelé ses amis de Peterborough, ils m'ont dit qu'il était avec eux, et qu'il y était resté toute la fin de semaine.

— Dans ce cas, vous aviez un problème, n'est-ce pas ? Qu'avez-vous pensé à ce moment-là ?

— C'est là que j'ai pensé que ça devait vraiment
être un cambrioleur qui avait été surpris.

— Aucun autre coupable possible ne vous est venu
à l'esprit ?

— Non. Aucun autre, vraiment.

— Et ensuite ?

— Ensuite, j'ai appelé Shirley.

— Avez-vous pensé qu'elle avait pu faire le coup ?

Salter lut sur le visage de Judy Kurelek que celle-ci
y avait effectivement songé.

— Bien sûr que non. J'avais juste besoin de parler
à quelqu'un. Elle est venue me voir tout de suite et
nous avons longuement parlé, puis nous avons pensé à
cet alibi. Elle savait que je n'avais pas tué Maurice,
mais elle affirmait que personne ne me croirait, alors
je suis retournée à Honey Harbour avec la roue de rechange.

— La sienne.

— Oui. Jusque-là, j'ignorais que je n'en avais pas :
c'est elle qui me l'a appris. Alors j'ai emprunté son auto.

C'est le concours de Shirley Marconi qui rendait
l'alibi crédible, justement : une fois que son amie avait
accepté l'idée qu'elle n'avait pas tué Lyall, les deux
femmes avaient mobilisé tous leurs instincts à la Jessica
Fletcher, la célèbre écrivaine détective de la série *Elle
écrit au meurtre*, pour concocter le stupide alibi.

Salter se leva.

— Vous avez commis un crime, bien sûr, et vous
serez accusée en conséquence. Mais pour commencer,
nous allons nous rendre au quartier général afin d'y
prendre votre déclaration.

— Je n'ai pas tué Maurice, se récria-t-elle.

— Votre histoire est convaincante, mais vous avez
eu tout le temps voulu pour la peaufiner. Même si elle
est vraie, vous êtes de toute façon en quelque sorte
complice du crime, de même que votre copine.

Pendant le trajet, elle demanda au policier :

— Comment avez-vous eu l'idée de regarder mon
pneu ?

— Vous n'avez pas eu de chance, c'est tout. J'ai vu votre auto stationnée dans la rue et j'ai constaté qu'aucune des roues ne semblait avoir été changée récemment. Ensuite, je me suis rendu compte que vous n'aviez pas de roue de rechange, juste une de ces ridicules petites roues de secours. Il devait donc s'agir d'une autre voiture. En fait, j'ai d'abord cru à votre histoire. Mais en y repensant, j'ai compris que c'était stupide de laisser une roue de rechange à Honey Harbour jusqu'à ce que les mouches noires aient quitté les lieux. Deux semaines? Un mois? Ce que je veux dire, c'est que si ça ne vous dérangeait pas de conduire jusqu'à Toronto sans roue de secours, il aurait été logique de rapporter la roue endommagée avec vous et de la faire réparer ici. C'était vraiment stupide, ou à tout le moins maladroit. Après quoi, je me suis rappelé que la femme de ménage et vous étiez les seules à connaître l'existence de l'argent dans le tiroir. Au fait, nous avons retrouvé l'argent.

— Sous l'arbre?

— Plus ou moins.

CHAPITRE 22

— Elle dit la vérité, affirma plus tard Salter à Marinelli.
Elle ne porterait de souliers à talons hauts ni dans un
chalet de campagne ni pour conduire, et pourquoi se
serait-elle changée avant de traverser le parc pour se
rendre chez Lyall ? Tout ce qu'elle essayait de faire,
c'était d'arriver chez lui avant qu'on ne le tue. Quelle
que soit la femme que le jeune Adam a vue, elle ne
s'est pas dirigée vers l'arbre et de toute façon, elle était
probablement là une bonne heure plus tôt. À mon avis,
il s'agissait plutôt d'une voisine qui prenait un rac-
courci pour rentrer chez elle – de fait, on ne voit pas la
porte arrière de Lyall depuis le lit du gamin –, mais ce
témoignage m'a mis sur la piste de Judy Kurelek. J'irai
recueillir la déclaration de l'autre femme qui aurait un
mobile, Jennifer Benson, celle qui a perdu au vote, mais
je le répète, je crois vraiment qu'il s'agit d'une voisine,
et je vais te dire pourquoi : le petit garçon a déclaré que
de dos, l'inconnue ressemblait à sa mère. Or, ce n'est pas
le cas de Jennifer Benson, qui a un très gros postérieur.

— Cette Kurelek, là, elle n'a pas froid aux yeux,
quand on pense qu'elle a eu la présence d'esprit d'es-
suyer l'arme, de mettre la maison sens dessus dessous
et de cacher des objets de valeur.

— C'est vrai, elle aurait pu le faire, mais tu vas devoir
trouver des vêtements lui appartenant pleins de poudre.

Son histoire est troublante, je te l'accorde, mais n'oublie pas qu'elle est mariée à un maudit malade qui laisse traîner des menaces de mort dans la théière. Je comprends très bien pourquoi elle a pu croire qu'il avait fini par péter une coche, ce qui l'a fait paniquer. Tu avais peut-être raison quand tu parlais d'un cambrioleur, après tout.

Mais ce soir-là, Salter potassa le dossier de Czerny-Smith pendant une heure, jusqu'à ce qu'il se sente capable d'écrire sa biographie. La plupart des renseignements qui se trouvaient dans le dossier étaient d'ordre financier et concernaient principalement les sommes accumulées par Czerny-Smith dans son fonds de pension. Y étaient également conservées deux demandes de congé sabbatique, l'une consacrée à « une tournée des collèges techniques d'Angleterre » et l'autre, à la compilation d'une collection d'essais visant à l'élaboration d'un manuel d'enseignement pour Bathurst College. Les deux congés lui avaient été accordés, et dans les deux cas, Czerny-Smith avait fourni un rapport des travaux réalisés. Le manuel avait été rédigé et Czerny-Smith avait ajouté une petite introduction, mais il n'avait trouvé aucun éditeur, car le professeur avait été incapable de convaincre les autres collèges de l'adopter. *Y aurait-il quelque chose à fouiller par là ?* se demanda Salter. Ce projet semblait être la manière idéale de prendre une année pour effectuer le travail d'une semaine, mais le fait que Czerny-Smith n'avait jamais été publié était-il un mauvais point pour lui ? Et pourquoi avait-il dû se rendre à Aix-en-Provence pour le mener à bien ?

Le dossier contenait par ailleurs quelques rapports sur son enseignement rédigés par des collègues – tous étaient élogieux. Salter soupçonna qu'ils avaient recouru à un code. Seul un pair saurait interpréter des phrases telles que : « Bien que les étudiants aient semblé mal préparés, monsieur Czerny-Smith a réussi à semer une graine qui, je n'en doute pas, finira par germer » ou « Monsieur Czerny-Smith a fait montre de la flexibilité d'un enseignant expérimenté en passant du mode "cours magistral" qu'il avait préparé à un style "travaux dirigés", et les quelques étudiants qui se sont présentés à son cours ont ainsi pu bénéficier d'un enseignement très individualisé. » La moyenne des rapports avait cependant été assez favorable pour lui garantir la permanence.

— J'ai l'impression de passer à côté de quelque chose, confia-t-il peu après à Annie.

— Peut-être qu'il manque un élément à son dossier.

Salter se rappela que Joan Dooley lui avait appris que les renseignements justifiant un haut degré de discrétion faisaient l'objet d'une protection particulière. Par déformation professionnelle – et par acquit de conscience –, il téléphona sans grand entrain à son bureau pour demander qu'on vérifie la possibilité que l'éventuel secret de Czerny-Smith fût de nature criminelle.

— Si ça remonte à trop longtemps, le dossier est effacé, lui rappela l'agent des archives.

Sauf dans le monde universitaire, rétorqua mentalement Salter.

— Jetez un coup d'œil quand même, ordonna Salter qui raccrocha et se tourna vers Annie : Tu ne connaîtrais pas, par hasard, un professeur discret ?

Elle éclata de rire.

— Il n'y en aurait pas un dans cette bande de profs que tu as rencontrés à Douglas College il y a quelques années ? Au fait, c'est pourquoi faire ?

— J'ai besoin d'un décodeur. Je manque un truc que j'ai juste là, sous le nez. Ça y est, je sais ! Ce braillard à l'accent cockney. Comment s'appelait-il, déjà ? Usher ! Il pourrait faire l'affaire. Il saura se taire.

— Tu penses qu'il acceptera de t'aider ?

— Non, il ne voudra pas, et c'est précisément la raison pour laquelle c'est la personne la plus indiquée.

Un Seth affamé apparut soudain dans l'encadrement de la porte.

— Comment va grand-papa ? s'enquit-il.

— J'allais justement à l'hôpital pour relever May, répondit Salter. Elle n'a pas appelé, alors il ne doit pas aller plus mal.

Annie servit un bol de chaudrée de palourdes à son fils puis disparut au sous-sol pour aller s'occuper du linge.

— Tu veux que je vienne avec toi ? demanda Seth à son père. Tu peux m'emmener avec toi et ramener May, et je rentrerai à la maison plus tard en métro.

— Ça ne te dérange pas ?

Le jeune homme secoua la tête.

— Je lui lirai quelques articles du *Globe and Mail*.

S'ensuivit une très longue pause : il était clair qu'ils étaient sur le point d'aborder un sujet majeur. Salter contemplait le bol de Seth tandis que ce dernier scrutait son père par-dessus sa cuiller.

— Tu t'entends bien avec lui, commenta finalement Salter.

— Bien sûr. Ça remonte à l'époque où j'ai enregistré ses mémoires, quand j'étais en dixième année.

— Mais tu as continué à le voir.

— Je passe lui rendre visite quand je suis dans son quartier. Il aime bien me voir, je crois. Il me donne toujours un dollar pour que je m'achète des bonbons.

— J'aimerais avoir des rapports aussi simples avec lui, soupira Salter.

Seth avala sa dernière cuillerée de chaudrée et essuya son bol avec un morceau de pain.

— C'est plus facile pour moi : je ne suis pas son fils. Je veux dire, c'est facile pour moi de bien l'aimer.

Salter accusa le coup.

— Je l'aime bien, Seth, tu sais. Je l'aime bien, mais il ne le sait pas.

— Tu permets que je sois franc avec toi, papa? Je ne crois pas que tu l'aimes bien. Tu l'aimes tout court, c'est évident, mais tu ne l'apprécies pas autant que tu penses que tu devrais, alors tu te sens coupable. Mais tu ne devrais pas: tu fais ce qu'il faut, crois-moi. Maman et toi, vous faites ce qu'il faut.

— Maman, oui, c'est sûr.

— À quel moment grand-papa et toi vous êtes-vous éloignés l'un de l'autre? Quand tu avais mon âge?

— Avant ça. (Salter alla poser sa tasse dans l'évier et revint s'asseoir en face de son fils.) On n'a plus vraiment été proches depuis mes seize ans. Je me suis éloigné et je ne me suis jamais rapproché. Ç'aurait pu être différent si ma mère n'était pas décédée.

— Il a de la chance d'avoir May.

— C'est vrai. Mais tu vois, je n'en ai pas assez fait pour lui.

— Tu ne peux pas y faire grand-chose maintenant. Quoi qu'il en soit, je pense que tu te trompes. Je me rappelle de lui quand j'étais petit, avant qu'on devienne copains, lui et moi. Quand il venait à la maison, il était désagréable avec tout le monde, y compris maman. Tu n'as vraiment pas à te sentir coupable. C'est comme ça, c'est tout.

Le mot « coupable » lui disait quelque chose – il l'avait déjà entendu quelque part, lors d'une discussion antérieure. Ça lui reviendrait plus tard.

— Pourquoi as-tu dit « mon âge » ?

— Quand?

— À l'instant. Tu m'as demandé si grand-papa et moi nous étions éloignés quand j'avais ton âge.

— C'est juste parce que c'est l'âge que j'ai. Ça ne nous est pas encore arrivé, non? Je me demandais seulement à quoi je pouvais m'attendre. (Il se leva et termina son verre de lait.) C'était stupide de ma part de dire ça, désolé. Ne commence pas à t'inquiéter pour nous deux, maintenant, papa. Ce qui s'est passé entre grand-papa et toi, c'est juste un manque de chance, le destin ou que sais-je encore. Pour nous, c'est différent : nous, on a de la chance, conclut-il joyeusement. Allez, je vais chercher mon manteau et on s'en va.

◆

Plus tard, lorsqu'il fut au lit, Salter se rappela où il avait déjà entendu l'adjectif « coupable ».

— Tu as parlé de moi avec Seth, dit-il à Annie.

Celle-ci ne répondit pas immédiatement.

— Nous nous inquiétions. Moi, en tout cas.

— N'est-il pas un peu jeune pour me psychanalyser ?

— Il est assez grand pour capter ce qui est évident.

— Avec ton aide, oui.

— Moi aussi, j'ai besoin de quelqu'un à qui parler.

— Il m'a dit... Il m'a dit qu'il n'avait pas les problèmes que j'ai avec mon père.

Annie roula pour s'approcher de lui et lui posa la main sur le ventre.

— Nous en avons parlé, lui et moi. Je pensais que l'une des choses qui pouvaient te tracasser, c'était l'idée que ces rapports père/fils soient une fatalité et la crainte que ça t'arrive, aux garçons et à toi. Je ne crois pas que ce soit inévitable, surtout si vos rapports sont toujours bons. Après que j'ai expliqué ça à Seth, il en a convenu. Mais tu devrais peut-être parler de tout ceci avec quelqu'un d'autre, parce que je risque de ne pas être objective. Je suis trop concernée.

— Tu n'aimes pas mon père, en fait.

— Ne dis pas ça. Dis plutôt que je l'ai mésestimé par égard pour toi. J'en ai parlé avec Seth, de ça aussi, pour voir ce qu'il en pensait.

— Seigneur ! On dirait que vous avez abordé pas mal de sujets, vous deux. Mon fils est psychothérapeute... J'imagine que je devrais m'estimer chanceux !

— Nous le sommes tous.

Il se sentait vidé comme s'il venait d'escalader à grand-peine une falaise escarpée. Il s'étira pour se préparer physiquement à la langueur qui commençait à l'envahir. Il sentit son pénis se dresser et frôler le bout des doigts d'Annie. Dans l'expectative, celle-ci ne bougea pas sa main – hélas, son membre se ratatina presque aussitôt.

— C'est juste un réflexe, se justifia-t-il. C'est à cause du stress.

Il la poussa doucement sur le côté et se colla contre son dos, en cuiller.

— Tu te rappelles l'époque où on pouvait dormir dans cette position ?

Elle émit un faible grognement affirmatif.

— Tu vas bien ? demanda-t-elle.

— Ça va aller. Tu as raison sur toute la ligne, évidemment. Pendant un moment, je me suis quand même demandé si j'allais devoir faire une danse du soleil avec Seth pour renforcer nos liens, mais je ne m'inquiète plus, maintenant.

◆

Dès que le professeur Usher ouvrit la porte à Salter, il sourit.

— Regardez un peu qui est là ! rugit-il. Salter, l'homme de Scotland Yard !

Cette réplique illustrait à elle seule la raison pour laquelle il avait demandé à Usher s'il pouvait venir le voir chez lui. Le professeur de Douglas College était un pitre vociférant qui trouvait le monde entier amusant et y réagissait de façon tumultueuse, mais comme Salter avait eu l'occasion de s'en rendre compte par le passé, il manifestait toujours de l'empathie à l'égard du malheur humain, il était fiable, peu intéressé par la recherche des défauts des autres, et il était intelligent. Quelques années auparavant, lors de l'enquête sur la mort de l'un de ses collègues, il avait clairement été ébranlé par les dissensions et médisances que Salter avait mises au jour parmi les autres professeurs. Le policier avait gardé d'Usher le souvenir d'un homme mû par une bonté active cachée par un refus de la solennité. Il lui venait maintenant à l'esprit que Usher était aux antipodes de Wilf Schreiber : s'il était conscient des faiblesses de l'être humain, il n'avait toutefois nullement le goût de s'en réjouir. Mais le problème d'Usher, c'est qu'il était bruyant.

Dès que Salter entra dans le salon, il découvrit que le style d'Usher lui était totalement naturel. Tandis que son hôte le guidait vers un siège, une voix de femme émergea de la salle de bains :

— Raymond, tu as laissé une couche dans la baignoire. Pourquoi as-tu fait ça ? Tu sais que je suis pressée et je n'ai pas le temps de m'occuper de ça maintenant. Il faut que tu t'en occupes toi-même.

Salter se demanda quelle nationalité affleurait derrière l'accent et la diction soigneuse et non idiomatique.

— Agatha, je ne sais pas quoi faire de ces couches pleines de merde, hurla Usher.

Si Salter s'était permis de s'adresser de cette manière à sa femme, cette dernière lui serait tombée dessus armée d'un objet contondant – mais chez les Usher, ce type d'échange paraissait de pure routine. Une autre voix – celle d'une petite fille – se joignit au concert :

— Maman ! J'ai absolument besoin d'aller aux toilettes et Jonathan y est enfermé depuis des heures. Qu'est-ce que tu fabriques, Jonathan ?

— C'est très impoli, Jennifer, répliqua la voix étouffée dudit Jonathan derrière la porte. Puisque tu me le demandes, je suis en train de faire caca.

— Pendant que tu attends, va aider Chloe à s'habiller, Jennifer. Ça m'aiderait davantage que de te voir restée plantée dans le couloir à te lamenter, cria madame Usher.

On entendit une galopade de petits pieds, et une toute petite fille de dix-huit mois complètement nue traversa le salon pour se diriger vers une chambre en glapissant de joie, suivie par une adolescente d'environ seize ans. Jonathan, qui devait avoir quatorze ans, sortit des toilettes en bouclant sa ceinture et en beuglant :

— Ça y est, Jennifer, le trône est libre !

— Je suis désolé, bafouilla Usher, confus. Ma femme refuse d'utiliser des couches jetables et Chloe n'est pas encore propre. Quant aux deux autres, l'occupation des toilettes est leur sujet de dispute quotidien le matin. Allez, Jonathan, va aider Jennifer à préparer Chloe et disparais. Foutez tous le camp ! Vous ne voyez pas que j'ai de la visite ?

— Je m'appelle Charlie Salter, s'empressa de dire Salter avant qu'Usher n'ait le temps de dévoiler son grade et sa profession.

L'adolescent tendit la main.

— Je suis Jonathan, l'autre, c'est Jennifer et le bébé, c'est Chloe. C'est le produit d'un élan passionné de mes parents vieillissants.

— Je ne pense pas que cela intéresse monsieur Salter, intervint madame Usher qui apparut dans le cadre de porte. Va à l'école.

Elle était Chinoise – du moins, c'est ce qu'il sembla à Salter. C'était une grande femme élancée, vêtue d'une robe de coton et de sandales, prête à sortir. Salter songea que c'était probablement un mariage d'amour. Dans le cas contraire, qu'est-ce qui aurait bien pu réunir ce petit Anglais au visage tellement mangé par sa barbe broussailleuse qu'on ne voyait que son nez et ses lunettes et cette séduisante Orientale ?

— Je devrais peut-être venir une autre fois, suggéra Salter.

— Non, non. Tout ce petit monde sera parti dans un moment.

Il fallut encore quinze minutes avant que les rumeurs de chamailleries ne s'évanouissent dans le couloir.

— Avant toute chose, j'aimerais être sûr de pouvoir compter sur votre discrétion, commença Salter.

— Bien sûr que non, plaisanta Usher, tout sourire. Aucun secret n'est permis chez moi, désolé.

— J'ai besoin d'un conseil qui pourrait avoir des conséquences sur la vie d'un homme.

— Je m'en doute, mais je ne peux pas vous jurer le silence pour des faits dont j'ignore tout. Si vous me révélez quelque chose dont j'estime que cet homme devrait être informé, je le lui dirai. Je fais acte d'allégeance à des principes suprêmes qui transcendent vos obligations, inspecteur.

Usher semblait se dérober derrière ses verres épais.

— Je ne vous demanderai rien d'illégal ni même d'immoral. J'ai simplement besoin d'aide.

— Entendu, mais si les informations que vous me révélerez placent cet homme dans l'une des nombreuses catégories que vous qualifieriez d'illégales et que j'estime que ça ne regarde personne d'autre que lui, eh bien, vous n'obtiendrez aucune aide de ma part.

Usher ne se départait pas de son sourire, ce qui tendait à souligner le sérieux de son propos.

— Je ne pense pas que cela se produira, lui assura Salter avant de réfléchir un bref instant puis de prendre une profonde inspiration. Ce type a peut-être tué une personne.

— Arrêtons de tourner autour du pot. Qu'attendez-vous de moi ?

— J'aimerais que vous lisiez ce dossier. Dites-moi si quelque chose vous paraît étrange, si quelque chose cloche ou manque. (Salter lui tendit la chemise orange.) Le connaissez-vous ? ajouta-t-il, jugeant qu'en ce qui concernait le monde universitaire, Toronto était un village.

— Non.

— Il enseigne à Bathurst College.

— Ah. Donc, je cherche une lettre incriminante. Mais non, bien sûr : vous l'auriez déjà trouvée. Le syndicat des professeurs l'accuse de détournement de fonds et vous voulez une traduction ? Non, évidemment. Alors quoi ?

— Je l'ignore. Une personne a emprunté illégalement ce dossier, et je ne peux demander à personne de Bathurst College de m'aider pour les raisons que vous venez d'évoquer, et parce que je sais qui l'a emprunté. Ce dossier ne contient peut-être aucun élément parlant pour moi, mais cet élément aurait peut-être une signification pour les gens du collège. Ou pour l'un d'entre eux, en tout cas.

Usher soupesa le dossier.

— Je vais le lire, votre dossier. Ce soir même. Revenez me voir demain en début d'après-midi. J'ai cours jusqu'à midi et ma joyeuse troupe ne sera pas à la maison avant la fin de la journée.

◆

Le lendemain, Usher attendait Salter, à qui il fit un thé orange foncé avant d'ouvrir le dossier sur ses genoux.

— Rien, commença-t-il. Que de la paperasse. Une vie discrète de désespoir tranquille. Pas de lettre incriminante. Rien, répéta-t-il.

Il referma le dossier et le tendit à Salter.

— Rien, dit Salter en écho.

Il attendait le « à l'exception de » qui ne manquerait pas de venir, à condition qu'il soit patient.

— La seule chose qui, à mon avis, pourrait manquer, serait la copie de son diplôme de maîtrise. Cela dit, ça ne signifie rien : je ne crois pas m'être soucié d'envoyer la mienne aux ressources humaines. J'ai probablement torché Chloe avec. Si vous consultiez tous les dossiers, vous constateriez que ce genre de document manque souvent. Le collège vous croit sur parole – et c'est normal, Dieu merci ! – et après, tout le monde oublie de le demander.

Salter ouvrit le dossier et consulta le premier document.

— De quoi s'agit-il ? De quel diplôme parlez-vous ?

Usher bondit de son fauteuil et se précipita vers la cuisine, d'où il cria par-dessus son épaule :

— Il a fait une maîtrise à York. Regardez sa lettre de présentation pour le poste : elle est datée du mois de

mars. Regardez la section « formation » du curriculum
vitae qui y est joint : il devait obtenir son diplôme en
mai. Il a obtenu le poste et ne s'est jamais préoccupé
d'envoyer une attestation quelconque.

— Mais il a eu le diplôme ?

— C'était un diplôme qui ne comprenait que des
cours, pas de mémoire ni d'essai, et il était en train de
terminer le dernier cours quand il a postulé à Bathurst
College.

— Et que se passerait-il s'il n'avait pas eu son diplôme ?

— Quelle importance ? Il a eu le poste, et il l'a
depuis vingt ans. Les gens abandonnent souvent des
programmes d'études supérieures. On appelle ça des
« TSTD », « tout sauf la thèse de doctorat ».

— Et pour la maîtrise ? Y a-t-il un nom pour ceux
qui abandonnent une maîtrise ?

— Pas à ma connaissance, mais c'est rare d'abandonner une maîtrise, surtout une maîtrise sans mémoire.
Les universités la donnent quasiment à l'ancienneté.
En passant, si vous effectuez une petite vérification, je
suis sûr que vous trouverez plein de profs de Bathurst
College qui n'ont qu'un diplôme de premier cycle. On
en a quelques-uns à Douglas College, mais on n'en re-
crute plus. Dieu merci, j'y suis entré à temps ! ajouta-t-il
en partant d'un rire sonore.

— Vous ne faites pas de distinction ?

Salter cherchait la question pertinente : Usher éludait, mais s'il était acculé, il ne mentirait pas.

— Pas la moindre.

— Vous touchez tous le même salaire ?

— Au final, oui.

Bingo.

— Et au début ?

— Je crois qu'à Douglas College, les titulaires d'un
doctorat commencent un échelon plus haut, quelque
chose comme ça. Probablement que ce n'est pas le cas
à Bathurst College.

— Je vais devoir vérifier. Comment pourrais-je savoir s'il a obtenu ou non sa maîtrise ?

— Il existe des fichiers. Les palmarès de diplomation sont publiés chaque année.

— Où pourrais-je les trouver ? À qui puis-je demander ?

Usher reprit le dossier des mains de Salter et le fixa.

— Je l'ai déjà fait, dit-il d'une voix douce. J'avais prévu que vous iriez traîner vos gros sabots du côté de York, à montrer partout votre badge de policier et à demander si un certain Erroll Czerny-Smith avait effectivement eu sa damnée maîtrise, ce qui aurait terni une carrière apparemment tout à fait honorable. J'ai donc annulé mon cours pour aller moi-même à York ce matin et un copain que j'ai là-bas m'a discrètement confirmé que d'après les fichiers, il n'aurait pas fini son diplôme. Il lui restait un travail à remettre ou une connerie de ce genre. Sur son relevé de notes, il est mentionné « non terminé », même s'il est impossible de terminer un diplôme après un certain temps, et certainement pas maintenant. Je pense qu'il lui faudrait tout reprendre depuis le début.

— Si c'est vrai, et si les professeurs de Bathurst College ont un contrat similaire au vôtre, alors il a encaissé un trop-perçu pendant vingt ans.

— Au plus, il est classé juste un échelon trop haut. Qu'allez-vous faire de ce renseignement ?

— Je ne le sais pas encore. Le montant de sa paie ne me regarde pas, à moins que ça ne devienne un mobile de meurtre.

— Et si ça ne l'est pas ?

— Peut-être qu'ils n'ont pas le même type de contrat que vous autres, répéta Salter, mais je vais devoir vérifier. Vous ne l'auriez pas déjà fait, par hasard ?

— J'y ai songé, mais je n'ai aucun copain à Bathurst.

Salter referma le dossier que lui avait rendu Usher.

— Il va falloir que j'obtienne une copie de son contrat.

Usher se prit la tête entre les mains.

— Si ça se trouve, j'ai foutu en l'air la vie d'un homme, observa-t-il d'une voix douce.

— Pour l'instant, vous pourriez tout simplement m'avoir aidé à éviter de la foutre en l'air gratuitement. C'est pour cette raison que je suis venu vous voir, vous : je voulais l'aide d'une personne peu prompte aux commérages.

— Vous me tiendrez au courant de la suite des événements ?

— Je vous informerai de la teneur de son contrat.

◆

Une heure plus tard, Salter était en possession du contrat en question. Il n'avait pas pris la peine d'informer Joan Dooley du motif de sa requête, car il était quasiment sûr qu'elle en tirerait des conclusions erronées. Il consulta également l'annuaire du collège publié l'année ayant suivi celle où Czerny-Smith avait été embauché, ainsi qu'un ou deux autres plus récents. Lorsqu'il eut trouvé ce qu'il cherchait, il appela Usher.

— Professeur ? Vous serez heureux d'apprendre que Bathurst College est beaucoup plus démocratique que Douglas. Le salaire n'est pas établi en fonction des diplômes. À Bathurst, on les apprécie, mais on ne les achète pas. Qu'il ait eu ou non sa maîtrise, ça n'a fait aucune différence pour le salaire de notre homme.

— Ça veut donc dire que ce que je vous ai dit ne vous a pas aidé dans votre enquête ?

— Probablement, répondit Salter, conscient de l'ambiguïté de sa réponse.

Car il allait devoir dire deux mots à Czerny-Smith et faire enfin sortir la vérité. Quoi qu'il se fût passé entre Lyall et Czerny-Smith, seul ce dernier était désormais au courant. Salter feuilleta son journal intime et constata la faiblesse de l'alibi de Czerny-Smith. Il se remémora également la remarque qu'il s'était faite à l'époque où il avait pris ces notes, selon laquelle cette faiblesse en faisait précisément un bon alibi. Le moment était venu d'abandonner cette voie : ce fragile alibi était la seule arme qu'il pouvait utiliser pour faire éclater la vérité. Il allait devoir utiliser la même tactique qu'avec Judy Kurelek et pour cela, il lui fallait s'attaquer aux Czerny-Smith chez eux.

— Inspecteur Salter, votre femme a appelé, lui annonça Melissa en lisant un bout de papier qu'elle tenait à la main. Elle veut que vous alliez la rejoindre à l'hôpital.

— Est-elle déjà sur place ?

— Elle était pressée. Elle a juste laissé ce message.

CHAPITRE 23

Ça y est, il est mort. J'ai laissé passer ma chance.
Toutes les phrases banales et les tentatives d'auto-justification lui revenaient en mémoire – « Je n'ai même pas eu l'occasion d'avoir une conversation avec lui. Il ne m'aura jamais vraiment connu, finalement. Mais je l'ai vu hier soir : il avait l'air d'aller bien à ce moment-là. Je ne l'avais jamais vu aussi bien, d'ailleurs. » –, suivies de près par des questions d'ordre pratique. Son père ne s'était pas approché d'une église depuis au moins cinquante ans, mais quelque part dans le passé, il descendait d'une lignée d'anglicans. Où le service funéraire a-t-il lieu, de nos jours ? Au salon funéraire ? Et May, dans tout ça ? Elle était peut-être croyante, auquel cas elle voudrait peut-être qu'il soit enterré selon le rite de sa propre religion. Angus devrait-il revenir de l'Île-du-Prince-Édouard ? Il n'avait jamais été proche de son grand-père, contrairement à Seth. Et après, que va-t-il se passer ? *On fera une veillée funéraire*, décida-t-il. L'hiver précédent, par une journée de neige glaciale, il avait assisté à l'enterrement d'un parent éloigné d'Annie ; le célébrant n'avait jamais entendu parler du défunt. Après la cérémonie, les parents et amis du défunt s'étaient réunis dans une antichambre impersonnelle du salon funéraire pour boire un thé accompagné de biscuits secs, puis étaient

rentrés chez eux tristement. *Pas question de vivre ça, nom de Dieu!* Si May était d'accord, ils organiseraient une veillée chez les Salter, quitte à se faire chier royalement, et peut-être chanteraient-ils quelques cantiques. Ils feraient quelque chose, en tout cas. Après ça, ils emmèneraient May en voyage avec eux pendant quelques jours. Pas à l'Île-du-Prince-Édouard. Non: à Washington pour aller voir les tulipes – pour aller voir ce que les touristes vont y voir, quoi que ce fût. Elle avait quand même rendu son père heureux pendant dix ans.

Salter se gara sur le stationnement de l'hôpital et se précipita dans le hall, le visage crispé par l'effort qu'il déployait pour se maîtriser. Aux urgences, Annie se tenait devant la porte: elle courut au-devant de lui pour l'intercepter.

— Fais attention à ce que tu vas dire, le prévint-elle. May est auprès de lui en ce moment. C'est sa décision, et je pense qu'on devrait la respecter.

— Qu'y a-t-il à décider? Mais bien sûr. Comme elle voudra. Que souhaite-t-elle, au fait?

— Elle veut le ramener chez eux.

Salter s'assit sur une chaise.

— Il n'est pas mort?

— Oh, Charlie! Je suis désolée. J'aurais dû te laisser un message plus clair. Il est considéré comme guéri. Pas physiquement, mais mentalement. Quand il s'est réveillé ce matin, il savait où il était et il a immédiatement demandé à rentrer chez lui. D'après le docteur, il pourra partir dans quelques jours. Lui, il veut partir tout de suite. J'ai pensé que tu pourrais le convaincre de rester un peu plus, pour se reposer en attendant de reprendre des forces, et qu'on pouvait s'organiser pour l'aider.

Salter se leva et entra dans la chambre de son père. Le vieil homme était assis dans son lit, le dos bien calé par des oreillers, et il tenait la main de May.

— Eh bien, eh bien! Regardez un peu qui est là! dit le malade. Tu as fini par venir. C'est gentil de ta part de te soucier un peu de moi.

— Il est venu te voir tous les jours, le corrigea May. Comme moi.

— N'essaie pas de jouer les pacificatrices, May. Il n'est jamais venu auprès de moi, nom de Dieu. Aucun d'eux, d'ailleurs. (Il réfléchit un moment.) Sauf Seth. Lui, il se préoccupe de moi.

— Arrête ça tout de suite, lui intima May, qui se tourna vers Salter pour ajouter : Il n'est pas encore tout à fait lui-même.

— On dirait bien le contraire, pourtant.

— Je veux partir tout de suite ! se plaignit le vieil homme.

— Dans quelques jours, a dit le docteur.

— Je vais bien. Je veux partir maintenant.

— Je ne prendrais pas cette responsabilité, intervint Salter.

— Tu n'auras pas à le faire. May s'occupera de moi, répondit son père d'une petite voix enrouée, de nouveau vulnérable.

— Quelques jours encore, répéta Salter.

En lissant les draps, May appuya son beau-fils :

— Il a raison. Encore quelques jours et on pourra te ramener à la maison. Le plus tôt sera le mieux. Trop de gens meurent dans les hôpitaux.

Vaincu, dégoûté, le vieil homme leur tourna le dos et ferma les yeux. Il les rouvrit brièvement et tourna péniblement la tête pour regarder Salter.

— Seth était là, dit-il.

Seth patientait à côté du poste des infirmières. Salter l'intercepta au moment où son fils se dirigeait vers la chambre.

— Tu l'as déjà vu ?

Seth hocha la tête joyeusement.

— Il dort, maintenant. On pourra revenir plus tard.

Annie, Seth et Salter quittèrent l'hôpital.

— J'avais pris un taxi, dit Annie quand ils furent sur le stationnement. May m'avait appelée parce qu'elle craignait que ton père ne signe lui-même sa décharge de l'hôpital. Apparemment, quand il s'est réveillé, il se sentait vraiment en forme.

Salter entra dans son auto et attendit Annie – Seth serrait sa mère dans ses bras en lui disant quelque chose qui la fit sourire. Le jeune homme se pencha vers l'auto et tapota son père sur la tête.

— À plus tard, p'pa. Prends ça relax.

— Que t'a-t-il dit ? demanda Salter dès que son fils se fut éloigné.

— Il a dit : « Il va aller bien, maintenant. »

— De fait, il avait l'air beaucoup mieux, tu ne trouves pas ?

— C'est de toi que Seth parlait, Charlie.

◆

Une heure et un grand whisky plus tard, Salter se retrouva dans le bureau de Marinelli.

— Du nouveau ? lui demanda l'inspecteur des Homicides.

— Ce vieux salaud est guéri. Il rentre chez lui dans quelques jours.

— Je voulais dire… pour notre affaire, rectifia Marinelli, embarrassé.

— Ah, ça ! Ouais. Je pense que j'aurai tout résolu d'ici ce soir.

— Génial ! Raconte-moi.

— Il était à peine réveillé ce matin qu'il se disputait avec les infirmières parce qu'il voulait rentrer à la maison. Il a retrouvé toute sa tête. Il m'a même suffisamment reconnu pour m'engueuler.

— Ça aussi, c'est génial, mais dis-moi : tu vas pouvoir procéder à une arrestation ?

— Quoi ? Ah, j'en doute. Pas ce soir. Ils ne vont pas s'enfuir, de toute façon. Mon rapport sera sur ton bureau dès demain, déclara Salter en se levant, frappant ledit bureau du plat de la main. Il va falloir que je leur déniche un endroit plus près de nous, comme ça on pourra garder un œil sur lui.

— Ah ouais? Il ne sera peut-être pas d'accord. Tiens, au fait, on a eu un message du gars du Centre d'information de la police canadienne : un dénommé Czerny-Smith a été arrêté le 24 mai pour conduite en état d'ivresse et a passé la nuit à la prison Don. C'est l'un de tes sept suspects?

— Seigneur! (Salter regarda fixement Marinelli puis éclata de rire.) Dire que j'étais sur le point de l'arrêter.

Dès ce moment-là, il comprit ce qui était en train de se passer.

◆

— Avant que nous ne commencions, monsieur Czerny-Smith, j'ai besoin des noms et coordonnées des amis chez qui vous étiez en visite le soir du décès de Maurice Lyall, histoire de compléter mon dossier.

Salter fut satisfait de cette entrée en matière, autoritaire quoique vide. Comme il s'y attendait, Czerny-Smith réagit violemment. Il commença par fulminer – il ne paraissait nullement terrorisé, mais très gêné.

— J'ai bien peur de ne pouvoir vous donner aucun nom, parce que je ne vous ai pas dit la vérité. Je ne suis pas allé voir des amis. J'étais dans un bar de danseuses de King Street.

— Lequel?

— Je ne connais pas le nom du bar, mais je me rappelle qu'il est situé juste après Sherbourne Street.

— Vous y êtes resté toute la soirée?

— Plus ou moins, oui. (Il jeta un coup d'œil pardessus son épaule et baissa la voix.) J'ai ramassé une fille et je l'ai accompagnée chez elle.

Salter se retint de rire. C'était presque comme si Czerny-Smith lui annonçait qu'il avait joué au strip-poker avec des inconnus.

— Très bien. Bon. Admettons. Je me suis penché sur les raisons pour lesquelles vous auriez pu changer d'idée pour le vote. J'ai consulté votre dossier ainsi que les annuaires, dans lesquels j'ai constaté que votre nom était suivi de deux lettres : M. A. (Il marqua une pause et observa son interlocuteur qui se figeait.) Depuis combien de temps Lyall tenait-il cette épée de Damoclès au-dessus de votre tête ? Vingt ans ?

— Quoi ? s'exclama Czerny-Smith, qui s'était suffisamment repris pour feindre la stupéfaction – mais Salter savait à quoi s'en tenir. De quoi parlez-vous ? répéta le professeur.

— Il vous faisait chanter, c'est ça ? Je me disais que vous aviez peut-être conclu un arrangement. En tout cas, c'est l'impression que ça donnait.

— Un arrangement ? rétorqua Czerny-Smith, cette fois vraiment en colère. Un arrangement ! Avec Lyall ? Jamais de la vie ! Et pourrais-je vous demander à quel genre d'arrangement vous pensez ?

— Tout cela avait l'air suspect. Mais je sais maintenant qu'il était question de chantage, je me trompe ? Si vous n'aviez pas voté pour lui, il aurait dévoilé votre petite malhonnêteté au grand jour. Il pouvait facilement le faire une fois qu'il aurait été doyen, ou bien il aurait pu recourir, s'il n'avait pas été élu, à un procédé très en vogue dans votre collège : la lettre anonyme.

Si Salter avait fait fausse route, il allait bientôt le savoir – mais il avait vu juste.

— J'aurais été obligé de démissionner, admit Czerny-Smith.

— Alors, le jour de la fête de la Reine, vous êtes allé lui dire ce que vous pensiez de lui. À mon avis, vous aviez voté pour lui sous la contrainte, mais ça vous était resté en travers de la gorge, alors vous vouliez vider votre sac. Vous vous êtes disputés, vous vous êtes battus, et il a été abattu. Je ne veux pas connaître les détails.

Maintenant que son père était hors de danger, Salter éprouvait l'envie d'amnistier tous les prisonniers de Toronto, mais il n'avait que celui-ci à portée de la main.

Tout ce qu'il voulait, c'était achever sa collaboration à cette enquête par l'obtention d'une confession du coupable et transmettre le tout à Marinelli. Le vrai méchant était mort.

Salter perçut un bruit en provenance de la cuisine : on les écoutait, comme il s'y attendait. Il poursuivit :

— Ainsi, à moins que vous ne puissiez produire un meilleur alibi que celui que vous m'avez servi, je crains de devoir vous emmener au quartier général de la police.

Czerny-Smith accorda quelques instants de réflexion à l'alternative que Salter lui exposait.

— Vous êtes plutôt sûr de vous, n'est-ce pas ? Vous m'accusez de meurtre : eh bien, soit, je peux vous prouver où j'étais cette nuit-là, et vous verrez que j'étais à des lieues de Lyall.

— Dans ce cas, où étiez-vous donc ?

— Ne vous inquiétez pas, lorsque viendra le moment, j'aurai un alibi en béton armé, et vous aurez l'air d'un con. Maintenant, demandez-moi plutôt pourquoi j'ai menti. (Sans attendre la question rhétorique de Salter, il continua.) Eh bien, parce que vous ne me soupçonniez pas sérieusement la première fois que vous m'avez posé la question, de sorte que je n'avais pas vraiment besoin d'un alibi. En outre, je ne voulais pas que la vérité éclate, et je n'avais pas confiance dans votre discrétion. Cela n'a plus d'importance, maintenant. Je suis foutu, de toute façon. Mais pour mon vrai alibi, vous pouvez toujours attendre.

— Vous parlez de votre affaire de diplôme ? Ne pourriez-vous pas tout simplement dire que c'était une erreur et modifier ça dans le prochain annuaire ?

— Tout le campus serait au courant en moins d'une semaine. À votre avis, pourquoi ne me suis-je jamais présenté comme directeur de département ? Parce que je redoutais qu'un des membres du comité ne remarque ce trou dans mon dossier. En ne briguant aucun poste administratif, je minimisais les chances d'attirer l'attention là-dessus. Et personne ne s'en serait soucié si...

— Comment Lyall en est-il venu à enquêter sur vous ?

Czerny-Smith ignora la question, préférant continuer de se plaindre.

— Ce n'était même pas ma faute. C'est le premier directeur général qui l'a ajouté dans l'annuaire. Il était si à cheval sur le statut du collège que lorsque le premier annuaire a été imprimé, il a dit que c'était comme si j'avais mon diplôme et que ce serait chose faite dès que l'annuaire serait édité.

— Pourrait-il confirmer vos dires ?

— Il est mort. De toute façon, s'il a ajouté mon pseudo-diplôme, c'est quand même moi qui ai laissé cette mention dans les annuaires suivants.

— Et Lyall vous a fait chanter.

— Oui. Mais je ne suis pas allé le voir chez lui, et je ne l'ai certainement pas tué.

Salter haussa légèrement la voix et joua son dernier atout aussi distinctement que possible :

— Je vais demander un mandat pour fouiller votre maison et saisir vos vêtements. Les preuves ne nous échapperont pas.

— Allez-y, commença Czerny-Smith avant d'être interrompu par l'irruption de sa femme.

— Épargnez-vous cette peine, lança-t-elle à Salter. Erroll n'a tué personne : c'est moi qui l'ai fait.

— La femme à l'imperméable blanc, dit Salter.

— Quoi ?

— Nous avons un témoin.

— Je portais bien un imperméable blanc, confirma-t-elle.

Czerny-Smith fit volte-face. Il leva le bras pour couper court aux questions de Salter et se leva pour faire face à sa femme. Salter ouvrit de nouveau la bouche pour poursuivre son interrogatoire, mais d'un geste, Czerny-Smith lui intima le silence.

— Barbara, dit-il finalement d'une voix brisée, tu l'as tué ? À cause de ce qu'il m'avait fait ?

— À cause de ce qu'il nous avait fait, à nous deux. Tu veux savoir pourquoi ? (Elle se tourna vers Salter.) Écoutez bien, vous aussi.

Salter rangea son bloc-notes et se rassit.

— Quand Shirley Marconi a changé de camp, Erroll est rentré à la maison complètement extatique. Maurice ne pouvait que perdre, désormais. Et puis Maurice l'a appelé pour demander qu'ils se rencontrent : quand il est revenu de ce petit entretien, Erroll m'a dit que Lyall savait qu'il n'avait pas sa maîtrise et qu'il voulait qu'il vote pour lui. Laisse-moi finir, mon chéri. Erroll m'a demandé quoi faire : je lui ai dit de voter pour Lyall parce que, voyez-vous, j'avais moi aussi reçu un appel de Lyall, juste après qu'Erroll l'avait quitté, pour me révéler ce qu'il s'apprêtait à faire, ce qui n'était pas exactement la même chose que ce qu'il avait dit à Erroll, acheva-t-elle en se tournant vers son mari.

Salter, qui anticipait la suite, évitait de les regarder.

— Qu'est-ce que cela signifie ? protesta Czerny-Smith.

— Ce que Maurice m'a dit, c'est qu'il allait dire à Erroll comment il avait su qu'il n'avait pas sa maîtrise.

— Ça suffit, Barbara.

Czerny-Smith avait recouvré assez de forces pour reprendre le contrôle.

— Il avait certainement trouvé ça dans mon dossier, non ? Toujours à fouiner partout, celui-là.

— Ton dossier lui en a apporté la confirmation, je te l'ai dit. Mais c'est moi qui l'ai mis sur la piste, car c'est moi qui le lui ai dit. Il y a dix ans, au lit. Il ne l'avait pas oublié et avait gardé ça pour lui. Personne d'autre ne le savait, sauf moi. Le soir où Maurice a été tué, cela faisait des jours qu'Erroll ne pensait qu'à ça et il avait décidé d'essayer de rouvrir l'élection et de changer son vote. Mis à part le fait qu'il n'a pas fini son programme de maîtrise, mon mari est un homme qui a des principes, inspecteur, et...

— Ça ne s'est pas passé comme ça, l'interrompit rageusement Czerny-Smith. J'ai fait ça parce que je me suis rendu compte que Lyall allait être mon doyen et que je devrais sans doute voter selon ses instructions tant que je serais au collège. C'est à ça que sert le chantage, ajouta-t-il avec amertume.

Barbara Czerny-Smith reprit son récit en se rapprochant de son mari.

— Il a donc décidé qu'il ne pouvait plus supporter cette situation, et il s'apprêtait à révéler les agissements de Lyall au monde entier. C'était du sabordage, mais il allait entraîner Lyall dans sa chute. Je me suis dit que si Erroll agissait ainsi, Maurice allait certainement lui révéler comment il avait su pour son diplôme. Mais Erroll avait tellement ruminé tout ça pendant des jours qu'il avait fini par comprendre ce qui s'était passé il y a dix ans. Il en a obtenu la confirmation auprès... d'une tierce personne, et il m'est revenu là-dessus. Je n'ai pas nié. Et par la suite, j'ai agi à la manière d'Erroll : suivre une impulsion, tout casser et ramasser les morceaux après. Cela dit, Erroll a très mal pris la chose et nous sommes d'ailleurs en train de nous séparer. Bref. Erroll a bu beaucoup de whisky et il est parti en auto, et quant à moi, je suis allée voir Lyall.

Elle avait posé sa main sur l'épaule de son mari et la malaxait doucement.

— Pourquoi êtes-vous allé le voir ? demanda Salter.

— Je suis heureuse que vous posiez la question, car cela veut dire que vous savez que je n'avais pas l'intention de le tuer. Après le départ d'Erroll, j'ai longuement réfléchi et j'ai tout d'un coup saisi que je pourrais peut-être retourner la situation contre Maurice. Je m'apprêtais donc à lui faire remarquer que dès le lendemain, tout le monde saurait qu'il avait exercé un chantage sur Erroll avec un secret dont il avait eu connaissance grâce à une confidence que je lui avais faite sur l'oreiller. De fait, j'avais l'intention de lui dire que s'il ne renonçait pas sans faire de vagues à son poste de doyen, Erroll était d'humeur à aller tout raconter au directeur général, de sorte qu'ils devraient

démissionner tous les deux, Erroll et lui. Moi aussi,
j'imagine. Bref : je n'ai pas frappé à la porte. Je suis
entrée par la porte arrière et je suis montée directement à sa chambre. Il était assis sur son lit, son pistolet
à la main : il pensait que c'était un cambrioleur. Nous
nous sommes engueulés pendant un long moment et...
le coup est parti. Je me suis enfuie.

— C'est assez, ordonna Czerny-Smith avec rudesse.
Ne dis plus un mot. (Il lui plaqua la main sur la bouche
et pivota pour faire face à Salter.) Pas un mot de plus,
répéta-t-il à sa femme. Il ne t'a même pas lu tes droits,
alors tu n'as encore rien dit.

— Il y aura des preuves sur son imperméable, objecta Salter. Non, ne soyez pas stupide ! dit-il en essayant
de retenir Czerny-Smith qui tentait de sortir de la pièce.
Votre mari a raison : ne dites pas un mot de plus, con-
seilla-t-il à Barbara Czerny-Smith. Prenez un avocat et
venez au quartier général de la police demain matin
pour vous rendre. D'ici là, je vais appeler mon bureau
et demander qu'on porte vos vêtements au labo.

Salter s'empara du téléphone et appela des renforts.
Czerny-Smith, qui maintenait toujours sa femme, était
agité :

— Je me fous de ta liaison avec Lyall... Je vais
prendre ma retraite anticipée... C'était un accident...
Nous déménagerons...

— Sans la détermination de votre femme, je n'aurais
jamais pu disculper Henry Littledeer, rappela Salter.
Pourquoi vous êtes-vous démenée pour lui ? demanda-
t-il à Barbara Czerny-Smith.

— Vous n'avez pas encore compris ? hurla Czerny-
Smith. Elle ne supportait pas l'idée qu'un innocent soit
pendu.

Il connaissait un nouveau regain d'énergie qui virait
à l'hystérie. Sa femme commençait à le retenir – elle
le soutenait.

— On ne pend plus personne de nos jours, rectifia
Salter.

— Tant que vous attribuiez la mort de Maurice à un cambrioleur sur lequel vous ne pouviez pas mettre la main, je pouvais me taire, expliqua Barbara Czerny-Smith. Mais comme par hasard, il a fallu que vous ramassiez un pauvre Amérindien qui n'avait strictement rien à voir là-dedans. Je ne pouvais pas vous laisser faire ça.

— C'est la version officielle du collège ou c'est votre version à vous ? L'homme que nous avions arrêté était en possession d'objets provenant de la maison de Lyall. C'était un suspect légitime.

— A-t-il cambriolé la maison après mon départ ?

— C'est une histoire compliquée et vous l'entendrez au tribunal. Quoi qu'il en soit, nous ne nous sommes pas contentés d'attraper le premier Amérindien qui nous tombait sous la main et de lui remplir les poches avec les trucs de Lyall. Nous avons interrogé un homme qui tentait de vendre la montre de Lyall. C'est compris ?

— Désolée. C'est vrai, un avocat nous a appris que vous aviez véritablement prouvé son innocence. Comment a-t-il eu la montre ?

— Je vous l'ai dit, c'est une longue histoire.

Ils furent interrompus par l'arrivée de deux policiers. Pendant que ceux-ci allaient chercher l'imperméable et les souliers que portait Barbara Czerny-Smith le soir du crime, Salter se rappela qu'il était censé poser encore une petite question :

— Au fait, où étiez-vous cette nuit-là, monsieur Czerny-Smith ?

— Dis-le-lui, le pressa sa femme en ajoutant avec un regard de biais à Salter : il redoute que si ça venait à se savoir, ça ne nuise à sa carrière. Mais quoi qu'il m'arrive, nous ne resterons pas ici, je pense. Allez, raconte-lui.

— J'étais en prison, répondit Czerny-Smith d'un ton de défi. Après notre dispute, j'ai bu du whisky et je suis parti en auto. J'ai été arrêté par un barrage de police qui effectuait des contrôles d'alcoolémie. J'ai passé la nuit à la prison Don.

Salter feignit la surprise.

— Pourrais-je vous poser une question ? s'enquit Barbara Czerny-Smith. Vous n'avez jamais pensé qu'Erroll était coupable, n'est-ce pas ? J'ai tout entendu depuis la cuisine. Vous nous avez fait marcher.

Salter se contenta de hausser les épaules.

— Mais comment avez-vous su que c'était moi la responsable ? insista-t-elle.

— Notre jeune témoin a déclaré que de dos, vous ressembliez à sa mère. Vous étiez la seule à correspondre à ce signalement et rappelez-vous la première fois que je vous ai vue : il pleuvait et vous portiez un imperméable. Le garçon a affirmé qu'il était blanc. (Il leva la main en signe d'avertissement.) Je n'en dirai pas plus : appelez un avocat.

CHAPITRE 24

Deux jours plus tard, il lui restait encore à faire sur le campus de Bathurst College une visite qui n'avait rien à voir avec l'affaire.

— J'ai entendu dire que Barbara Czerny-Smith s'était rendue à la police, dit Wilf Schreiber. Alors comme ça, c'était elle, la femme que Lyall avait larguée. Ne dit-on pas que l'enfer contient moins de furie qu'une femme dédaignée ?

Salter ne tenta même pas de rétablir la vérité. Schreiber savait pertinemment que Judy Kurelek était la maîtresse de Lyall ; il n'avait probablement pas encore tiré au clair la nature de l'implication des Czerny-Smith et il allait à la pêche. Toutefois, Salter entrevoyait la possibilité que pour l'essentiel, l'affaire pût être résolue discrètement. Le campus pourrait bien spéculer à son aise.

— J'aimerais vous remercier pour toute l'aide que vous m'avez apportée, monsieur Schreiber, et également vous faire une suggestion. N'envoyez plus de lettres anonymes. Plus jamais. Si je viens à apprendre qu'on en a encore reçu une, ce sera la dernière à sortir de ce bureau. J'ai pensé vous accuser de méfait public, par exemple, et je le ferai si je vous y reprends, mais ce campus a déjà eu assez de publicité comme ça. Cela dit, je vous suis reconnaissant : sans vous, on ne serait

pas allés voir plus loin que Henry Littledeer. Mais
encore une fois, ne recommencez plus jamais ça.

Il n'était pas sûr du résultat qu'il souhaitait. Schreiber
se contenta d'enfler comme un crapaud et de dodeliner
de la tête. Salter reprit :

— Si vous vous demandez comment j'ai deviné,
dites-vous que c'est grâce au truc le plus élémentaire
qui soit dans le manuel du parfait détective. Rappelez-
vous la petite conversation que nous avons eue à propos
de ces lettres : vous souvenez-vous de m'avoir mentionné à un moment donné qu'elles étaient au nombre
de trois ? Je n'avais révélé à personne combien nous en
avions reçu, j'avais simplement dit « quelques lettres ».
J'ai appris ce truc élémentaire dans un roman policier
qu'a lu mon fils quand il avait neuf ans. Je vous le répète, ne refaites jamais ça. On vous a à l'œil.

À bien des égards, c'était le meilleur moment de
l'enquête. Après avoir prouvé l'innocence de Henry
Littledeer, les autres événements ne l'avaient que très
peu touché. Barbara Czerny-Smith s'en tirerait avec
une peine légère – peut-être même avec une simple
accusation d'« homicide accidentel » et de « défaut de
signalement ». Judy Kurelek serait quant à elle accusée
d'avoir modifié la scène du crime, mais elle pourrait
sans doute invoquer un coup de folie dû à l'inquiétude
qu'elle éprouvait pour son mari. Après avoir appris
comment le prétendu diplôme de Czerny-Smith s'était
retrouvé mentionné dans l'annuaire du collège, le directeur général Jones avait décidé qu'il serait préférable
pour la réputation de Bathurst College que celui-ci
soutînt Czerny-Smith, quoi qu'il arrive à sa femme. Il
envisagea au début de maintenir l'annuaire tel quel,
mais il se ravisa, car de toute façon, la vérité allait
éclater au grand jour pendant le procès de Barbara
Czerny-Smith et en outre, l'intéressé avait lui-même
décidé de faire preuve d'honnêteté, tirant une sorte de
satisfaction pénitentielle de sa rétrogradation.

Lorsque Salter appela le professeur Usher pour
l'informer que son conseil n'avait bousillé la vie de

personne, celui-ci ne résista pas à la tentation de lancer un trait d'humour :

— Eh bien, je ne doute pas qu'on le croisera tous les samedis matins à St Lawrence Market, revêtu de sa toge de bachelier, dit-il en rugissant de rire.

◆

Trois semaines plus tard, la Couronne avait décidé d'abandonner les poursuites contre Judy Kurelek et n'avait toujours pas programmé la date de comparution de Barbara Czerny-Smith. Un jour où il magasinait dans le Centre Eaton, Salter rencontra Joan Dooley, qui lui annonça qu'elle avait quitté le collège.

— Je n'étais pas faite pour ce boulot, expliqua-t-elle. Je ne suis pas assez... rusée pour la scène politique, je pense.

Salter était enclin à l'approuver, mais il n'était pas aussi persuadé qu'elle que son manque de fourberie était une preuve de sa bonté naturelle. Il ne voyait pas pourquoi on ne pouvait pas être à la fois rusé et vertueux. Il connaissait un homme politique qui alliait les deux, et il ne doutait pas qu'il s'en trouvât d'autres.

— Comment s'en tire la nouvelle doyenne ? s'enquit-il.

— Doyenne ? Ah, vous parlez de Jennifer. Elle n'a pas eu le poste, finalement. C'est David Prince qui a été nommé doyen. Vous vous rappelez David, du Département de théâtre ? C'est un type super, mais c'est Jennifer qui aurait dû obtenir le poste.

— C'était le même comité que pour Lyall ?

— Oui, exception faite d'Erroll. Nous l'avons laissé en dehors du processus, et nous avons convenu de ne pas le remplacer.

— Qui a voté pour Prince ?

— Tout le monde. J'ai été surprise, mais Gerald Pentes l'a soutenu du début à la fin et quant à Shirley Marconi, elle n'aimait pas Jennifer. Le directeur général avait par ailleurs demandé à Fred Leitch de voter pour David. Je n'ai pas eu besoin de trancher.

Ainsi, Schreiber avait raison. L'administration gagne toujours.

— Et Schreiber ?

— Wilf est parti du principe que Jennifer aurait le poste sans son aide, alors il a voté pour David Prince, parce que c'est dans sa nature. (Elle détourna le regard.) D'après la rumeur, j'imagine que Maurice est un peu à l'origine de son propre drame.

Non, pas du tout, répondit intérieurement Salter. Si on ne lui avait pas conseillé de laisser tomber Judy Kurelek, Shirley Marconi aurait voté pour lui, et rien de tout cela ne serait arrivé.

— Qui a parlé de Judy Kurelek au directeur général ? demanda-t-il.

Elle ouvrit la bouche pour parler, puis se ravisa.

— Oh, Seigneur, je ne sais plus, maintenant. Je m'efforce d'oublier toute cette histoire.

Ça doit être notre cher Schreiber, se dit Salter. *Si on remonte la chaîne des responsabilités jusqu'à l'origine, c'est lui qui a tué Lyall.*

Mais cette pauvre femme naïve et bien intentionnée avait assez souffert comme ça.

— Vous avez probablement raison, concéda-t-il. Lyall était aussi responsable que tous les autres. Votre poste va-t-il vous manquer ?

— Oh non, j'œuvre dans le secteur communautaire, maintenant. Je travaille à Parkdale, avec une équipe du tonnerre.

Salter la laissa jacasser sur son nouvel emploi sans l'écouter jusqu'à ce qu'il se rendît compte qu'elle avait changé de sujet.

— … alors comme ça, personne ne sait qu'on avait demandé à Maurice d'arrêter de voir Judy. Tout le monde croit encore qu'il a rompu de sa propre initiative. Vous croyez que c'est juste ? Ça me chicote…

— Eh bien, ne vous inquiétez pas pour ça. Quel bien cela ferait-il si cela venait à se savoir ? Les gens pourraient penser que c'est vous qui le lui avez dit. Laissez tomber. Et bonne chance dans votre nouveau travail.

Au cours de l'été, Salter se rendit au Centre de santé communautaire Anishnawbe afin de voir si quelqu'un avait eu des nouvelles de Henry Littledeer. On l'informa que celui-ci était retourné dans sa réserve, au nord de Parry Sound. Salter prit la résolution d'aller lui rendre visite quand il irait à la pêche – il savait néanmoins qu'il ne le ferait jamais.

Son rapport sur le jeu était presque terminé.

Angus allait bientôt arriver à Toronto. Salter avait hâte de faire sauter son petit-fils sur ses genoux.

Et après toutes ces émotions, il décida qu'il avait bien besoin d'un congé sabbatique.

ERIC WRIGHT...

... est l'un des auteurs de fiction policière les plus
honorés au Canada puisqu'il a, notamment, été
quatre fois lauréat du prix Arthur-Ellis. En 1984,
il a gagné avec son premier roman mettant en
scène Charlie Salter, *La Nuit de toutes les chances*;
il a récidivé deux ans plus tard avec *Une mort en
Angleterre*. Il a aussi mérité le prix dans la catégorie nouvelle pour « À la recherche d'un homme
honnête » (1988) et « Un tiens vaut mieux que deux
tu l'auras » (1992). Outre les toujours populaires
aventures de Charlie Salter, Eric Wright tient la
chronique des aventures d'une détective, Lucy
Trimple Brenner, et d'un policier à la retraite de
Toronto, Mel Pickett. Eric Wright, qui est né en
1929, a publié en 1999 un volume de mémoires
intitulé *Always Give a Penny to a Blind Man*.

EXTRAIT DU CATALOGUE

UNE MORT COLLÉGIALE
est le cent quarantième titre publié
par Les Éditions Alire inc.

Il a été achevé d'imprimer
en février 2009 sur les presses de

Imprimé au Canada par
Transcontinental Métrolitho

Imprimé sur Rolland Enviro 100, contenant
100% de fibres recyclées postconsommation,
certifié Éco-Logo, Procédé sans chlore, FSC
Recyclé et fabriqué à partir d'énergie biogaz.